荒路夜歌

四分衛主唱　**陳如山**（ Spark Chen ）　圖・文

在兵荒馬亂的路程　聽幾首夜深人靜的歌

荒路夜歌 demo（Mirror Edit）

詞曲：阿山

GT：PooPoo

KB：旭章

錄製地點：松江路底 B1

我不知道你想什麼

我該如何讓你懂

有趣的是你的耳朵

在鏡子裡面卻聽不見

你說我是誰

想顧全大局卻又好累

我說你是誰

像水一樣在容器裡面

收聽連結：https://youtu.be/FYFIp7RSf2Y

謝謝旭章、PooPoo 陪我一起及時彈奏這首歌。

謝謝忠燕用手機幫我們的聲音給錄了下來。

跟著四分衛走過20年29個城市

總是剛開始熟悉就準備要離開

2002 02 北京

1961[1]

北京冬天的風吹起來真的好冷好冷，像把透明的刀子從裡到外貫穿我的身體和腦袋，走在結冰的後海旁，手機會忽然自動斷電，失去聯繫的管道頓時焦慮起來，但因為實在太冷了，焦慮出來了一下子又都躲了起來，零下二度，我看著來來往往趕路的人們和一堆毫無綠意枯乾的樹枝在半空中擺盪，覺得他們好勇敢。

I　每段文章的號碼是當地住宿的房號。

2002 10 香港

1229

小姑姑年輕的時候嫁去香港，她講話的頻率好快，她總是擔心我吃不飽穿不好，我跟她說我喜歡看維多利亞港的夜景，還跟她說抬頭看向天空的時候會有些頭暈，我們一起經過銅鑼灣的斑馬線的時候，我聽見姑姑急促的腳步聲和來來往往的人交疊在一起，他們似乎都在跟我說：「你來這兒住久了就習慣了啊。」

2005 10 東京

3417

我很喜歡去東京旅遊，我常跟朋友開玩笑說東京的地圖就在我的腦袋，但我從來沒有在東京住超過兩個禮拜，我常想假如我去那兒長住或工作一段時間或許心情就不一樣了，不過過往幾乎都是旅遊的經驗所以所謂不一樣的心情倒是還沒出現。

上回和一位公司位於東京駒込的朋友在大稻埕跑步，他說他在東京的經驗讓他覺得東京很冷漠，去工作和去旅遊完全是不一樣的氣氛，他之後想要住在南方的福岡或是北方的札幌，他喜歡比較有人情味的地方。當他這樣說的時候我忽然想到電影《東京物語》裡的一句話：「這個城市這麼大，一不小心走散了，可能一輩子都見不到了。」東京真的好大啊，永遠也走不完，希望之後我對這個城市的心情永遠都一樣。

2013 09 澳門

1006

外婆小時候有住過澳門一陣子，我有些惋惜之前沒有多問她為什麼會在澳門居住的故事。目前只去過澳門兩次，第一次公司旅遊當時27歲，第二次和睏熊霸去43歲，不知道第三次看見大三巴牌坊是幾歲了？

2013 10

杭州、上海、廣州

杭州 8438

團團轉的第一站從杭州開始,酒
球會場館裡有一個撞球檯,那兒
用布幕拉起來和舞台隔開當作是
後台,好久沒聽到白色母球撞擊
其他顏色的球的聲音,撞球不是
直直用力擊打就好,要根據角度
距離來拿捏力度,講究恰到好處
就像為人處世一樣。

上海 221

奶奶小時候住在上海的霞飛路,
後來在五〇年代改名為淮海中
路。某天奶奶給我看她年輕的時
候爺爺寫給她的情書,爺爺的
字跡龍飛鳳舞,我只看得懂其中
一句上面寫著「我想待在你身邊
當隻小狗狗」。2013去了上海兩
次,當時印象是到處都是車輛的
喇叭聲,2019再去的時候這個狀
況幾乎沒有了。

廣州 3019
彼岸花開音樂節在廣州佛山，看到佛山就想到黃飛鴻，想到
黃飛鴻就想到李連杰，電影的情節印象不是那麼清楚了，倒
是林子祥演唱的主題曲還可以哼上個幾句。

2013 11 深圳、廣州、惠州、香港

深圳 416
我們投宿在表演場館B10附近有兩片綠色葉子當logo的CityInn，Lobby的某面牆上有張照片，照片裡有台破舊的公用電話，電話旁邊有一直排漂亮女生的照片，底下用簡體字寫著「當你停留，誘惑就會無孔不入，明明是在家鄉的女朋友報平安的，說話竟然語無倫次起來。」我想了又想覺得好像漏了一個字，「是」和「在」之間是否要有個「跟」這個字？

廣州 391
2013上海的草莓音樂節舞台就在黃埔江旁邊，我一直以為黃埔軍校就在上海，後來才知道是在廣州，爺爺是黃埔軍校校歌的作詞者，第二次去廣州表演的時候一樣是時間緊縮，找不到空檔去黃埔軍校看看。

惠州 1002
我們在表演場地「繁House」
樓上的陽台滑手機等待彩排，
我對著街景拍了張照片傳給當
兵的朋友，我寫說Live House
的陽台還不錯，他回泌尿科的
「扛棒」好顯眼，我再仔細看了
一下照片，原來照片裡有個藍
底白字的看板寫著「惠州友好
泌尿專科，專業只為男人」，
還有電話號碼＊＊＊-666，我直
覺666是惡魔的數字啊，後來
很久之後才知道666最早是在
英雄聯盟裡流行的網路語言，
在對話框打出666代表對方技
術高超的意思。

香港 2407
Hidden Agenda 2009 年一開始位於觀塘，是個很酷的Live House，後來數度搬
遷，2018 年將新場所命名為 This Town Needs，2020因為疫情趨於嚴重，不少樂
隊無法來香港表演，無奈於同年 2 月 27 號舉辦告別演唱會。

2013 12 昆明、北京、鄭州、武漢

昆明 6406
44歲的生日在昆明度過,
謝謝為我準備蛋糕的朋友。

北京 308
l2月底的北京太陽好大好大都是騙人的,在廣場冷得要命,很喜歡798藝
術園區,但聽說近年有些落寞覺得可惜。

鄭州 503

我們同沒錢看現場與沒時間看現場的思想還要進行長期的戰鬥。

武漢 8322

在武漢的時間不到24個小時,只有在車站前往 VOX 的計程車上看到一些霓虹燈的街景,隔天一大清早又趕往機場,這大概也是一種記憶模糊的感覺。

2013 12 重慶、成都

重慶 813

在飛重慶之前我就事先 Google 好了地圖,想說抽空要去解放碑看看。在飛機
降落之前飛行經過渝中半島從機艙往下看見夜景好熱鬧漂亮,但無奈也是一次
因為彩排、電台採訪、表演塞滿的行程只能在飯店附近走走晃晃了,手機拍不
出眼睛當下看到的美麗,於是夜景就留在腦海裡,期待下一次造訪了。

成都 307

待在重慶的時間夠短了,
舟車勞頓來到成都更是不
到 24 個小時就要回台北
了,當時在小酒館外的大
馬路上看見有很多應該是
捷運施工的工程,在現在
打字的當下應該都已經開
始營運了吧。

2014 05 新加坡

0618
後來很喜歡沒有冬天的城市，
感覺腳步輕鬆，行李箱也變輕
了，冰淇淋吃起來特別好吃，
下午的雷陣雨呼嘯而過，地一
下就乾了。

2014 12 北京

1314
小時候在同個巷子裡長大後來長年在北京工作的朋友來糖果俱樂部看四分衛和
脫拉庫，他傳了幾張現場的照片給我，但因為時間太晚與行程緊湊我們沒有在
北京碰面，後來他回到台北開起了 Uber，有一個晚上他載到盧廣仲，盧廣仲居
然在車上唱起了歌，這有趣的故事還上了新聞。

2014 12 杭州

2406、8416
45歲的生日在杭州度過，謝謝為我準備蛋糕的朋友。

2015 08 LA

433

LA真的好大,不像紐約和舊金山那樣集中,表姐只是要去買個電池,都要開車上高速公路,車上播放著 Air Supply 的〈Without You〉,表姐說她 18 歲的時候有去看 Air Supply 在台北的演唱會,當時好年輕好年輕,當時怎麼會想得到後來在 Whisky a Go Go 看我的演唱會 XD,當她在駕駛座這樣說的時候我看著車窗外好多快速前進的車輛,心裡忽然發覺「LA真的好大,但流動的時間似乎更大」這樣怪異的想法。

2015 08 Vladivostok

334
2015 年 V-Rox Festival 第一晚的壓軸是「愛的魔幻」，鼓手是鼎鼎大名YMO
的高橋幸宏，沒想到2023年初他就離開這個星球，差不多兩個多月之後坂
本龍一也走了，當下打字的時候YT正在播放坂本龍一的〈Rain〉，第一次
聽到這麼慢的版本，仔細一看原來是Cover（翻唱）的，此時此刻也很適
合。

2016 01 **哈爾濱、長春、瀋陽**

哈爾濱 202

當晚表演結束之後，我們在冰天雪地的晚上走去附近餐廳找吃的，在餐點陸續上桌的時候，我忽然發現番茄炒蛋的旁邊有一個藍色煙灰缸上面寫著「抽菸不代表就是壞人，但酒後開車絕對不是好人」。

長春 8519

時光是記憶的橡皮，我依靠直覺往後接一句，距離是模糊的證據。

瀋陽 1001
在查看在瀋陽的表演照片的
時候，我發現我沒有戴著銀
色項鍊，記得當時好像是有
一節卡到，拿去送修了吧。

2018 06 北京

0911
虎神48歲的生日在北京度過，慶功宴的影片裡有很多叫不出名字
的朋友，很多時候一群人聚在一起或許一輩子就那麼一次。

2018 12 廈門、深圳、廣州、長沙、南京

廈門 603

另外一個在中國大陸工作的朋友，他在廈門工作的時候非常喜歡那裡所以在廈門買了一間房子，後來他離婚了去了北京，於是把在廈門的房子給了前妻。

深圳 9289

從飯店往外望有好幾座正在施工新建的大樓,大樓越蓋越多把原本可以看
得很遠的 View 都遮住了,此時此刻這些大樓應該都已經開始營運了。

廣州 132
第三次來到廣州還是沒有時間去爺爺年輕時待過的黃埔軍校看看。

長沙 249
很幸運在長沙多待了一天,以至於有空
檔可以走走晃晃,剛開始又濕又冷但隔
天出現大太陽,我跟我的影子邊走邊看
邊吃了一顆黑糖饅頭補足熱量,拍了很
多照片,連坐錯車站都很開心。

南京 3B1
在南京的時間不到 20 個小時，哪兒都沒有去，只在一大早
附近捷運站的馬路上看趕路的人們，當天陽光很刺眼，我
對著寬闊的街景拍了幾張照片，就回 Lobby 集合了。

2019 01 大阪、東京

大阪 223
目前只去了大阪三次，分別是 1994 年的旅行團，當時是從福岡、長崎、北九州、瀨戶內海、大阪、京都、名古屋、河口湖之後一路到達東京的七天行程，第二次是 2007 年公司旅遊的時候，當時在心齋橋上看見右邊是固力果跑跑人，左邊的大看板是鈴木一朗帥氣的為 NTT 西日本代言的廣告，當時他還在西雅圖水手隊，不知為何只要一提到大阪我腦海第一個浮出的畫面就是鈴木一朗穿著水手隊制服準備揮棒的樣子。第三次是 2019 年去表演，當時距離他大聯盟最後一個打席的日子還剩兩個多月。

東京 1424

不能去東京的日子我經常看YT有人在東京各個區域走路的影片來解悶，
或是看著攝影師Jeffery Martin 在 2012 年九月在六本木 Hill 和東京鐵塔拍的
360 度環繞影像，照片從近到遠可以放到很大，我就在麻布十番附近找到
某個在樓頂曬日光浴的金髮女郎、達比修有和乃木坂46的看板，還有東
京鐵塔底下一個在公園倒臥在地上睡著的人，還有正在舉辦學園祭的芝
中學的操場上有個舞台，舞台上有Marshall和JC120的音箱，好奇是什麼
樂團要表演？七樓的樓梯上一個理平頭的同學看起來正在吃熱狗……細
節一堆放大來看真的好有趣。希望Jeffery Martin 有機會找個晴朗的好日子
再拍一次這樣的照片[2]，畢竟2012距離現在也十幾年了！

2　https://360gigapixels.com/tokyo-tower-panorama-photo/

2019 01 **首爾**

1003
弘大的 L7 Lotte Hotel 的二樓是 BT21 專賣店，我喜歡灰白造型臉上有圈和叉的宇宙機器人 VAN。

2019 02

新加坡、吉隆坡、檳城、曼谷

吉隆坡 206
從飯店前往 Live Fact 的計程車上，我第一次看見載有 Uber Eats 箱子的摩托車奔馳著，當時我還搞不清楚那是什麼，一直到現在我手機裡也沒有 App，我真是上古時代的人類。

檳城 417

Dear 四分衛，聽你們的歌很多年，2016有緣在台北看到你們的專場後更墜入鐵粉的行列，沒想到有一天可以在自己的城市看到你們！！！其實我已經在澳州生活，最近媽媽生病了才請了長假回來陪她養病，我想2019也是我練習對抗的過程吧！

想說一個人在外生活時真的很常聽你們的歌走路搭公車，總是讓我有熱血與衝動，偶而也有安慰。搖滾的路上請你們繼續加油！

謝謝你們來檳城，希望你們吃得開心！

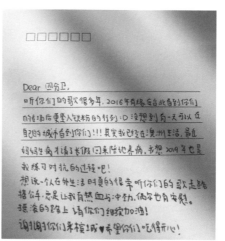

曼谷 CI

住在曼谷的TD民宿，我走出街道外看見便利商店一直有來到景美夜市附近的感覺。

2020 08 屏東、高雄、台東

屏東 0467

在海軍陸戰隊屏東龍泉新訓中心住了兩個月，1989年的最後一天我在彈藥庫值班夜哨兩個小時，從12月31號晚上11點站衛兵站到1990年1月1號的凌晨一點。衛兵交接的時候我想趕快回到連上睡覺於是我大步快跑前進，半夜腦袋迷迷糊糊的再加上天色太過昏暗視線不佳，向前衝的結果就是被鐵絲網柵欄給攔下了，硬生生地被停止了速度的感覺真不舒服。我的90年代才剛開始一個多小時就讓金屬鋼絲把我的迷彩服給勾破了，大腿手臂也都流血了，只記得還蠻痛的，後來怎麼解決的現在已經不記得了，應該是回連上找安全士官拿雙氧水消毒之後再拿碘酒來擦吧。

高雄 3328

入住在高雄漢來飯店的 3328 房，窗外的景色無論是白天還是晚上都好漂亮。

台東 315

虎神的哥哥捷任後來都住在台東了，他大我兩歲，恭喜他在五月即將迎來第一個小朋友。

2022 07 台北電影節　基隆

649

基隆「Sr. Nio 尼爾先生墨西哥熱狗堡」，是由亥兒樂團吉他手俊宏與牙套樂團鍵盤手貝兒夫妻檔開的一間店，各式各樣的熱狗堡很好吃，大家來到基隆一定要去品嘗看看。

2023 01 The Wall 海邊的卡夫卡

公館 2442
我喜歡公館，有金石堂、百老匯、東南亞、誠品、烏克麗麗，還有好多好吃的，真是太方便了。

2023 02 台中浮現祭

清水 105
台中有清水，日本也有清水（Shimizu）位於靜岡縣，清水市看得見富士山，應該也是個很棒的地方。

推薦文

有你比沒你好上許多

阿山是我23年前的廣告公司同事。他是設計，我是文案，但沒有搭檔過。我們在那職場道別後，我依舊遠遠的觀看著他在舞台上的表演。

這書正巧滿足我，讓我可以一探搖滾歌手巡迴演唱間的生命，那常常是更加精采的聆聽，而且，在那城市和城市間，我聽到的是溫潤的心跳聲。

我一直喜愛阿山的文字，說起來，可是比許多廣告文案來得扎實溫暖，並且穿透心房，停留很久很久。

我是那個會不時催他該把書寫出來的朋友，但說真的，得利的從來不只是我，會被安慰的，還有很多，那些曾經激昂卻也滿身傷還帶微笑的朋友。

我一直很喜歡阿山，喜歡他澄澈的眼神，喜歡他不擺架子的認真姿態，喜歡他對什麼人都善良，就算老吃虧，都笑笑的罵一聲，就算了。

謝謝阿山，我很珍惜，有你的世界比沒你的世界，好上許多。謝謝阿山，我很珍惜，有你觀看的世界比沒你觀看的世界，好玩許多。

—— 文／盧建彰（廣告導演、作家）

只有阿山可以召喚這場雨

在行銷公司上班時，動不動就加班到半夜的我們，總會在深夜去 KTV 釋放壓力，每次必唱〈雨和眼淚〉。誰會想到過了這麼多年，竟然有辦法知道這些歌曲們走過的旅程、發生的故事，而且是透過阿山本人。阿山的文字總有一種魔幻力量，可以把任何場景都變成繽紛又奇幻的電影畫面，捲入像暴風雨般的閱讀體驗。只有阿山可以召喚這場雨，讓人深陷其中、無法自拔，就像雨和眼淚。

—— 張瀞仁（Give2Asia 慈善顧問）

搖滾歌手的後台風景

原來阿山每次上台開唱之前，一定先好好刷牙。這是搖滾歌手走江湖三十年的日常，是激情和麻木反覆交替的生活筆記，一再在回憶中回憶，還有永遠揮之不去的青春期。從北京到東京到海參崴，經常唱哭觀眾，偶爾唱哭自己。謝謝阿山，帶我們看到了熱血和噪音的後台風景。

—— 馬世芳（廣播人、作家）

一起探索有限裡的無限

　　與阿山一起聽歌，一起為歌手創作，也聽著他在訊號雨的創作，他自帶奇特的生命跨界體驗，好像變身超人一樣同時經歷了演員，作家與音樂唱作人。

　　在這本書裡認識到了「有限裡的無限」這樣的奇妙的觀點，或許在我們一生能去的地方有限，而這本書代替我們重新經歷了這些地方的未知，在阿山的歌與文字中，我們渺小而獨特，也更喜歡重新探索世界的自己了。

　　　　　　　　　　──秦旭章 WiFi（廠牌主理人，守夜人團長）

自序

在兵荒馬亂的路程
聽幾首夜深人靜的歌

　　某年某月的某一天在上瑜伽課之前，虎神忽然從電腦翻出一堆旅遊的相片，他還真的去了蠻多地方還一個人去歐洲旅行，我們邊看邊聊就翻到2013去杭州參加「團團轉」的相片，看到當時隨手拍的畫面就非常懷念，對於當下過去與未來我已不再糾結，我已經不害怕自己是一個喜歡回顧過往的人了。當時忽然有個念頭想說：「哎呀～把這些去好多城市表演的經歷給寫下來好了。」其實很多故事沒什麼大不了，都是曾經路過的風景與遇見的人們，當下或許覺得沒什麼，真的要過了一段時間回頭看看才明白那些抓緊時間左顧右盼的日子，那些來去匆匆每次總是剛開始熟悉就準備要離開了的我們，確定的是心中無限感激，那些在意或不經意的場景與人們，都是後來變成故事之後才能理解的過程。

　　還好我對於自己電腦裡相片的檔案都有分門別類，所以都還蠻好找的，於是我就邊看邊寫邊回憶當時發生的一些事情，如果把我的記憶變成液體那應該可以裝滿整棟大廈的每個浴缸吧！

也應該會多到溢出來擴散在浴室磁磚上面變成髒髒的難以清除的污垢，那些滿出來趕緊用拖把吸取的水分應該就是我記不住的部分，於是我用Google尋找地點與相關位置，再打開手機查看行事曆，拚命地在IG和FB向上滑到特定的某天來看看當時的影像和文字來喚醒記憶。有趣的是我能夠記住的都是在台下發生的事情，在舞台上表演的時候只記得唱了哪些歌和一些好笑的時刻。譬如在鄭州大家唱到一半因為尿急和國璽衝去洗手間再趕回來唱歌的情景，對於面對麥克風聲嘶力竭的時候真的印象不是很深刻了，看到朋友幫我拍的相片，強烈的燈光下才發現：哇～原來我唱歌的時候脖子上的青筋那麼明顯，大概唱歌需要很用力和專心吧！但既然都已經專心了為什麼台上的記憶卻那麼模糊？

　　我思考了好久一直都沒有個確切的答案，直到有天看到「造次映畫」引進來的一部電影《首席女指揮》我才有了頓悟的感覺。影片快要結束的時候女指揮家「瑪琳艾索普」問兒子說：「你在攀岩的時候有在想什麼嗎？有和朋友討論攀岩的過程嗎？」兒子只跟媽媽說了一句話：「當下我十分專注，以至於我什麼都不記得了。」這時候我心裡才有所體會，啊～原來我在唱歌的時候也是這樣子吧！那些發自內心從喉嚨一直延伸到嘴巴甚至指尖的文字和音符都只活在當下啊！那些記不得的其實都被身體記住了，藏在心裡想了好久的問題居然被影片裡一位十五六歲的少年的一句話給解決，腦海裡浮現浴缸和煙霧的樣子，水龍頭壞了關也關不緊，我眼睜睜地看著熱水滿了出來拚命地往排水孔

跑。

　　看著螢幕上幾年前、十幾年前或二十年前我們和他們的樣子，我真的好想打開哆啦A夢的任意門再造訪一次曾短暫停留的城市，並再次感謝當時在旅途中幫助我們的人。但也是後來才明白原來當下即是永恆，原來很多人或許這輩子就碰面那一次，原來很多地方也就只去過那一次，所有的回憶變成盤根錯結的樹根被埋在土裡變成養分，年紀不斷增加，影片越來越長，容量越來越大，回想馬不停蹄舟車勞頓，練習在兵荒馬亂的路程聽幾首夜深人靜的歌，不知不覺就要像卓別林說的，用長鏡頭看待一些事情，看著當時的喜劇就傻呼呼地笑著，只是不知道後來笑著笑著就哭了，眼淚變成透明的麻繩圍繞著我，一圈又一圈的有些會消失不見，有些會變成身體的一部分。原來我們都是被過去綑綁的人，這些透明的圈圈會帶著我再拚命地拍拚命地寫。

荒路夜歌 目錄

2014新加坡・北京

2015香港・LA・海參崴

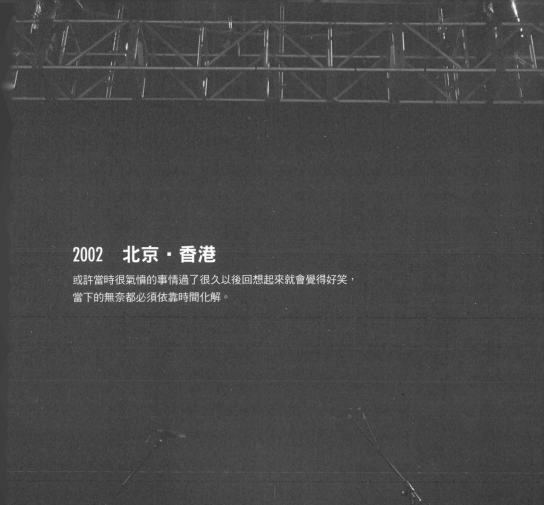

2002　北京・香港

或許當時很氣憤的事情過了很久以後回想起來就會覺得好笑，
當下的無奈都必須依靠時間化解。

2月 北京

● 黑人問號跌落滿地乒鈴乓啷的

2002年1月24日四分衛參加Channel V第八屆的「華語榜中榜」而第一次飛北京，當時還從澳門轉機遇到了小郭的高中學弟，他當時因為工作的關係每個月要跑大陸一兩次，相對比之下我們簡直就是土包子，擦肩而過簡短的寒暄再見面已經是十幾年某場台中的表演之後了，他現在自創了品牌，項目是工程醫學用的空氣檢測機，已經和當時舟車勞頓的他很不一樣了，同樣的時間，同樣的日子在不同人的身上經過了不同的地方就會有好多好多的故事。

很多擦肩而過的人都在我們看不到的地方拚命努力，當然也包括了從小聽四分衛長大的朋友，這樣的突如其來碰面機會和際遇越來越多，看看別人想想自己，在內心深處因為歌曲得到成就感的同時難免會有一些汗顏。

在接近首都機場的時候從空中看著機艙外一片遼闊黃土，期間飛越了許多民宅和建築設施，就好像是一幅油畫的層次只用了咖啡和土黃色的顏料，偶而有些細細的藍白相間的線條和許多深灰色大小不一的長方形，那樣的彩度和台灣的景觀真的很不一樣覺得新鮮無比。

帶著興奮的心情入關再出了機場，吸了好多冷空氣再坐上巴

士看著高速公路旁光溜溜的樹，途中經過某個二樓高的建築物有幾張大大的看板廣告，藍色為背景的看板上阿諾史瓦辛格豎起了大拇指，旁邊幾個白色的大字寫著「步步高 麗聲DVD」，我想起了之前廣告公司的教育訓練。訓練的課程很長，幾位講師口沫橫飛接二連三地上陣，很抱歉的是很多我都印象不深了，但記得很清楚的是關於戶外看板的訊息要在三秒鐘一目瞭然這個部分。有些事情就是要簡單明瞭想要多說或多解釋些什麼都先放到後面，有興趣你就會想辦法追，沒感覺也不勉強，阿諾在魔鬼終結者第一集到第二集從邪轉正，他最有名的對白「I'll be back」就像直白的廣告看板一樣容易被大家記住，這慢慢地說的三個字背後的意義得歸功於電影劇情醞釀的部分，所有簡單的字眼都來自於不簡單的事物和經歷，那些在背後必須依靠時間來堆疊的過程有些看得見，有些看不見，後來我才發覺原來簡單其實真的不簡單。

　　巴士直接開到了北京工人體育館彩排，下車時有幾個人問我們蔡依林和張惠妹有沒有來？看我們四個男生還問我們是不是F4？我說「F4高多了我們是四分衛，沒聽過吼？嘿嘿～」然後我就背著吉他趕緊往場館裡走去，留下他們幾個人黑人問號跌落滿地乒鈴乓啷的。就算是唱卡拉彩排還是要花一些時間，演唱會導演拿著本子仔細跟我們講解流程，舞台上的鼓已經架好之後，主持人吳大維跑來台前跟我們串門子，摸摸鼓棒打打銅鈸，阿玩正在講解每個鼓組的細節，然後來回唱了幾次也讓節目組大致了解

了歌曲的流程，我看著小郭代替沒來的阿辰彈Bass，雖然是裝個樣子但Bass在他身上感覺很長還是很不習慣。準備離開的時候我在洗手間看著馬桶裡結著一層薄薄的冰，緊接著新陳代謝讓溫暖的液體順勢把冰敲破，我忽然發覺自己真的來到一個很冷很冷的地方。

　　一行五人入住了威斯堡飯店，飯店的房間號碼是1111，室內寬敞無比還有玄關和拉門，我打開電視螢幕裡日本歌手槇原敬之正在熱烈地唱著，那是一首有點Jazz Swing的歌曲，阿玩忽然跟我說有時候歌結束在小調的和弦也很有味道，我思考了一下，想像著Em和弦的畫面是一片深綠色的森林，森林裡的樹葉被風吹著沙沙作響，落葉隨著空氣的對流飛起又落下，偶而有點光線從樹叢的縫隙鑽了出來，然後就沒有然後了，因為肚子好餓，我打電話到虎神和小郭那間說：「一起到樓下吃牛肉麵吧！」

　　等待電梯的時間因為飢腸轆轆的胃而覺得漫長，看著樓層顯示器一個一個亮起依序往下降更是心浮氣躁，好不容易電梯門一開，不耐煩的一行人看著電梯裡倒吸一口氣，因為電梯裡面站著一位我們都認識的電影明星楊紫瓊，《臥虎藏龍》裡俞秀蓮一把斷劍停靠在玉嬌龍的頸部還歷歷在目，所以當看到時裝版的本人的時候會有時光錯亂之感，我不知道時裝版的楊紫瓊要去哪裡？出了電梯之後小郭得意地說「她剛有跟我點頭誒」，我和阿玩同時說「我也有啊」，巨星就是巨星無論何時何地永遠面面俱到。

　　蘇氏牛肉麵一碗人民幣五元比想像便宜，可樂一罐人民幣六

元卻比台灣貴覺得新奇，牛肉麵的肉片很薄吃起來很爽快而湯頭左邊還蠻清澈看得見蔥花載浮載沉，右邊是濃濃的辣椒和辣油吧，拉麵的麵條口感也不錯，我想這大概就是北方的味道吧。

　　十八九歲的時候很喜歡去南陽街附近的一家聯合麵店吃麵，四川口音的煮麵師傅聲音宏亮，手臂上有看起來像是部隊的刺青，他和店裡的幾個忙來忙去的老頭子感覺都像是外省老兵，當時是1989年左右，我經常一個人去造訪也和朋友或和同學去，有時候和同事下班後騎摩托車趕去，假日和女朋友約會的時候也去，吃麵的時候的話題一句也記不得，只記得當時一碗牛肉麵80元對學生有些貴，所以附上一碗清湯的炸醬麵也是很好的選擇，每次要去吃麵的時候內心小劇場都在二選一而焦躁不已。

　　大概在2000年初老兵們忽然都不見蹤影，而取而代之的是一群年輕人在忙進忙出，店內店外也煥然一新，口味大致沒變，但吃起來就是少了一股勁，原來當時店內宏亮的嗓音和那樣破破舊舊的感覺就是一種無法取代的裝潢。記得到了2003年左右新的店也消失不見變成了飲料店，我最愛的麵條和湯頭從此在這個星球消失不見，刀切麵條的口感絕佳搭配香辣的湯頭，是這輩子難忘的回憶之一，現在聲音和影像都可以儲存到電腦裡，什麼時候味道也可以呢？

　　晚上坐了計程車來到天安門拍照留念，整個廣場都沒有什麼人，就我們幾個跑來跑去，往小巷弄走去遇見一家雜貨店，大夥瞎起鬨說要買冰棒吃，打開冰庫脫下手套拿冰棒的時候意外發現

冰庫裡還比較溫暖？幾個人驚呼連連手忙腳亂地測試溫度，老闆問說：「你們南方來的啊？」我們回：「對啊台灣！」其實內心著實愣了一下。

後來大家人手一支冰棒往巷弄走去，天氣冷到冰棒一直不會融化，一下子忽然尿急，四個人一人一手拿著冰棒舉高高害怕公廁的味道沾到冰棒上，然後各自就戰鬥位置釋放水分，水分洶湧地撞擊藍灰白相間磁磚的表面產生爽朗的聲響，身子抖了一下著實放鬆啊，那將近一分鐘的戰鬥時間印象裡是有些麻煩但是很開心的，天氣依舊寒冷，嘴巴呼出的水蒸氣因為冷卻而變成了一片片小小的水滴，在路燈的照射下往不同的方向散開，右手的冰棒也安然無恙繼續不會融化。

● 再孤獨也不會寂寞吧

Channel V華語榜中榜的典禮當天，工人體育館滿滿的都是人，所有的來賓都坐在舞台前側的座位，F4就坐在我們左側的斜前方，最受歡迎男歌手周杰倫唱〈雙截棍〉的時候，我們都不自覺站了起來喊著「哼哼哈兮快使用雙節棍」，腦海裡想著小時候看李小龍電影有些入迷，跟媽媽要了零用錢跑去巷口的文具行買了雙截棍來玩，自以為可以耍些什麼花招，結果當然是事與願違臉上多了一塊黑青，媽問我痛不痛，我用發疼發燙的臉說不太痛，後來過了幾天雙節棍被年長我幾歲的鄰居朋友借去玩，當晚

他就被罰站在門口，我說怎麼了？他臭著臉說客廳的檯燈被打破了，後來我就再也沒看見那支雙節棍了。

八點多的時候最受歡迎女歌手王菲上台小露香肩，兩對長長的耳環微微晃動，看著她「你在我旁邊，只打了個照面」唱著流年，在距離我不到十公尺的地方一個人站在大大的舞台上感覺有些單薄，但那樣的畫面又讓我的心情豐富無比，因為是王菲吧，因為是歌聲吧，所以就算是再孤獨也不會寂寞吧。

F4獲得最佳新人獎之後唱著大家都會唱的那首歌，全場的女生開始沸騰跟著一起唱，唱著唱著連我都會唱了，城市的光害那麼大，也沒什麼機會特別跑到山上，我沒有印象有和誰一起去看流星雨啊，只記得眼淚都流在後來會思念的地方。

因為接下來是第一次在北京唱歌心情難免興奮，但真的想不到後來會發生了些狀況。

我坐在台下想著之前看過的Rundown總覺得差不多該輪到我們了，我問左邊虎神也問右邊小郭說是不是該到後台了？一邊也心想是否該等誰來cue我們？就在這樣猶豫的過程裡面，忽然主持人吳大維說著：「接下來讓我們歡迎特別推薦新浪潮樂團四分衛！」啊挫賽！K8！MD！阿娘威誒！所有可以應景的字眼都在胸口群魔亂舞，我們趕緊往舞台旁邊衝過去，耳朵聽見捲舌的口音說著「哈哈他們在那裡」，哎呀怎麼搞得啊？跑到準備登場的地方又嚇了一跳，原來挫賽1.0升級至2.0不用幾秒鐘的時間，哇靠靠靠靠靠靠！鼓組還沒有組裝完成啊！我的老天（那時候鵝還

沒有出現），工作人員和我們大眼瞪小眼，大家嘴巴微張著瞳孔放大，感覺那幾秒就像壯闊的銀河一樣漫長，航行於宇宙的無敵艦隊正在以光年的速度飛行，沒有確切的目的地，只是為了要尋找像地球一樣的地方。

　　我和小郭和虎神趕緊揹上吉他貝斯就定位，此時音樂已經響起，更要命的是升降台卡住了，不知道誰喊了一聲「去給我扛啊」！只見幾個工作人員衝去我們站立的板子的底下死命地往上推！我們的高度總算又往上升了，看到如此慌亂和他們拚命的樣子真是膽戰心驚又感動，我們還沒從舞台中央的升降台升起我就已經唱著主歌「被夜晚冷卻的沙灘，快樂悲傷浮在上邊」，我回頭看了一下阿玩還在和鼓組作戰，他的臉孔充滿了無與倫比的專注，一直唱到B段「突然間我才了解，就在起飛的那一瞬間」，我們總算探出頭來，耳邊還聽見了一點他們在底下用喉嚨發出悶悶的「呃」「啊」用力的聲音，我繼續唱著「於是我閉上眼睛去撫摸在黑暗中掙扎的光線」，總算趕在副歌的前一兩句到達了必要的高度，可以對著全場的觀眾大聲地唱：「起來！我要你看得見，再大的風雨要用力飛！」

　　站在舞台的中央視野好得不得了，絢爛的燈光和座無虛席的氣氛，閃光燈從四面八方此起彼落的閃了又滅，滅了又亮，無論任何事在此時此刻都不列入考慮，一切都要等唱完再說，我邊唱邊想著王菲是不是剛好有聽到我唱這首歌吧？還有阿玩的大鼓槌是否有在對的位置？還有在底下那幾位大哥是否還在拚命扛著？

　　阿玩一到後台之後就用力地往牆壁狠狠地搥了一拳，後腦勺正在冒煙，咬牙切齒的臉我們都看不見，我心想剛剛一定來不及裝大鼓槌，右腳是要踩什麼鬼啊？雖然是卡拉但器材裝備不全就是覺得跌股啊！難怪他氣成這樣，後來又過了一陣子阿玩遇到了唱〈東北人都是活雷鋒〉的雪村老師便又笑嘻嘻的和他合照。

　　千里迢迢地就為了唱一首歌，雖然過程跌跌撞撞但還是在手忙腳亂的狀態下完成，就算已經知道船到了橋頭自然直，但之前還是不想那麼地驚濤駭浪啊，能夠風平浪靜地多好，但或許當時很氣憤的事情過了很久以後回想起來就會覺得好笑，當下的無奈都必須依靠時間化解，而且不只一次，老天爺就是喜歡開些玩笑加強我們的歷練，久而久之總會發覺原來這就是人生的其中一種答案。

● 還沒有親眼看過海

　　後台比想像的還要熱鬧，大家趁著這個時間互相寒暄，我看著謝霆鋒抽著煙和誰不知道說些什麼？我想起他唱的那首歌〈謝謝你的愛〉，MV裡站在後方彈著吉他埋頭苦幹的一個大學生是當時很喜歡四分衛的其中一個朋友，當時大家都很年輕，有些朋友更是年輕到發亮，縱使是那樣怎樣的錯都會對的年紀，後來很多年以後他也成家立業結婚生子，常常看到他帶著全家去日本廣島鯉魚隊的主場看球賽。

　　後來過了一段時間我看見應該是舞群走了進來，聽著其中一個驚魂未定地說奇怪怎麼和彩排放的歌不一樣？另一位回答「對啊，嚇死我了……但反正歌放了就硬著頭皮跳吧！不然怎麼辦？」他們熱烈地討論從惶恐到嘻嘻哈哈，我覺得這部分很有趣也很要命，舞台上出現的臨時狀況真的很多，或許就像飛機迫降一樣，當下要及時反應做出最正確的判斷，想盡辦法安全著陸吧！

　　有位來自四川的年輕記者問了我們一些我現在記不得的問題，我最記得他在採訪的過程裡跟我們說他活到現在還沒有親眼看過海，今天是第一次離開四川來到北京，我跟他說我有很多靈感都來自大海，他說為什麼？我說我也不知道，大概很愛吃魚吧，他對我的回答沒有什麼反應，我則是對自己莫名其妙的幽默感感到挫敗，這麼多年過去，不知道這位只見過一次面的朋友後來有沒有帶著很多很多的故事來到了某個海邊並且聞到海的味道。

　　在後台也看到了周星馳，很後悔沒有和他一起拍照，那屆他是亞洲最受歡迎歌手獎的頒獎人，得獎人是張惠妹。當時還不了解曾經看過的電影還有他的電影裡背後隱藏的意義，年輕的時候看過了就過去了，很多年之後再看到同一部電影，或許是經歷和痛苦多了一些，才能夠對劇情有所感觸，原來自己和很多人一樣就是扮演一個不稱職的喜劇演員，有時候儘管再怎麼努力，或許在某個人的故事裡都是挨罵的份。

　　當時典禮結束之後大家往大巴士集合，我回頭看見小郭和虎神和阿玩被人群擋住，好不容易從人群當中虎神和阿玩擠了上來，留下小郭一個人拿著筆在某個人的簽名板上寫著什麼，好不容易巴士離開之後在車上我就開始問他。

　　我：你剛在那邊寫什麼鬼？

　　小郭：簽名啊，不過我有先問他們知不知道我們是誰？還給他們提示說團名有一個四。

　　我：他們認得我們嗎？

　　小郭：他們就說F4啊！然後我就說哇這樣你們都猜得到，於是我就幫他們簽了言承旭。

　　我：哈哈哈！你幹嘛不簽暴龍？

　　小郭：哎呀筆畫太多了啦！

● 邊看著我們笨拙的身影邊華麗轉身

　　隔天親眼看見了紫禁城，也進去走了一圈，之前只有在電影《末代皇帝》裡看過城區的樣貌，但不管畫面多麼地美劇情多麼動人都比不上實地造訪來得深刻，紫禁城好大好大據說有一百個足球場那麼大！還有個傳說是紫禁城裡的房間有九千九百九十九間半，是因為開工前永樂皇帝做了一個夢，夢見玉皇大帝跟他說天宮的房屋才能有一萬間，人間的皇宮內的房屋不能超過一萬間，縱使心裡不服氣但還是在修建的時候少了半間。

　　目前為止也只進去過紫禁城一次，後來造訪了幾次北京都只是經過，現在回想起來只是記得當天天氣很冷地方好大也走了好遠的路，唯獨印象深刻的是宮內大殿的門口有許多鎏金銅缸，除了是儲水用來防火以外同時也是陳列品，但銅缸的身上滿是明顯的刮痕，一道道的線條即使經過了一百多年看起來還是怵目驚心，據說那些都是1900年八國聯軍的士兵為了刮取金屑用刺刀所造成的，銅缸旁邊有很多龍頭在紫禁城有將近一千多個，那都是下大雨用來排水的，這就是水龍頭這名字的由來，當時的人們已經消失無蹤影，只剩下一個個坑坑疤疤的銅缸還矗立在原地見證歷史。

　　生而為人除了很抱歉以外，真心希望這個世界不要再有戰爭，雖然兩百多年前黑格爾就說過：「人類從歷史學到的唯一教訓，就是人類從來沒有從歷史汲取教訓！」

　　走著走著來到了外頭的護城河，把馬丁大夫的靴子脫掉換上有冰刀的鞋子，在結冰的河上慢慢適應，重心不穩地跌了好幾次，於是只好推著裝有冰刀的椅子慢慢滑行，我想起國中的時候去西門町的萬年冰宮溜冰的時候沒有這麼難吧？當時冰宮播放的都是在國內外流行的歌曲，在Laura Branigan的〈Self Control〉催化下，一群不認識的人就開始接龍，在前方倒溜帶頭的人要很懂狀況帶領著這條人龍繞彎滑行，當時的男生都想在冰宮牽起第一次遇見的女生的手，當然我也是，但妹紙的手沒牽到反而是因為速度過快反應不及甩龍黏到牆壁上，同學有人流鼻血，我是手肘

黑青了一塊。

　　現在結冰的護城河上沒有音樂、沒有妹紙、沒有炫麗的燈光、沒有可以約妹紙去看電影的MTV包廂，只有我和阿玩還在適應冰刀的重心和角度。前方有一家人其中有一位小朋友穿著紅灰白相間毛衣，頂著平頭在我們面前滑行來回了好多次，速度好快然後邊看著我們笨拙的身影邊華麗轉身，You take my self, take my self control. You got me living only for the night~邊唱邊有樣學樣想要這麼帥的同時又跌倒了一次，如果能夠練到護城河退冰的時候，我應該可以厲害很多。

10月 香港

● 有多少扇窗就有多少故事

　　2002年10月四分衛受邀參加在香港高山劇場舉行的「華人搖滾音樂祭」，我們前一天就從桃園出發，抵達九龍的萬年青酒店時已經傍晚六點，我打開二樓房間的窗戶看見對面的鐵欄杆裡的住家，客廳裡的東西和傢俱隨意擺放，有一個綠色的冰箱側面對著我像是站崗的士兵一動也不動，它大概在那兒站了好久好久，白色牆壁上的月曆寫了一個大大的「福」字，月曆上方是一尊佛像，客廳裡的東西和傢俱隨意擺放，看不清楚標籤和功用的瓶瓶罐罐和大小不一的包裝袋和箱子都擺在黑色的玻璃櫥櫃裡，穿著白色T恤的老阿嬤看見我在看她，就從餐桌起身轉過頭背對著我往另外一個房間走去，她大概經常看到有人從她住所對面窗戶的另一側往她屋內探望也就見怪不怪了。

　　從飯店門口出去往左沒一會兒就來到彌敦道，好多旅行社和珠寶店的霓虹燈閃閃發亮，夜晚街道的彩度很高，光影都反射在每一台行駛緩慢的車窗上，我瞥見某片車窗上大家的臉孔搭配亮麗的街景都還蠻上揚，我們一行七個人憑著直覺往海的方向前進走到維多利亞港看夜景。從九龍半島往香港本島望過去真是一種無止盡的享受，海的味道、浪的聲音，海面的倒影就像浮動的油畫顏料匍匐前進，對岸彩色的燈光閃爍不停，眾多的大樓以黑壓

壓的太平山作為背景，安靜地日日夜夜站在人們需要他們的位置，每棟大樓都燈火通明，有多少扇窗就有多少故事，有多少故事就有多少相聚分離，我看著這一場活生生好大好大24小時不間斷沒有對白的舞台劇，內心感動不已。

當晚長期住在香港的金剛的大姊和姊夫為我們接風，金剛的姊夫是香港人招待我們幾個男生吃了好大一頓，還親切地介紹我們這些來自陽澄湖的大閘蟹在秋天最為肥美，現在中秋節剛過沒多久這個季節最適合，當時我以為大閘蟹有「大」這個字就會很大一隻，其實並沒有很大隻就像一般的螃蟹一樣，我不大記得大閘蟹在口中的滋味了，但虎神說他胃口很好吃了好多隻還有一堆蝦子。我們回到飯店的時候他全身發冷坐到浴缸裡，還邊抖邊說奇怪我和小郭都還沒有洗澡怎麼洗手台上的香皂有被使用的感覺？小郭說房間燈很不亮可能有鬼！莫名其妙的對話在發抖症狀減緩之後結束，鬆了一口氣之後虎神說剛剛那樣大概就是螃蟹的復仇吧！

過了好多年之後金剛的大姊夫因為肺腺癌過世，不菸不酒的他可能因為長期在電鍍工廠工作積勞成疾，回想那一天不知道在座的每一個人是否對那一次的晚餐印象深刻，說實在真的不很記得有說些什麼了，也不記得餐廳的名字了。人的一生有很多餐敘的時刻，來來往往的人或許只有一次見面的緣分，酒足飯飽互道再見之後彼此的人生難再有交集，能夠做到的就是要心存感謝，謝謝金剛的大姊和大姊夫當天在香港讓我們飽餐一頓。

● 擱淺在沙灘上的鯨魚

　　隔天去了現場彩排，贊助廠商是雷朋，送給了我們每人一支墨鏡，從很有質感的黑色眼鏡盒拿出來戴在臉上，我看著鏡子裡Ray-Ban的草寫標準字很帥氣的斜斜放在右邊深色的鏡片上，於是嘴巴喊著Top Gun然後自以為是地舉起右手擺在胸前比著手槍的pose，啊不對這是兩部不同的電影啊，或許007情報員詹姆斯龐德的印象淡了些，所以瞬間想到電影Top Gun裡的Tom Cruise飾演的飛官穿著帥氣的飛行夾克騎著哈雷戴著Ray-Ban的墨鏡，背景是落日餘暉的機場，空中有不知道要飛往哪個國度的飛機正在起飛，從地面到天空的金色漸層只能維持個半個鐘頭吧！美麗的夕陽轉眼就要消失不見，這樣美麗的景色要搭配的歌曲是來自The Righteous Brothers的〈You've Lost That Lovin' Feeling〉，這是一首1964年的歌曲相隔22年之後被放在捍衛戰士這部電影裡，當時才16歲的我看著電影裡聽著Tom五音不全地對著女主角唱著「You never close your eyes anymore when I kiss your lips, and there's no tenderness like before in your fingertips」這些歌詞的時候根本不了解，歌曲傷心的感覺反而是一種很開心的氣氛：後來很久以後當我吻妳的時候妳不再閉上雙眼，而妳的指尖也不像以往般的溫柔，那是一種像是被擱淺在沙灘上的鯨魚等不到救援的殘忍體驗，覺得灰頭土臉，覺得半途而廢，但當然還是得要強裝鎮定瀟灑地揮手說再見。

彩排結束後我小心翼翼地把裝好雷朋墨鏡的眼鏡盒放入背包裡，跟團員說要去皇后大道找姑姑，於是到了碼頭坐了渡輪，渡輪裡天花板的日光燈對比香港本島的燈火真是索然無味，鼻子聞著海風鹹鹹的味道，耳朵聽著海浪拍打船身的聲響和座艙內許多不認識的人們交談的聲音，眼睛看著越來越接近的維多利亞港，心裡想著剛出生四個多月的麵包超人。當時我妹妹因為工作的關係經常台北香港往返，如果妹妹之後也定居在香港，是否麵包超人長大之後也會像我一樣坐渡輪去找姑姑？

和姑姑碰面之後，她就帶著我和表弟坐上雙層巴士往銅鑼灣方向，巴士上層的視野很好，我像土包子一樣嘖嘖稱奇，表弟應該覺得我很奇怪。表弟長得好高，和他小時候來永和家裡玩送我Beyond錄音帶的時候根本不是同一個人，姑姑說他不愛吃麵包一直都這樣瘦瘦的。

姑姑像導遊一樣也帶我走到了蘭桂坊，還很巧地遇到了虎神小郭金剛也在閒晃，當時沒有用照片多做記錄真是可惜，如果是現在一定是拍照上傳IG限時動態再搭配個什麼gif圖案吧。

● 大樓與大樓之間的海

香港地狹人稠必須向上發展到處都是高樓大廈，姑丈姑姑表妹表弟就住在皇后大道西的某棟大樓，大樓門口附近有潮州菜餐廳、診所、地產公司、銀行、Welcome，抬頭看著細細一道的天

空有些頭暈，走進屋內有兩隻白貓站在背景是山和萬家燈火的窗臺上，頭上有淺咖啡圖案的叫做Mimi和另一隻頭上深色圖案的叫做Momo，12歲的Mimi不理人，10歲的Momo只瞪了我一眼就轉頭看著窗外了，兩隻貓咪的背影像是說：「你上次來是1993啊我們都還是小朋友喔！」那時候陳百強還沒走香港也還沒有回歸啊，相隔了九年現在的我們很不一樣了啊，雖然我們幾乎都待在室內看著窗外，不知為何空氣裡想念的氣氛拚命流動，這大概是一種預感，當時沒想到的是五個多月之後奶奶與哥哥（張國榮）離開了這個星球，不再有奶奶的呵護與不羈的風了。

　　雖然窗外的房子越蓋越多能看到的景色也越來越少，但也是有另外一種收穫啦，房子越蓋越多也就代表窗戶越來越多，有窗子的地方或許就有人居住，右方兩點鐘方向有個陽台有灰色的棚子那兒，看到沒？現在暗暗地看起來沒有人，但早上通常都會有個戴眼鏡頭髮花白的老奶奶坐在涼椅上吹風曬太陽，她會在花盆的旁邊放了一碟小魚乾，然後就有幾隻不知道是她養的還是附近鄰居養的或是流浪貓會跑來吃，她看著兩隻米克斯和一隻黑貓和一隻白貓一起吃就傻呼呼地笑著，她笑著笑著就睡著了，然後那隻黑貓就會躺在她身上眼睛半張著好像也很睏的樣子。我和Mimi每天都看著他們津津有味的樣子真是好羨慕啊，然後有個小朋友綁著兩條辮子穿著紅色背心和白色的裙子應該是老奶奶的孫女吧，會在太陽日正當中之前把老奶奶吵醒要她回屋子裡去。

　　我聽Momo說著說著但Mimi還是不說話。

　　直到有一天我們看著他們狼吞虎嚥地吃完小魚乾，老奶奶和往常一樣笑咪咪地在涼椅上睡著了，但她這次睡得特別久，黑貓也沒有躺在她的身旁，一直到小孫女來吵她但她還是不肯醒來，小朋友急了跑去找媽媽，媽媽看到也急了打了119，沒多久樓下傳來警笛聲，四隻貓咪此起彼落的叫著，我們看著那位媽媽微微顫抖紅了眼眶右手嗚著嘴巴左手抓著妹妹靠在身上，看著穿著白色制服的兩個人溫柔地把老奶奶從涼椅移到擔架上推去屋內，後來不管過了多久兩點鐘的方向就只剩下灰色的棚子和白色的涼椅和幾盆枯萎的花了，白色的鐵盤日復一日地待在水泥地上接受風吹日曬雨淋不再有魚的味道。

　　Momo 說著說著暫時告一段落，但Mimi還是不說話。

　　表妹還在加班，姑丈還在寫字樓，表弟在旁邊看著電腦做些什麼，我和姑姑坐在沙發上隨意轉著電視，當時日韓聯合舉辦的世界盃剛過沒多久，電視好像正在播放臨門一腳的特輯，我看著電視沒多久就望向另外一邊的窗外，原來23樓的高度在香港不算高，看著另外一邊的窗戶外頭有更多更高的大樓林立遮住了大半視野，偶而可以看見大樓與大樓之間的海有船隻經過，我看著遠遠的馬路上小小的行人走過，小小的公園內有情侶坐在草地上，頭髮長長的女生頭就靠在男生的肩膀上，遠遠的對面窗內有些傢俱擺設，偶而有些人影和小狗閃過，窗簾半開或關著，密密麻麻的室內照明越晚就越變越少，天色也就越來越暗，我對這樣的人物景色與時間流動著迷不已，直到算到大樓與大樓之間的海有第

十三艘船經過，就直接在沙發上睡著了。

● 兩點鐘方向的黑色

　　早上起來洗把臉刷完牙Momo不知去向，Mimi還是站在窗臺上看見我喵了一聲，我好奇地往面山的窗外看去，兩點鐘方向的棚子原來不是灰色的而是彩度低的淺藍色，大概原本是亮麗的天藍色的遮雨棚經過長時間的日曬彩度變得黯淡，所以在貓咪眼中看起來就是灰色的吧，陽台斑駁不已的空心花磚圍牆上站著一隻黑貓，他直挺挺地站著，四隻腳是白色的就像穿著白襪一般，我們四目對望沒多久他就跳下圍牆再跳到涼椅上躺著，涼椅上應該

還有老奶奶的味道所以他覺得安心，我看著他沒多久開始舔起了毛的時候，聽見姑姑喊我說要下樓去茶樓吃早餐，我和Momo說掰掰也跟他說幫我跟Mimi說掰掰，再跟那隻穿著白襪的黑貓說掰掰，我不知道黑貓的名字，就暗自幫他取名為「兩點鐘方向的黑色」，Black at two o'clock簡稱Bato。

姑丈和姑姑招待我吃了廣式飲茶，姑丈笑著跟我說人聲鼎沸的茶餐廳就是香港的氣氛，表弟平常都接些攝影的case，他說之後也想去台灣走走看看，表妹說她很抱歉再一會兒就要趕去設計公司開會了，我說因為我的到來把原本既定的行程有些打亂真是不好意思，同時又覺得這樣的過意不去好像太過小心了。哎呀～就是太久沒有碰面的關係才會這樣客套拘謹啊，小時候根本不會注意這樣的細節。我趕緊把燒賣大口咬下，嘴巴還沒吃完筷子就夾起了蘿蔔糕沾了沾黃色的芥末和辣椒，狼吞虎嚥的樣子想讓姑姑認為我還是個小孩。

來自台灣、新加坡、香港、安徽的四個樂團在傍晚時分陸續來到高山劇場彩排並在規定的時間死命地吶喊每個團親手寫的故事和旋律，當時難以避免的是在意自己在台上的感覺，唱什麼自己感覺比較爽很重要，過了好多年不知不覺這樣的想法就反了過來，變成想讓大家開心成為比較迫切的事，但我還是想念魔毯繼續乘風破浪不顧一切的樣子，那樣的力道會隨著年紀變得陌生但很重要，我經常提醒自己要把當時的自己抓回來和現在做些balance，勿忘初衷很好，變成討厭的大人不好，雖然經常事與願

違節節敗退但我還是會繼續這樣做。

　　最後一首歌結束金剛就像八零年代的克魯小丑的Tommy Lee舉起雙手把鼓棒往台下丟了過去，眾多的目光和歡呼聲裡看見兩道拋物線在空中墜落，然後就聽見一個女生的尖叫聲，大概是某一根鼓棒敲到了她，真是不好意思，不知道她聽了整場能夠記住哪一首歌？

2005.10　東京

每個喜歡音樂的人或許都曾被音樂拯救
或是用音樂拯救了某個人。

● 為了對抗怪物而奄奄一息

　　到達成田機場已經晚上八九點了，再搭利木津巴士到東京車站，巴士在高架橋上行駛著在接近市區的時候我往下望，看見一個上班族打扮的男人慢慢地走在路燈灰暗的馬路上，他一個人走著看起來有些有氣無力，車速很快一下子就被其他的建築物擋住看不見他了，就在那幾秒我忽然想著要是自己也在東京生活工作一陣子會是什麼樣子？好多年過去東京成為我最喜歡去的城市之一，但是這個願望還是沒有實現。

　　綠色的計程車上面寫著「宮園」兩個字應該是駕駛的名字，宮園先生打開東京23區的地圖在昏黃的光線裡尋找我們下塌飯店的住址，車行進了一段距離車窗外出現卡拉OK和松屋的時候就覺得快到了。車站廣場前站了好多西裝筆挺的上班族喝得醉醺醺的或坐或站或是直接躺在地上，幾位警察正拖著那位昏睡的仁兄前往派出所安置吧，據說新橋是上班族下班之後放鬆的地方，幾杯黃湯下肚或許鄉愁就像漲潮的海水般和月亮拉扯，想念家人想念兒時夥伴想念女朋友啊，一想就喝多了，喝多了就不省人事地倒在廣場的磚道上了。

　　到達新橋之後主辦單位請我們吃了晚餐，晚上十一點了應該是宵夜吧，我們分批坐著窄窄的電梯到達車站附近某大樓的十樓，料理很別緻光豆腐就有四種口味配色，當晚第一次吃到生牛肉覺得和生魚片吃起來感覺很不一樣，主辦人之一似乎以前也是

搖滾樂團的吉他手，上網看他的打扮好像是偏視覺系的。

　　縱使過了午夜大家還是不肯睡覺就晃到便利商店晃到附近24小時營業的TSUTAYA店門口看見有台PS2可以試玩就停了下來拿起搖桿，那款叫做「戰神 Ikusagami」的遊戲裡面的怪物有夠多，主角犬神在戰國時代遼闊的荒野除了斬殺無止盡的妖魔鬼怪還要注意地圖上的戰況調兵遣將，遊戲可以一直重來，人生可不行，當我半夜在機台前拚命斬殺的時候也想像不到，後來好多年以後現實生活裡我還真的遇到了怪物，那些讓自己難堪和後來難以想像的角色，曾經也是在一起擁有許多快樂，為了對抗怪物而奄奄一息，為了內心想要保護的人事物於是裝瘋賣傻，於是翻個白眼吧，於是假裝不在乎昧著良心說話。

　　隔天一大早我照例自行出門閒晃，廣場裡編號CII292的黑色火車頭旁標示著每天中午十二點和下午三點和傍晚六點都會發出汽笛聲，女子和導盲犬的雕像底下有一群鴿子，其中有一隻用鬥雞眼看著我，電視牆上播放著羅馬假期電影裡奧黛麗赫本的片段，我看著許久想起媽媽在書店裡買過她的自傳。在車站的另外一邊附近有一個櫻田町小公園，公園裡躺著一個穿著紫色外套的人，他似乎是光頭，於是用左手摸著頭頂就這樣睡著，我把數位相機架在地上自拍，耳朵聽見旁邊有一個幼稚園發出小朋友們玩樂的聲音，後來在長椅上稍坐片刻的時候看見左邊的長椅上有一個戴著眼鏡穿著白色外套的中年人也坐了下來，沒多久他就開始講電話，不知道哪來的契機我用當時的MP3播放器把他講話的聲

音錄了下來。

　　MP3檔案裡有那位中年人在講電話的聲音和小朋友用日文數著一二三玩遊戲的聲音，我好奇那位先生當時在講什麼於是請會日文的朋友幫我翻譯，但小朋友的聲音太過響亮了把男子急促低沈的聲音都蓋了過去，很難聽得清楚，那麼多年過去那些童言童語的小朋友現在都二十幾歲了，也許在東京也許在其他不同的城市正在為生活努力。

● 接下來這首歌叫做雨和眼淚

　　本來打算從新橋揹著吉他坐山手線到惠比壽想要嘗試一下在地的感覺，但惠比壽到代官山的Live House還要步行一陣子所以作罷，於是大夥大包小包的從飯店坐了兩台計程車到代官山。第一次到東京的Live House在後台休息室看到「四分衛　樣」這四個字，衛和樣兩個字中間還有空格，是我喜歡的超黑字體，忽然有股莫名的氣氛，我們趕緊在牆上找到空位就和所有來表演的團體一樣簽下了自己的名字和日期。這是2005年10月四分衛第一次到東京表演，活動的名稱是TOKYO ASIA MUSIC MARKET（簡稱TAM），地點在代官山的UNIT & UNICE（現在似乎已經改名為Daikanyama Unit），當天表演的團體除了我們還有來自印尼的BALAWAN，來自馬來西亞的Reshmonu，還有新加坡的The Observatory，同樣和四分衛一樣來自台灣的輕鬆玩（Relax One）

則是前天就表演過了。

彩排結束之後還有一大段空檔於是就走去附近亂逛，走著走著遇到了一間叫做「猿樂」的小學，小學裡的綠色草皮一堆小朋友在踢足球，我腳上那雙淺灰藍色的Converse球鞋似乎也好想跟著動一動，想要享受用力踢球的感覺也想要聞聞草的味道。

那次是人生裡第七次去東京，但因為是表演的關係所以心情非常興奮，還事先查好每一首的日文歌名用羅馬拼音寫在白紙上，想要用很破的日文在台上和大家交流，整個活動有三天，四分衛是被安排在第三天晚上表演，唱了〈達利〉、〈好想彈吉他〉、〈焦糖瑪奇朵〉、〈吸血鬼〉、〈雨和眼淚〉、〈項鍊〉六首歌，當時現場的Tone非常好就和彩排的時候一模一樣，當時的我覺得很不可思議！

不知道那天在緊張個什麼鬼？現在的我想跟當時的我說你TMD的好好享受就對了啊！緊張個屁喔？緊張到我現在要回想在台上的感覺都不記得了，只覺得時間快得要命，只想起揹在身上的黑色Duesenberg吉他還有地上的Klon效果器以及另外一顆後來壞掉的橘色MXR Phaser 90，還有在台上有用日文說接下來這首歌叫做《雨和眼淚》，あめとなみだ這六個音節的發音我蠻喜歡的。

表演結束後我從後台的B1走到門口的另一側靠在欄杆上看著OUTLET櫥窗裡的一堆南瓜發呆，看著南瓜們正值萬聖節都閃閃發亮意氣風發，腦袋想著出發的前幾天做的一個夢，夢裡外

公和外婆站在樂華夜市的前面對著我笑笑的然後外公跟我揮手說再見，不記得這場夢是長是短，只是外婆勾著外公的左手臂就站在外公旁邊這個畫面印象很深刻，隔天媽打給我說外公已經在睡夢中離開了，雖然已經有心理準備但還是很難過，想著外公在陽明醫院住院期間跟我說，他小時候從基隆坐船到橫濱的時候身上只有帶五塊錢，我跟外公說這次去東京我會到新大久保多拍些照片，新大久保有個教堂，教堂對面某個巷子裡的民宿是七八〇年代外公外婆工作的地方。

　　有一組人馬從左側經過其中有一位頭髮灰白戴著眼鏡的大哥豎著大拇指對著我喊：「雨と泪〜すばらしい！」我嚇了一跳趕緊回：「謝謝！」才剛講完心裡就一個「啊〜」再回過神對著他們笑笑地說「ありがとう！」那天是2005年10月21日，東京的秋天只要套件薄外套就很舒服，在離家鄉2500公里左右的城市和這輩子或許只見那一次面的陌生人簡短的交流，雖然十幾年過去誰也不記得誰，但很感恩曾經有過這樣的際遇。

　　離開的前一個晚上我坐在火車頭前抽著菸，看見廣站邊的富士沖洗店前的紅磚道有一個女子揹著吉他正在唱歌，我走了過去看見她綁著雙馬尾穿著紅色的帽T和碎花的裙子，黑色的長靴旁有一個名牌上面寫著「紗南」，我聽不懂她在唱什麼，只能用拍照留念的方式做個記錄，每個在街頭唱歌的人都渴望被發現吧？每個喜歡音樂的人或許都曾被音樂拯救或是用音樂拯救了某個人，不知道現在的她是否還是喜歡唱歌？不知道現在的她曾救過

誰？是否也度過了一些難關變成了和當時不一樣的人。

2012.8　東京Summer Sonic

我想很多年以後我也會想起今天棒球場的天空在下雨，
我的眼睛也在下雨，我好多個某年某月的某一天也都在下雨。

● 全世界的時間都變慢了

　　抵達成田機場再搭巴士前往東京，坐在巴士裡看著右邊，我發覺日曬超級強烈，因為陽光把紫色有花紋的椅墊曬得彩度都不見了，平常我都坐右邊，不知為何這次是坐在左邊的座位上，大概是因為日本是右駕吧，印象中在去過的城市裡，香港、澳門、新加坡、曼谷、東京都是右駕，我經常幻想如果開了右駕的車剛開始應該會手忙腳亂一陣子吧？大腦的習慣左右對調是需要練習和適應的，根據網上的解釋日本靠左通行是取決於武士刀的方向，為了讓右手方便把劍抽出，劍鞘就要安裝在腰際的左邊，古代的街道不如現代寬闊，如果靠右行走那麼拔劍的時候就容易波及人群，如果靠左行走的話就比較不會有這樣的問題，我看到這樣的解釋時想說那左撇子怎麼辦？腦海裡的海浪捲出了幾部關於武士刀的電影片段，第一個跳到沙灘上的是《追殺比爾》裡的鄔瑪舒曼，她一身致敬李小龍的黃色勁裝，搭配那雙黃色亞瑟士黑線條的球鞋真是非常顯眼，我想問她《追殺比爾》會不會有第三集啊？但她右手在上左手在下緊握著刀柄不說一句話，只用溫柔的眼神凝視著我。

　　記得某年某月的某個天氣很冷的日子有一個非常危險的經歷，那天我起了個大早從歌舞伎町後方的Vintage飯店往西口跑，新宿西口的地形還蠻有趣的，有時候你面對著前方平面的馬路，回頭一看卻發覺自己是站在高高的路橋上，下方還有另外一條馬

路從底下穿過，那天我也是站在類似這樣的高度往下方的馬路看，馬路邊停靠著兩台宣傳廣告用的大卡車，後面那台的貨櫃上是老牌搖滾樂團THE ALFEE的秋季巡迴的看板，看板下方是演唱會的訊息，幾排密密麻麻的小字寫滿著巡迴的時間與地點，攝氏五六度的天氣裡我心想著巡迴就是樂團的夢想啊，但老天爺就是不會讓這世界上每一個樂團後來都會成為自己想要的樣子，處理人的問題很多時候都大過音樂本身。

　　一大清早馬路上沒什麼行人，我自己一個人想著這些問題覺得很靠杯就不再往牛角裡鑽了。其實真正吸引我的是後面另一台卡車，車身上的廣告是關於柏青哥機台的，畫面裡有五個非常帥氣的卡通人物，那是科學小飛俠五個成員一號鐵雄、二號大明、三號珍珍、四號阿丁、五號阿龍，在1977年還是只有三台的時代每天傍晚的六點到六點半，我總覺得全世界的小學生都會守在電視機前等待鳳凰號施展火鳥功把惡魔黨殺個片甲不留，鐵雄是主角也是隊長，他的決斷和抉擇總是能夠獨當一面領導大家，他就是每個小朋友都想要扮演的角色，戴著白色的安全帽披著白色的浴巾幻想自己是被珍珍心儀的鐵雄，後來日子一久挫折越來越多才發現這個星球根本沒有那麼完美的人，原來大明才是最像自己的一個人，魯莽、橫衝直撞、沒有耐性，內心想法經常顯露在臉上，花了一段時間才明白他才是最像我們一般人的人。

　　遠遠地看當然不夠過癮，我左顧右盼找到往下的階梯過馬路，走斑馬線要繞遠路，想說沒什麼車那就直接穿越安全島走過

去對面吧，走了幾步到了安全島之後就習慣地往右看有沒有對向來車，確認過後再往前跑，才準備要起跑忽然左方一陣強烈的空氣流動迎面而來，連決定都來不及我下意識在左腳即將往下踏的時候，右腳多墊了一步往後方反彈，此時全世界的時間都變慢了！眼前是一輛小貨車從左往右呼嘯而過，胸口裝滿了驚嚇的我，心臟和胃都在抽動的我，還來不及思考的我，看不清楚合約的我，以為是鐵雄搞了半天才發現自己是大明的我，在半空中即將落地的我，想像著自己變成無數的碎片散落在柏油路上的我，瞳孔緊盯著那輛遠去的貨車背影，我忽然意識到日本的交通規則是靠左通行和台灣相反，那是人生中很要命的半秒鐘，如果當時的我沒能及時煞住，現在我的右手也不會戴著Summer Sonic的手環然後坐在前往東京的巴士上，手環上面寫著「演者」兩個字，漢字下方寫著ARTIST，手環上煙火的圖案讓小小的空間熱鬧非凡，車窗外出現了晴空塔，離市中心越來越近，巴士停靠在新宿王子飯店。

● 站在台上的人鼓舞著站在台下的人

海濱幕張公園的入口處有一個街頭藝人正用下巴頂著橘色的三角柱做表演，圍觀的小朋友很多驚呼連連，大人小孩身上都是夏天的顏色，天氣那麼熱穿短褲拖鞋來是對的，經過了一陣子像是過海關的動線出示手環，再往裡走進倉庫裡以為可以看到舞台

了，但那麼多閃爍的燈光都是各式各樣的攤位，原來那麼大的地方居然還只是「餐廳」，好多的攤位好多的人都在裡面用餐，人實在太多了又不想排隊就趕往最大的棒球場舞台，我們持有的表演者手環是可以進入球員休息區的，在中外野的大舞台前穿著雨衣披著毛巾的人陸續進場，天空一下子放晴一下子又下起大雨，大螢幕上一個女孩張開了嘴巴像是喝著雨水也像是在唱歌，音樂真的使人著迷可以讓那麼多的人風雨無阻的前進，站在台上的人鼓舞著站在台下的人，衣服褲子鞋子頭髮都濕了沒關係，人擠人的音樂祭就是要風風雨雨才過癮。吉井和哉唱了一些 The Yellow Monkey 時期的歌曲，聽到〈JAM〉的前奏「Organ」一下去，我的臉就出現了雨滴，其實我聽不懂這首歌的歌詞在唱些什麼，但就想起某個時期每天都在聽這首歌的情景，我想很多年以後我也會想起今天棒球場的天空在下雨，我的眼睛也在下雨，我好多個某年某月的某一天也都在下雨。

　　由於今天不是表演者的身分但因為有演者手環所以可以暢行無阻，路過了一個寂靜只有腳步聲的場地，柵欄裡面好多人戴著不同顏色的無線耳機在跳舞，偶有幾個人清唱著我聽不懂的歌，感覺就像是邪教的聚會，我們這群局外人對於Silent Disco這個名詞感到新奇，看著他們跳舞的樣子才發覺原來這就是聽不見音樂的感覺，不知道那麼多的耳機是不是都放著同一首音樂，如果不是的話那這個活動的確是可以讓很多聽不同音樂的人擠在一起跳舞並且沒有噪音的困擾，尤其是耳機拿下來就可以和朋友講話也

算是方便。之前被朋友拉去夜店，大半夜的高低音頻「懂此懂此」震耳欲聾，誰或誰跟誰說了些什麼就算扯破了喉嚨也還是聽不到，「喂去拿瓶啤酒啦！」「蛤？你說什麼？」「拿啤酒啦！」「蛤？我聽不到啦！」哥安四聲！當時就是一堆問號和驚嘆號並且加上急促簡短的語助詞穿插其間，根本無法講話，這樣比較起來Silent Disco還真是不錯的活動，戴上耳機活在自己的世界裡享受音樂，口渴的時候就拿下耳機和朋友討論要喝海尼根或是麒麟，大家各跳各聽各的互不干擾卻又清楚交流。

　　Rainbow Stage在一個很大很大的倉庫裡，來自韓國的紫雨林正在彩排，站在前排的人稀稀落落的，當時日本和韓國因為獨島的主權爭議而鬧得沸沸揚揚，我想很多日本人都特意避開這個時段吧！場地在燈光的渲染之下是一股紫色的氣氛，女主唱揹著木吉他調整麥克風的高度，不知不覺表演就開始了，舞台後方的銀幕寫著～あなたに死んだ鳥をあげる，用Google翻譯了一下顯示是「給你一隻死掉的鳥」，那應該是為了讓不懂韓文的日本人寫的歌詞翻譯。舞台那麼寬闊，燈光那麼美麗，歌聲繚繞著，樂器如此到位，準備那麼周到，樂團經過了多少年的波折走到這麼大的場地，卻因為政治因素導致空盪盪的，地上那幾個手掌就數得出來的影子微微晃動著更顯得寂寞，我知道那感覺很不好受，但不管底下站了多少人，站在台上的人就是要承擔起責任用歌聲鼓舞著站在台下的人，因為他們可能走了好遠的一段路來看你，他們很有勇氣在當下不被理解的時刻站在你的最前面，只希望能夠

被你的歌聲療癒遠在他鄉的心靈，我想像著站在舞台上的她看到的景像與她的心情而有股複雜的興奮與不忍心，第一首歌唱完的時候，我往下一個倉庫前進。

● 當時你又不認識我

　　忘了為什麼沒去看Green Day在棒球場的壓軸，反而走進Mountain Stage的場館，來自冰島的Sigur Rós正在台上唱著，主唱背著電吉他不用手彈卻拿著小提琴的琴弓製造奇怪的聲響，正當沈醉在迷幻氣氛的樂句當中，忽然發覺Sigur Rós的鼓手很厲害，樂團每首歌的情緒都是他在操控，潮起潮落的音符都在他的鼓點當中升起又墜落，我總覺得一個樂團站在前面的吉他貝斯主唱很厲害但鼓手普通那就不太行，反過來吉他貝斯主唱還可以但鼓手蠻強那就會聽起來和看起來都十分過癮，鼓手真的很重要；如果以一棵樹來比喻，鼓手就像埋在土裡的樹根，貝斯就是樹幹，吉他啊鍵盤啊唱歌的人啊都是樹枝樹葉，樹木是否茂盛排除外在環境追根究底都是盤據在地底的樹根。

　　我從昏沈沈的晃動回過神來，回頭四處張望才發現地上已經躺了一堆人，他們也是被鼓舞的一群人，只是他們用睡著的狀態來回應，我把揹包當作枕頭也加入他們的行列，閉起眼睛感受背部的冰涼和周遭的人群，耳朵傳進了素昧平生的歌曲，那樣的感覺還算舒服但是我不敢睡著，因為又擔心末班車人潮太多所以在

表演結束之前就前往車站的方向了。

　　過了好多年以後正值中秋節前夕，某次新專輯封面會議開始前，洋蔥設計的老闆拿了美心月餅要請我們吃，天氣那麼熱他看我還騎YouBike過來，就又拿出一瓶 SUNMAI 黃金柚蜂蜜啤酒說要給我降溫，夏天的味道瞬間入喉真是又甜又香，這一口清涼感讓我開始和唱片公司的企劃訴說在新宿喝過這輩子最好喝最懷念的一口啤酒，也順道聊起2012的Summer Sonic，他說他那年也有去然後有在海濱幕張車站看到我，我說：「啊～你怎麼沒叫我？」他說當時你又不認識我。記得某次在羅斯福路和伍佰老師擦肩而過我也沒有上前打招呼，大概就是這樣的感覺吧，這樣來舉例實在不好意思，畢竟自己距離伍佰老師的境界還有很長一段距離。總之當晚Sigur Rós在表演的時候他也在現場，表演結束後就直接在場館待到天亮，他說日本人真的很守規矩，睡覺的時候也都排列整齊，一個一個之間都維持著差不多的距離綿延不斷，當日聽了太多表演非常的累，躺在地上聽著幾乎一樣的打呼聲就這樣一覺到天亮，早上醒來再加入排列整齊的隊伍去洗手間盥洗，然後再展開新的一天的表演。我對於自己錯過這樣的經歷而有些懊悔，如果時光能夠倒流再一次回到同樣的地方我不知道會做出怎麼樣的選擇？不過新宿王子飯店的床和海濱幕張冰冷的地板比較起來，早上醒來的痠痛程度一定很不一樣吧，還有出門前痛快的沖澡還蠻重要的，如果時光能夠倒流我想我還是沒志氣地想要躺在舒服的白色床墊上吧。

　　會議結束之後的那天晚上我洗好了澡無聊滑著手機，才打開FB就看見SUNMAI黃金柚蜂蜜啤酒的廣告，廣告文案寫著「有些水果命好。浸泡在有啤酒的天堂，復活在人類鼻腔。」我想幫忙加上第四句「喝起來真他貓的爽！」哇！現在的演算法也太厲害了吧？在我完全沒有估狗的狀態之，才第一次碰面它就知道我喜歡這樣的口味！防不勝防真是不可思議。

● 活下去的意義

　　在休息室裡做好簡單的整理披上主辦單位送的毛巾往距離最近的彩虹舞台方向過去，倉庫裡面的光景和昨日紫雨林在表演的時候大不相同，舞台前方滿滿的都是人，台上賣力演奏的來自京都的MOWMOW LULU GYABAN，左邊的男生鼓手兼主唱只穿著一條豹紋內褲，中間男生的貝斯手穿著紅黑相間發亮的背心，下身穿著白色裙子和紅絲襪，右邊女生鍵盤手的穿搭比較顯眼的是白色有黑點的絲襪，我當然聽不懂他們在唱什麼，就算我邊看表演邊看著手錶盤算著等下準備登台的時刻，仍然能清楚感受到他們鼓動群眾的魅力，完全不接受電腦的幫忙，只用了三種樂器就可以把情緒塞滿，我喜歡這樣活生生的Live！

　　Island Stage就在棒球場的外面也是我們表演的舞台，當天我們和一起來自台灣的李雨寰（DMDM）、1976、滅火器一起陸續在這個舞台表演，剛剛下了一場雨，天氣放晴之後才清涼了片

刻溫度卻又大力反彈，濕度加大悶熱感更重，唱歌的時候汗水淋漓像洗三溫暖，從〈暈眩〉開始一直到〈項鍊〉結束，那是人生裡面短短的30多分鐘，看著台下認識和不認識的朋友，有長期住在日本的朋友，也有曾經來參加過四分衛演唱會的日本朋友，曾經一起工作然後剛好在東京旅遊的同事，或是剛好路過的人，在大家的背後遠遠地是主舞台千葉羅德的QVC海洋球場[3]，雖然難以實現的就是願望，但我在台上還是說希望有一天能夠到千葉羅德的主場裡唱歌。

　　人來人往不知為何舞台底下一群人我一眼就看見瑪莎張大嘴巴和我一起唱著〈起來〉，大概是因為行前記者會那天我和他開玩笑說這次來東京要去女僕咖啡廳看AKB啦，那當然是一閃而過不成理由的理由，這首歌不知道唱了多少次，但今天唱到副歌的時候看著青天白日滿地紅的國旗和大家自行製作的四分衛牌子，地面是濕的，大家的頭髮和臉也都是濕的，也有人的眼睛也是濕的，我真的很開心，縱使一路以來跌跌撞撞，但和往常不一樣的是我忽然理解到必須壓抑著激動的情緒繼續唱下去的當下那一刻似乎就是我活下去的意義，那樣的感覺必須台上台下相互輝映而成，所有的人排除萬難從很遠或很近的地方聚集在此只為了和你唱同一首歌，你有責任讓在場的每一個人感受深刻，你有責任讓在場的每一個人在不定期聽到這首歌的時候會想到他們曾經虛度過的時光和身邊的人，所有的人都是帶著回憶活下去的，到了某

3　2016年被知名服飾網購公司ZOZO取得冠名權，因此後來被稱作ZOZO海洋球場。

個年紀都不好意思說出來那些傷感的話語，好久不見變成難以遇見再進化成再也不見，珍惜身邊的每一個人吧，因為故作堅強的你只能藉由某一首歌痛哭流涕。

● 肅然起敬的年代

　　20號起了個大早聚集在飯店Lobby，分批搭乘計程車往記者會的方向，司機大哥拿出一個記事板，白紙上記錄著從早上六點四十分開始的起始路程和「料金」以及搭乘的人數，有好多啟程的地點是新宿南口，新宿這兒應該是他討生活的主要區域。記者會在南口的某飯店大樓，高樓層的景觀非常漂亮，我第一次從這個角度觀察新宿覺得興奮不已，當然多拍了好多照片，日本的記者提出了很多關於我們喜歡什麼樣的日本樂團之類的問題，腦海馬上浮現Blankey Jet City、Yellow Monkey、Mr.Children這幾個名字，還有想在日本哪個地方表演？武道館啊東京巨蛋啊或是新宿東口的街頭，在東口那兒看過好多街頭表演，我也想嘗試那樣的感覺，當然也有倍感親切來自台灣的記者朋友，有一位西裝筆挺戴著眼鏡的年輕人，在眾多的問題裡忽然拋出個關於當年聳動的社會事件，想要從我們的回答裡聽到些什麼，他問的問題不懷好意，讓我不禁覺得他面容清秀的心裡到底是發自內心這樣提問還是因應上層的壓力而硬著頭皮這樣做？後來相信音樂的Joe挺身而出制止了他的發問，那個小時候聽說同學的家長是擔任某報社

的記者都會肅然起敬的年代已經離我們好遠好遠，當然一竿子不能打翻一船人，我相信還是有很多正義感的記者朋友都在賣命地為民喉舌挖掘真相。

　　記者會結束之後我們買了總武線的票往吉祥寺的方向，我們認識的一位日本朋友河合雄太就任職於吉祥寺的Sound Crew樂器行，虎神為了新買的Fender Jazz Master換上新的拾音器而去找他幫忙，一般來說吉他手對於自己的器材與音色都很要求，我對於這部分比較遲鈍，通常都一個破音到底，大小聲就用旋鈕和手的力道來控制。當天在試琴之前女店員都會先幫忙調音，只是他們在調音的時候不是用數位的調音器而是用音叉，音叉的聲響聽起來極度舒服，我甚至不想試琴了想要試音叉但又不好意思說，我想像著自己躺在榻榻米上然後女店員屈膝在我的耳旁輕輕敲打著音叉，她輕輕地對我說你來樂器行不好好地彈奏與選購，卻躺在這邊像坨爛泥，你到底是在衝啥小？聲音很溫柔卻把我嚇醒了過來，我左手繼續按著#G小調，右手用力刷著暈眩的前奏再多試彈了一會兒，往後彈到副歌的時候小聲地唱著：「旋轉木馬～什麼時候停止轉動？直到孤單出現了盡頭！」我抬頭看見女店員多看了我一眼，那眼神像是在說你到底在唱什麼？

　　當天晚上怪獸請大家在新宿某個酒吧喝酒，包廂裡都是樂團圈和音響圈的朋友，大半夜的身處異地這是難得的組合，很後來才發覺很多第一次的聚會都要當做最後一次，那麼多年過去就算是不在同樣的地點但同樣的人再相聚一次幾乎是不可能的任務

了，我忘了喝了什麼酒也忘了和誰說了些什麼，印象裡只記得的
是散場的時候怪獸很帥氣地幫大家都買了單。

2013　澳門‧杭州 上海 廣州‧
深圳 廣州 惠州 香港‧重慶 成都‧
昆明 北京 鄭州 武漢

好想要知道那麼多年過去，
同樣的問題在不同的時空背景下會有哪些回答做了改變？

9月 澳門

● 願大家都健康平安

　　我和睏熊霸樂團下榻的喜來登酒店是填海區，幾乎沒有當地居民的感覺，直到我們從飯店打車出發往澳門半島的方向經過市區看見招牌車輛和高樓的時候才有了澳門的感覺，速食店的招牌、安全島上被修剪整齊的綠色植物、半空中橫跨馬路的電線、斑駁的分離式冷氣、大廈每扇窗戶延伸出來的柵欄裡掛著曬乾或半乾的衣服，這些在每個城市都會有的景色在不同的經緯度就會很不一樣，今天的太陽很大似乎會咬人，在等綠燈的時候我從擋風玻璃看見一個女子撐著洋傘快步通過斑馬線，她的紫色洋傘太過鮮豔搶眼，在背後襯托她的是受過風吹日曬雨淋的灰階色系的住宅大樓，我看著洋傘努力地為主人遮蔽陽光聯想到了茄子和Purple Rain。

　　車子行經窄窄的嘉樂庇總督大橋，遠遠地就看到新葡京酒店越來越大越來越高。

　　製片的國中同學已經旅居澳門許多年，他得知睏熊霸要來特別帶我們去了幾個地方，當我們到達永利酒店的時候看見關於吉祥樹和富貴龍的介紹其實我提不起什麼興趣，我抬頭看著十二生肖的金色浮雕等著表演開始，金色的天幕開啟之後數以萬計的水晶隨著吊燈和配樂降下，莫名的感動連自己都嚇了一跳，「哇～

願大家都健康平安」，這是內心無預警地蹦出的一句話在胸口慢慢融化一直擴散到全身的毛細孔，這些雞皮疙瘩不知道何去何從，要跟誰說？對象是誰？不經腦袋思考而直覺反應的文字淺顯易懂絕對十分珍貴，那樣的靈感不常有，難道真的非得在離故鄉很遠的地方才容易有特別的感觸？再看著水晶在黑色的背景排列成幽浮的形狀真的覺得不可思議，渾然不覺得時間流逝，所有遇見的人，所有離開的人，似乎一切都靜止了，湖水的漣漪不肯輕易散去，沒有歌詞的旋律一點也不急，著迷於兩萬一千顆水晶，我只能拿起手機拚命地要留住每一分每一秒，真想讓每個人同時都看見我眼裡的景色。後來再也沒有遇見過那樣的心情，那次的體驗或許就像晚上去河口湖時天空都是黑的，隔天早上一醒來打開窗簾看見富士山就在眼前，幸運的大晴天讓你真的相信所有的一切，陽光普照，管他萬物有無裂痕，無論照片拍得多麼美麗都不如親眼看見。

　　新葡京酒店這個好像來自未來世界的建築物靠近之後才發現它非常地高，無論彩度高度明亮度都和旁邊的建築物格格不入，從擁擠的舊城區往上拍，它似乎就像從天而降的外星生物，我想要再接近些多找些角度拍些照片，無奈製片催促著我們趕快吃完瑪嘉烈蛋塔往下個地方前進。

　　大家一起走了好多階梯往大三巴走去，一群超過半百的睏熊霸團員和所有的遊客一樣開啟觀光客模式，慣例嘻嘻哈哈地在三輪車前合照了好多張。大三巴牌坊原本叫做聖保羅大教堂，「三

巴」這個名字是來自於「聖保祿」的葡萄牙文，1835年，因為一場大火燒讓聖保羅大教堂只剩下了正面前壁，因為外型酷似中國的傳統牌坊，所以被稱為「大三巴牌坊」。

　　我看著牌坊上的怪物和帆船和眾神明的雕像，想著1997年因為公司旅遊而第一次造訪這裡而內心百感交集，我用手機拍照上傳IG。正在寫這篇文章的同時，我打開手機拚命地在IG向上滑了好久，想要看看2013年9月的自己，當時的我在相片底下寫了「相隔16年又來到大三巴，景物依舊」。然後我使用右上角編輯的選項把句號改成逗號再加上「人事已非」四個字，再打上句號，順便補打卡，覺得這樣完整度比較高而鬆了一口氣。1997的自己無法想像2013的自己正在經歷人生的轉折，2021的自己幫2013的自己把當時真正想要表達的心情給寫出來了，順便也告訴2013，在2021之前還有些轉折啊，皮給我繃緊一點！

　　再走去議事亭廣場，廣場前的民政總署大樓被聯合國世界列為世界文化遺產，當時正值中秋節前夕，我們站在黑白色的磚道上的噴水池前看著世界文化遺產的白色牆面上掛上了一排排的燈籠和花好月圓的立牌，聊著之後再也想不起來的話題，就算燈籠的造型和配色都不是喜歡的Style，但可以確定的是當時一夥人真的很開心，但是啊只要組樂團難免就會意見不合，睏熊霸就和全天下的搖滾樂團一樣吵了又和好，好了一陣子又吵，電影上映之後某天巫爸笑著跟我說月球的任務暫時要告一段落，大家要回地球了啊，原來在威尼斯人酒店一起離開地球表面的瞬間，就像隕

石坑一樣都留在月球了。

● 我們都是從懸崖斷壁攀爬上來的人

　　舞台後方的休息室裡擠滿了人，眼前人來人往忙進忙出的，我看見化妝師們正在議論紛紛著討論著什麼，後來大家都就定位之後才知道原來他們聽說我們是搖滾樂團所以打算把我們濃妝豔抹一番，我們聽到嚇一跳經過討價還價之後才決定在眼睛的部分做加強，眼影畫上去之後睏熊霸們看著鏡子裡自己的眼睛炯炯有神，再加上已經準備好的配件人模人樣的，彼此手掌靠著手掌就像個儀式般加油打氣，腦袋閃過B'z演唱會開始前在後台和團員們勾肩搭背心戰喊話，最後在稻葉浩志一聲誇張的「法克優」然後衝上台前。我們的等級當然還沒有到達可以法克優的階段，但是睏熊霸的人生歷練絕對比這星球的很多人們都辛苦太多，在月球的背面承受的痛苦以及無止盡的擔心，我們都是從懸崖斷壁攀爬上來的人，右手抓緊著雜草左手抹去淚痕，面對著空無一人的城市使出吃奶的力量大喊～從今以後沒有不可能，我的韌性就是我的青春，最在乎的是我愛的人絕對要快樂！

　　深呼吸一口布幕一拉開遼闊的場地站滿了人，舞台其寬無比好像航空母艦的甲板，為了想要顧及整個180度的視角，想讓每個人都看清楚我們，某一首歌我和歐陽爸從中間往右邊跑，跑到最右邊的時候其實心裡得到挫賽的感覺，因為太遠了所以聽不到

大家在演奏著什麼，我一邊唱歌一邊後悔，身體卻不聽腦袋思考一邊拉著歐陽爸乾脆一不做二不休地往最左邊跑邊唱邊和大家哈囉，再回到舞台最中間，從加深的眼影開始一直到表演結束，記不起來的實在太多太多，我看見戰艦甲板上的曬衣架上的襯衫被風吹得飄啊飄的，連影子都被太陽曬過了頭，乾得一塌糊塗。

　　表演結束之後我們驅車前往媽閣廟前地，巫爸做製片的朋友招待我們去餐廳裡，剛剛我不曉得在彈什麼，我們的線都拉得好長，都聽不到大家樂器的聲音，就很緊張的這樣混過去了，對我而言感覺上是有史以來最誇張的一場表演，就算從今以後沒有不可能，但還是好恐怖啊！但今天的海鮮則是有史以來吃得最痛快的一次，很可惜李爸吃素，所以我們就幫你多吃一些啦。

　　遠方傳來了鼓聲敲啊敲啊敲是努力工作的前奏，不管誰聽見了沒有，我們都保持精神抖擻，中秋節前夕花好月圓，睏熊霸在滿桌都是有痛風風險的料理見證之下乾下最後一杯酒，告別了光輝燦爛的那段歲月，或許明天我們就要分手。

10月 杭州、上海、廣州

● 解決不了就解決不了吧

出發之前我就打算只要時間許可我就要起個大早在不同的城市跑步，上班時間外頭的車輛不少，按喇叭的聲響比起四月去上海時安靜不少，頓時對杭州起了些好感。整形廣告看板的底下是排列整齊的紅色腳踏車，原來杭州的YouBike是紅色的，而計程車是綠色的。路過某個巷道裡倒吊在半空中等風乾的鮮豔背包，低頭再看著愛迪達提供的螢光色慢跑鞋，原來今天的色系都很鮮豔啊，只可惜了天空陰陰的毫無層次，就像壓在書櫃底下最下層的A4白紙般連泛黃的痕跡都沒有。路過某個公寓住宅區的水泥牆上有個白色的安全套自動售貨機，右邊側面寫著科學避孕遠離人流，正面右上角的投幣孔寫著投入一枚一元硬幣，我拿起手機拍攝了這個單調無比的白色販賣機。

氣溫適中邊跑邊停邊看邊拍，並沒有流很多汗，路過一間寫著「兒童折扣」的運動用品店走進去看了看，看到一件黑色的運動外套胸口上寫著ROSE，那是我喜歡的NBA球星的名字，這個史上最年輕的MVP生涯初期光芒萬丈，但中後期飽受傷病纏身而備受折磨，但他並沒有氣餒，在不斷復健的過程裡面還是找到適合自己當下比賽的方式而繼續在球場奮鬥，認清自己的身體，認識自己所處的環境就是一種勇氣。相聚分離做決定以及經常沒有

標準答案的過程裡總是讓人心煩，生活在這樣反覆的心情起伏不斷醞釀著每一天要面對的疑難雜症，有些問題應該是永遠也解決不了，那解決不了就解決不了吧，至少先跑一跑保持腦袋清醒，時間自然而然會給你適合的答案。在等待答案的當下我沒有考慮太多連做決定都稱不上，於是連紅色的一起買了，兩件L號的size帶回飯店細心地折好放進行李箱，想說冬天的時候就可以穿著跑步和打籃球了！

　　洗完澡虎神才剛醒來提議說要去西湖看看，巡迴的第一天我就已經知道時間寶貴，趁著白天再不去晃晃就要和杭州說掰掰了，我們坐上K25公車看見駕駛後方的間隔玻璃上貼著一個外圈雕花的福字，就這樣一路往西湖前進。西湖好大根本一眼看不完只能跟著人潮到處晃晃，緊靠岸邊一朵一朵的荷花葉找不到想要看到的青蛙，地上的石刻浮雕地圖寫著密密麻麻的地名，岸邊一個老人左手拿著茶杯右手拿著筷子雙手交叉坐在渡船的椅子上看著我，渡船上有個帳篷把他的臉遮得暗暗的，我看不清楚他的表情，但雙方都直覺認為不是對方需要的角色，我不搭船他不載客於是短短四目交接之後就各自煩惱各自的事。我一邊看著手錶的集合時間剩沒多少，一邊想著湖心亭、風波亭、雷峰塔在哪就差不多要回去了，覺得不過癮就跟虎神說要往公車站牌走去了，公車站牌後方有個雜貨店，不知為何被架上的蚊香吸引，檀香味道的蚊香包裝上面有註冊商標和品牌名，底下一排黑字寫著我不懂的化學名詞「富右旋反式烯丙菊酯」，不知道為什麼我和虎神各

自買了一包放到背包裡。

● 宵夜即是罪惡

　　彩排完離表演的時間還一陣子，脫拉庫的經紀人小白買了一盒臭豆腐來，盒子裡白色碎成一塊一塊的應該就是豆腐本人，深灰色扁扁的塊狀物是皮蛋嗎？咖啡色的顆粒就完全不認得是什麼，這番景觀完全顛覆我的想像，和之前在夜市裡看到的炸的和蒸的臭豆腐很不一樣，沉在黃綠色湯頭裡白色的湯匙此時顯得尊貴，我舀起一湯匙大口咬下瞬間「花惹發」，哇靠這是什麼鬼？這一口是自盤古開天以來吃過最臭的一口，臉上的紋路紛紛變成了箭頭朝向天空，脫拉庫的貝斯手阿吉跟我說「相信我你等下會多吃幾口」，第一口是好奇，第二口是懷疑，第三口之後就會上癮；箭頭飛向了天空之後剩下我一臉苦瓜樣貌望著他彷彿聽見了真理，後來在後台的撞球桌消磨時間的時候，等得越久吃得越多，一不小心還真的多吃了幾口，此時此刻不宜等待不宜久留，我聽見撞球桌上撞擊的聲音趕緊拿起牙刷往洗手間走去。表演之前刷牙是我固定的習慣，總覺得有點牙膏的味道在嘴巴裡能讓心情放鬆，「團團轉」的第一場在杭州，四分衛開場的第一首歌是〈一首搖滾上月球〉，今晚月球的表面除了牙膏可能還有臭水溝真是不好意思，但相信我水溝很乾淨的還可以養金魚，金魚們都唱著魚兒魚兒水中游，水草小蟲樂悠悠。

　　表演結束之後的簽唱就像久別重逢一般，到場的每個朋友甚至連手機都在笑，不管在哪一個城市我們都會遇到你們拍我們在唱片上簽名，而我就拍排隊的你們用手機在拍我們，真的很抱歉無法一一記得每個人的名字，我也應該永遠不會知道我在你們手機裡的樣子，過了好多年以後你們也可能會忘了曾經來過的幾場演唱會，也可能會忘了在台上的那個人，也記不清楚在旁邊一起看表演的誰，但我相信在後來某個不經意的時刻突然聽到了你喜歡的那首歌，你就會想起當天的情景，然後翻翻手機裡的相簿看看自己和誰誰誰年輕的樣子。

　　國璽在表演開始之前就醞釀著表演結束之後要吃什麼，今晚就是這個惡習的開端，後來團團轉的每一場也都按照慣例地先找完之後要吃什麼才開始彩排。我看著鴛鴦鍋右邊是有紅棗枸杞香菇片和番茄漂浮的米白色湯頭，而另一邊除了切碎的辣椒以外什麼都沒有，我對著鍋裡那群辣椒說：「哇靠～這看起來很凶狠啊！」國璽說那你就比它更凶狠啊！然後給了我一瓶罐裝的王老吉（涼茶），雖然可以更凶狠但宵夜即是罪惡的想法還是油然而生，面對越來越香的湯頭鍋底無法猶豫，大口吃肉才是致上最高的敬意，期間我打開王老吉喝了口涼茶頓時在罪惡後方加了一句～真愛方能煎蛋。

● 明天之後的每一個明天

　　透早出門和大廳的巴吉度說下回見，除了光線的反射和倒影，銀色的質感和表情就和昨晚一樣，不知道它在那兒站了多久和被拍了多少張相片？我率先衝上巴士坐在最前面右側視野最好的位置，巴士正在飄著雨的高速公路前進，擋風玻璃外四線道寬敞無比，內車道的兩側寫著兩個大大的「海」字，外車道寫著兩個大大的「波」字，簡單明瞭直走就往上海，往右就到寧波。慢慢地車潮變多車速緩了下來，摩天輪遠遠地出現在眼前，我心想那是本次巡演無法去造訪的上海的某個遊樂園，還好我怕高怕快又怕暈，大部分的遊樂園裡只有旋轉木馬適合我，二樓的以上不玩，咖啡杯頭會暈不玩，2002年的夏天在橫濱的櫻木町之後我就再也不肯坐雲霄飛車了，看見摩天輪讓我腦海出現了許多想像。才一回神我發現巴士停了下來，隔著右邊車窗看見旁邊的遊覽車裡坐了一堆人，直覺是他們這車旅行團同時也來到上海，車窗裡一位阿嬤臭著一張臉瞪著我，旅行團就是這樣，一群不認識的人相處一段時日難免意見不合，不知道他們這車發生了什麼故事？阿嬤後方綁著馬尾的小女生背對著我站著，應該就像我小時候一樣總是坐不住，也被奶奶叫做尖屁股。

　　來到了上海的MAO，紅色的牆上有四月來的時候的黑色簽字筆簽名，我用銀色的筆在底下補上新的日期「2013.10.19」，表演前隨行的依凡會幫我們每一個人在臉上塗抹一番讓精神看起

來飽滿，依凡在幫奧迪畫的時候有一位婦人突然出現，雙手插著腰隔著很短的距離在旁觀看，她背對著我，我看著她穿著黑色的連身T恤、黑色的裙子搭配洋紅色的領巾，洋紅色的絲襪搭配鞋身上有碎花的粉紅色短靴，她專心看著他們，我看著她的背影倒抽一口氣，她很像周星馳電影裡某個龍套角色因為時空錯亂的關係跑錯棚，她到底是誰？我永遠也不會知道。

　　就是從上海的MAO開始，機長在〈我愛夏天〉的時候開始人體衝浪，我看著阿吉直挺挺地往前倒去瞬間又被大家推了回來，覺得有趣就有樣學樣，後來Stage Dive就成為了〈我愛夏天〉這首歌的定番。每一個城市在歌曲的伴奏下都會變成一片海洋，海洋裡都是喜歡我們的歌的朋友，昨晚唱的是杭州妹，今晚唱的是上海妹，雖然妹紙的比例高了些，但獨自前來結伴前來或是陪伴妹紙來的男性朋友們，你們聲音給我大一點，煩惱就會拋開一點，緊握著你喜歡的人的手，時間和你想像的不一樣，明天之後的每一個明天我真心希望你的右手就握著她的左手已經看過了好多場演唱會。

● 所有知道我名字的人

　　表演是下午開始傍晚結束，簽唱完之後天色已變暗，我看離集合的時間還早所以換上了球鞋出門跑步，正值下班時間街上頗熱鬧，我盡量憑感覺繞行飯店一大圈，擦肩而過的人很多，但這

時候在街道跑步的人大概只有我，跑過了巷道跑過了天橋，但經過市場的時候迎面而來看見一位老外也正在跑步，彼此都認定是跑步的人就隨意地說聲「嗨」，來不及看清楚他的臉就各自反方向前進，不知道他是不是和我一樣因為明天一早要出發去別的城市所以逮到空檔就要釋放腦內啡一下，或是已經居住在上海一段時日，這只是他的例行公事。

斑馬線前遇到一位大嬸載著一位大嬸騎著摩托車往右側移動，紅色的車身和龍頭都貼滿透明膠帶，膠帶的新舊程度代表了歷史悠久，直到天荒地老不管操控龍頭的是誰，那是一種貼了就又不會再撕下來的衝動，你就老了啊那我就把你再貼得緊一點，讓你牢靠一點就像我以前看到你一樣安全。我邊跑邊看著他們騎車的身影慢慢遠離，在某個轉角處遇見一位老兄西裝筆挺地在唱歌，他的旁邊有個男子正在彈吉他幫他伴奏，感覺他倆的打扮不是同一個隊伍的，他正賣力地唱著〈我是一隻小小鳥〉，他用力地彈著，我和路過的一群人駐足在一旁聽著這首小時候聽過的歌，我不記得什麼時候開始睡不好？也不記得什麼時候開始想要知道明天好不好？後來過了好久我才知道不管飛得再高飛得再遠最重要的是所有知道我名字的人都能過得好，原來寫歌的人很久很久以前就知道了，聽歌的人總是好久好久以後才明瞭。

後來角頭老闆張四十三先生帶我們到達一家叫做POLO的餐廳，餐廳有名的一道菜是生煎包，生煎包的下半部滿滿白色的芝麻排列整齊，加上幾點黑色的芝麻和綠色的蔥花點綴，整個生煎

包的氣質好得不得了，我不記得我吃了幾顆，那麼好看就一定要很好吃嗎？一定是的。

外灘上滿滿都是人，我和國璽背靠著背用東方明珠當作背景自拍，對面的燈火好美麗看也看不膩，四月份才來過一次，還不到半年重遊舊地，我同名同姓但已經不是同樣的心情，忽然老爸訊息我說他們快到家了，我回說我等下過去。當時老爸經常往返上海做房地產的設計工作，小妹一家人住在田子坊附近，也是我們晚點會去集合的地方。這次去上海就是要去妹妹家拜訪但無奈行程實在太滿，後來我留下團員們一個人穿越馬路到達田子坊對面的某個住宅大樓已經將近午夜，外甥已經睡著，妹夫還在加班，難得和妹妹和老爸和阿姨在上海碰面又是這麼晚的時刻還真奇怪，從陽台上望下去馬路空蕩蕩的，抬頭看見月亮在雲霧間擺盪，外甥的打鼾聲更讓我有些過意不去，但因為隔天一大早的班機要去廣州又不敢在這過夜，怕落了團隊的行程，於是簡短個幾句報告個近況就要回去了，老爸說沒關係下次有多些時間再來，還送我到了樓下，我往田子坊的方向走著走著想起了剛剛忘了問他奶奶小時候住在上海的哪裡。

穿過了斜土路往飯店的方向走去，遇見脫拉庫一行人還在閒晃，阿吉從袋子裡拿出一根香蕉給我說要增加體力，我想那麼晚了要upgrade什麼？但還是和他們邊走邊吃完，世界上最有名的香蕉應該是The Velvet Underground唱片封套上由Andy Warhol設計的那根吧，今晚這根香蕉就和全世界長得都的一樣，對我來說特別

的是那是我在上海吃的第一根香蕉，沒有人知道，只要我知道就好。

● 怎樣的對都會錯

老派的搖滾精神就在廣州的彼岸花開音樂節，虎神興致大發把上衣脫掉要我們也一起打赤膊，我故弄玄虛說身上有拔罐的痕跡不好脫，垃圾話穿插期間台上開心台下也開心就等白襯衫落地，妹紙的歡呼聲和我脖子上的青筋爆起，我不知道所有拚命的或錯誤努力的會擴散到哪裡，反正風吹過我的吶喊，不管你明不明白，風吹過我的吶喊，在空中用力地擴散！

隔天一早趁起飛之前我興致沖沖地往頤和酒店後方的山上跑，沿途山路上有許多書法字體寫的毛澤東的標語，其中一副寫著「一個人做點好事並不難，難的是一輩子做好事，不做壞事。」某句話、某首歌、某個片刻光景或某個在意或不在意的人，在很多個日子過去以後你會再度遇見或偶然想起，奇怪的是心裡的評價和感覺已經和當初很不一樣了，每個人當然都會想要做好事吧，無論心安理得或是博得讚美都好，只要能夠幫助他人那都是福報，但或許為了顧全大局而必須面臨讓人生的某些抉擇做反方向的決定，苦了自己成全別人，怎樣的對都會錯，或許就像漫畫《貓之寺的知恩姊》第56話裡奶奶對著主角說的那句話：就算是再好的人，只要有在好好努力，在某人的故事裡也會變成

壞人。

　　我永遠都想當個好人，但為了你，在法律容許的範圍內，我願意做個我不願意當的壞人。

　　再往上跑視野更好，可以看到遠處矮矮長滿了樹的丘陵湖泊和城鎮，遇到一隻就像電影靈犬萊西的牧羊犬，全世界的牧羊犬都叫萊西吧，我摸摸萊西，萊西的毛髮被太陽照得閃亮就像他的心情一樣，旁邊不遠處有一群在涼亭前做早操的大嬸，一位穿黃色T恤短髮戴眼鏡的指著我的方向說讓萊西帶你去那邊晃晃啊，哇靠他真的叫做萊西。

11月 深圳、廣州、惠州、香港

● 青木麻里子現象

　　Leonard Cohen揹著吉他唱歌的海報貼在舊天堂書店的窗上，海報的旁邊國璽和虎神正在翻找黑膠唱片，我在外頭邊走邊往書店內尋找好的角度，一不小心撞著了茶几和沙發，頓時發覺外頭很暗書店內很明亮，牆上擺滿了厚薄不一的書，還有從架上懸掛下來的斑鳩琴和曼陀林，舊天堂內所有認識的和不認識的人都因為某本書、某張唱片或某個長髮及肩的女生而產生想法，眼睛所接收的畫面所導致的專心或閒晃都被我用手機給框了起來，拍了個過癮之後我走去書店裡面，一個熟悉的感覺就出現了，想說在台北經常發生，沒想到來到深圳也還是一樣，我就是我，不管在世界哪一個地方只要到了書店我就會產生上大號的念頭，好久以前就是這樣，看到數不清的書名覺得興奮？聞到書的味道覺得緊繃？精神壓力藏在身體的某處只要一靠近書店括約肌就會放鬆？我也不知道為什麼，據說日本的某個雜誌早在1985年就用投書者的姓名命名把這個情況稱為「青木麻里子現象」，之後還生產了書店墨水噴霧這項商品，對於自己的名字變成現象的名稱不知道她是否會覺得開心還是困擾？假如是我去投稿我應該會取另外一個名字，譬如藍色正在奔跑、灰色正在尖叫、蓮霧準備落跑，金魚開始煩惱，或是房間亂七八糟，吃飽撐著感冒、暫時解決不

了、書店想要大號，有名詞有動詞六個字剛剛好。

　　我伴隨著些許便意看著牆上Grateful Dead的海報上黃綠紅黑四個顏色的搭配正準備要興起找洗手間的念頭的時候，國璽跟我說「山哥走啦去吃小肥牛」，團團轉第四場開演的前一天就從美味的火鍋開始，玻璃門一打開看見老佑才剛準備要進來書店文青一下，書都沒聞到就被我們塞進計程車了。

　　為了報恩、為了消耗、為了昨夜火鍋的罪惡感，一早醒來照例要往外跑，整個華僑城創意園區都是陽光和樹木的陰影，草地上半截的美國海軍標誌的飛機雕塑，晚上表演的場地B10的鐵門旁印著第三屆國際爵士音樂節的日期，高樓牆上一邊滿是藤蔓的彩繪，另外一邊畫的是兩個二次元的虛構人物正在吸取水分，馬路對面一堆準備上學的高中生唭哩嘩拉，其中幾位站在小販前的同學正在買早餐，跑著跑著遇見了一個社區的籃球場，管理室的門口擺著幾顆籃球，我問警衛可不可以借我去投個籃，他斬釘截鐵的說不行，不夠親切與灰頭土臉的情緒在空氣中蔓延，我為灰色磚道上自己的影子拍了張照結束這回合。

● 緊緊地握住不難

　　B10的後台應該就是工作人員的辦公室，一些大幅的照片和油畫就已靠在牆上，某幅畫裡面的河馬從河裡探出頭來張大著嘴巴嚇唬每一個人，河馬旁邊一排的辦公桌應該是他們工作的地

方,桌上隨意擺放著大大小小的電腦和瓶瓶罐罐,該丟卻捨不得丟的東西應該也很多,外套襯衫披掛在椅背上,散亂的程度和我之前在辦公室的日子不分上下。

我們守在角落一旁的手足球桌開始比賽,那天無論是一對一或一對二,我都沒輸過,從國中開始我還就真的勝多敗很少,一直到很久以後某個晚上在復興北路的銅猴子餐廳和杉特、賴冠玩了幾盤我才知道規則比想像得多,以及我的握法是不對的,就在某一個回合我用最後面的守門員放冷箭射門,球快速穿過他們的球門得分,然後再從我的球門彈出來,我得意到不行開始忘形地說:「哎呦~我的口袋有點重不好移動啊!」「這球幸運啊!」眼看情勢不對再加上他們口袋的銅板越來越少,身體越輕盈腦袋就飛出字句,杉特和賴冠一直輸就對我說「山哥你那個握法犯規啦」,我說哪有這種事?他們請谷歌大神來評評理,手機上顯示著:「……國際正式比賽規則正確的握法來說應為左右手放上握把後,五根手指能完全環繞握把,還有因為攻擊和防守的技巧分為滿握和半握……」字一堆吧啦吧啦吧啦的我哪看得完,我死皮賴臉說「打開心的啦~規則不要管啦~」不管怎麼握,我就稱自己的方式叫做「緊握」,雙手緊握住把手用力扭轉射門或擋球。

球台發出的聲響和垃圾話連發引來幾位老外的觀看,其中一位有禮貌的帥哥,看到他就讓我聯想到前方有草地湖泊,後方有遠山白雪覆蓋的瑞士風景,可能來自瑞士的年輕人加入戰局,他的握法是正確的,打法也簡單有效,我因此輸了幾局收斂

了情緒，也為了保持風度和國民外交跟他落了幾句英文「Nice to meet you」「Your Hand Football is good！」「Great job！」老外一臉困惑對我說「Hand Football？」杉特喝著啤酒在旁補放個冷箭說「山哥～手足球的英文是Table Football」，Hand Football是什麼鬼啦？當天數回合的決戰就在落漆的英文出現之後告一段落。喝了幾口酒看著電視正在轉播的英超足球聯賽，120吋的螢幕畫面裡裁判掏出紅牌，球員抱頭懊惱的樣子汗水在下巴滑落；曾經我也在某個十字路口被罰下場過，因為掏紅牌的人說我猶豫得太久。比賽總有勝負，不管輸贏不管得失分，生活經常起伏，無論結果是否是想要的，某段順暢或艱難的過程默默地轉化成身體的一部分，數個潮起潮落之後我才知道緊緊地握住不難，難的是力量要放柔軟，難的是決定要勇敢，難的是放手。

　　脫拉庫唱到〈甲賽〉的時候四分衛就準備上場了，那天不知道是什麼契機讓脫拉庫先發，表演之後才發覺這樣的調度氣氛不對，所以也是團團轉唯一的一次脫拉庫先四分衛後。簽唱的時候幾位朋友在隊伍裡唱著〈我愛夏天〉這首歌，我心裡想著自己應該也要寫首大家好唱的歌吧？之後我也真的有朝這個方向努力，但自以為好唱的歌一直到錄音室的時候才發覺根本在整自己，後來就算沒有打消念頭，我也不勉強自己這樣做，一切隨緣跟著身體的直覺，不確定的時候就順著馬匹前進的方向走。

　　四十三的朋友在深圳開了間「滿哥甜品」，在表演結束之後招待我們在店裡飽吃一頓，大家都點了冰品我點了芝麻糊湯圓，

我想先吃熱的再去吃他們的冰的，老闆歡迎我們來到深圳並介紹電視牆上還有播我們的MV，並且說「在大陸闖蕩啊你們要知道一句話，『有關係就是沒關係，沒關係就是有關係』」，我想了一下好像有點懂這句話的意思，接著左手的叉子就去抓不知道隔壁誰盤子裡的芒果，芒果真是甘甜新鮮，不管在哪裡都是那麼好吃。

● 一點神祕感都沒有

「世界如此美麗，我們的表演還要繼續，用盡全力的一切！」我在房間的留言本寫上這幾句話並署名日期，想像著後來的房客看到的反應，然後出發前往廣州「TU凸 Livehouse」。

經過暨南大學穿過黃埔大道隧道之後再一會兒就到達目的地，住宿的地方就在TU凸 Livehouse隔壁的七天連鎖酒店，大家安頓好行李在房內休息，我趁空檔走出去找吃的，遇到一間茶餐廳就座點了三寶飯，白飯旁邊的綠色青菜讓我食欲大開，正在狼吞虎嚥之際眼角餘光撇見兩個人影往我這方向探頭探腦，我抬頭一看原來是兩個戴眼鏡輕裝打扮的年輕女生對著我笑著，直覺閃電般告訴我是晚上會來看表演的朋友，她們應該想著眼前這位晚上要唱歌的傢伙原來吃起飯來是這個樣子，直覺又緩緩告訴我她們已經瞪大眼睛看了許久嘿嘿嘿，我把直覺踢開到河邊，內心保持冷靜，外表保持清醒，放慢了咀嚼的速度擺出尷尬又不失禮貌

露出牙齒的微笑，擦擦嘴巴起身走去門口和她們打個招呼，「妳們晚上看表演嗎？」「是啊！」「那麼早就來啦？我們都還沒彩排誒！」「我們先和朋友約好啦！」她們笑笑的邊講就邊往另一個方向跑去了，我感覺好像還有些多餘的話要說但也不知道是什麼，右手不自覺地跟她們的背影說掰掰，直覺從河邊走了回來腳底還濕答答的，湊在耳邊跟我說那些「我肚子好餓我先跑來吃飯」的話就免了吧，一個男人那麼囉唆真是一點神祕感都沒有，遜！為了保持神祕我回到座位上細嚼慢嚥地把餐點吃完，粒粒皆辛苦，白飯一滴也不剩，筷子湯匙用紙巾再擦拭一遍和碗盤擺放整齊，但是都沒有人看見。

　　緊接著又踏上快速高架道路到達廣州汽車音樂電台上通告，電台外面的鐵塔寫著「廣汽本田」四個大字還蠻神氣，我們以它為背景拍照到此一遊又踏上返程的路準備彩排。表演前的後台準備了根本就是表演之後的慶功宴，好幾鍋好幾盤擺在桌上，幾個大哥吆喝著說「來吧來吧趁熱吃了」，盛情難卻衝鋒陷陣一馬當先，其中有一鍋其辣無比卻又非常過癮，我忍不住冒著嘴裡等下會有麻辣口味的風險多扒了一碗，一直到現在我都不知道那幾位完全不像Livehouse的人到底是誰？

　　舞台前擠滿了妹紙，男生都在後面，幾個女生拿著「不脫不散」和「四分衛快脫」的牌子面對著我們，於是我還是把拔罐這個梗拿出來，底下不知道是誰說：「上次說過了啦！」被戳了一個洞感覺些許涼意，拔罐的痕跡默默散去，但還是得當個善於轉

換話題的大人，顧左右地說著唱著，那天臨時加碼一首〈焦糖瑪奇朵〉，因為久沒唱了，所以不按照原曲用民謠的方式唱進來慢慢熟悉和弦再變成正式的模式，引擎熱開輪轉就順暢。其實有些歌就是這樣，你越想就越想不起來，腦袋雖然靠不住身體其實都會幫你記住，這樣隨性的效果很不錯，只要大家開心我才能放心，只要大家之後能夠在我不知道的地方回想起當下某首歌曲而咬著牙繼續前進，我就會再寫下去再唱下去，那天的〈我愛夏天〉我和國璽在台上親親，是什麼原因我想不起來了。

七天連鎖酒店的房間裡沒有吹風機，吹風機放在走廊的玄關裡，大家輪流的在走廊間吹乾頭髮，一堆人有人穿著短褲有人下半身只著浴巾好像剛操練完洗好澡全身舒暢的阿兵哥在放風，一位長髮女子拿著未開封的泡麵經過，假裝沒有看見我們，真的是一點神祕感都沒有。

● 哪個工讀生這麼賣力

FUN HOUSE的舞台上多了一把木吉他，於是一時興起當晚多唱了〈我寫不出來像樣的情歌〉，整個團團轉的系列到目前為止也就只唱了那麼一次，以木吉他為基底的歌會很希望在表演的時候也是同樣配置，但部隊移動舟車勞頓裝備簡單最好，只為了一首歌多帶了一把木吉他也是可以啦，只是從以前到現在還真的沒這樣做過，我真的很懶，效果器也只有一顆，從頭到尾一個

Tone到底，大的破音和小的破音就用音量旋鈕來控制，還好有團員cover我，我才可以這樣很任性很憑感覺的這樣做。

〈吸血鬼〉和〈飛上天〉的時候國璽上來加強火力，國璽和虎神背靠著背在台上轉圈圈，那樣子滑稽的很帥氣，幾個小節的solo一個太嗨吉他揹帶脫落，阿勇及時跑上來危機處理，如此緊急的時刻台上台下卻都笑得不停真是可愛詭異。台下有位朋友帶了隻草泥馬的玩偶，在唱〈愛可以讓我們在一起〉的時候，不知為何哪來的衝動？我抓起她的草泥馬開始唱著：「我也會養妳的貓，妳對我那麼重要！」就是從那天開始每次唱到這首歌的時候我都會找一位女生對著她唱這幾句，我邊唱邊看著她尷尬的樣子，再看著全場都發出歡呼聲並注目她的樣子的大家的表情，無論是看好戲或羨慕或驚嚇或尖叫，內心覺得心滿意足，對於這個定番我真的不好意思說樂此不彼，但還真的玩上了癮。Hello你好嗎？珍重再見，日子一久，所有的回憶都會變成你後來又哭又笑的動機，突如其來的橋段衷心地希望你們都不要介意。

連接舞台和後台的出入口是一個玻璃門，擦得實在是過分乾淨到透明，期間我的臉撞到玻璃門兩次，第一次就算了還撞到第二次真是覺得不可思議，撞到的瞬間還蠻痛的，眼睛無法張開但耳朵聽得見是誰在旁幸災樂禍哈哈大笑，你不是第一個撞到的，玻璃門沒怎麼樣吧？山哥有人送你一隻象！東西整理一下準備要回飯店了！後台七嘴八舌的最後突然出現一句說「山哥不過你是第一個連續撞到兩次的」，貓的我一邊懊惱一邊怨恨是哪個工讀

生這麼賣力？再一邊拿起毛巾把玻璃上油油的印子擦乾淨，這就是老天爺懲罰我不專心的後果，我拿起桌上那隻藍色的象，黑色的眼睛底下兩旁有腮紅，我用他的長鼻子揉了揉眉心的部分，一邊想著下次不敢邊走腦袋邊思考然後嘴巴又邊回答什麼事情了。

● 看似簡單其實最難

　　三部九人座的小巴載著我們一行人從惠州出發，這是第一次經由陸路到達香港覺得新鮮，到達新界北區的羅湖站之後和老闆娘以及司機大哥說再見，感謝他們載我們一程，入關再出關之後就有另外三台九人座的小巴再把我們帶往香港的觀塘，到達飯店的時間還早不能check in，於是我們把行李集中在一間客房然後各自打車或坐地鐵出去晃。觀塘站的外面有一幅電影海報，那是喜歡的電影導演是枝裕和2013年榮獲坎城影展評審團大獎的新片，看著不習慣的中文片名《誰調換了我的父親》還是覺得台灣取的名字《我的意外爸爸》比較好，是枝裕和的電影平實細膩又和緩，看似簡單其實最難，每一年我都期待導演的電影，期待每一次他的故事給我狠狠的一拳。

　　吃完了拉麵喝了口麥茶，角頭老闆四十三提議去吃許留山，吃完熱的再吃冰的根本就是年輕人，透明的碗裡有切碎的芒果和冰淇淋和湯圓，正準備要大吃一口，四十三跟隨行的同事說攝影機預備，緊接著拿起他的湯匙舀了一口要餵我吃，我按照劇情走

吃上一口，香甜清涼美味的口感瞬間爆發，隨即手機傳來快門的聲音，四十三得意洋洋地把照片上傳，他說留言罵聲不斷真是開心。

接著我一個人經過彌敦道往海邊走去，縱使已經知道看不到夜景了，但還是想要去看一看。當時是第五次去香港，但實際能夠好好地看夜景也只有頭兩次，記憶已經不深刻了，難得舊地重遊卻因為行程不能好好複習，就算照片拍得再多還是覺得遺憾，我帶著捨不得的心情往回走，在廣場遇見關懷流浪動物的集會，看板後面一堆人坐在好大一張白布上，似乎要聲援些什麼。

經過了重慶大廈要去尖沙嘴站搭地鐵，才一過斑馬線就有人用廣東口音喊我的名字，我回頭看見了他，發現原來是幾個月前在內湖攝影棚拍〈大風歌〉MV的導演James，怎麼會在這遇到真是太巧了，他提著行李箱身旁是他的老婆和女兒，我跟他說四分衛和脫拉庫的團團轉這次從深圳廣州惠州一路來到此行的第四站香港，晚上要在Hidden Agenda表演，他說他要飛往大陸工作個幾天，他的老婆和女兒要為他送行，說聲再見之後他們往北京道的方向走去，我用手機拍下他們一家三口的背影。我偶而會拍人們的背影，因為看不到臉所以只能從背景環境來想像比對，但總是感覺可以說的故事大部分是孤獨的，但今天這張相片裡爸爸的右手牽著女兒的左手，女兒的右手牽著媽媽的左手，絕對是幸福的畫面。

● 我後悔自己的害羞

第一首歌曲「上月球」唱完，我對著Hidden Agenda的台下說你們已經等了很久嗎？他們喊著從下午就開始等了啊，我心算了一下上回高山劇場的時間接著跟他們說，我們等了十一年啊！然後聽見大家心有戚戚焉地附合，我覺得我這個回答很不錯就接著往下唱，今晚的特別來賓盧凱彤在脫拉庫唱〈我在想你的時候睡著了〉上場，第一次見到這位金色短髮又很會彈吉他的帥氣女生就被吸引住了，現場太多人了滿到門口，我鑽不出去只好站在後台的側邊拍照，凱彤和國璽站在最前面和大家一起跳著唱著副歌，那麼多年過去每次聽到或唱到這首歌，都會想起那年在Hidden Agenda他們的背影跟著節奏一起晃動。

我後悔自己的害羞，當時在後台一起合照之後並沒跟她多說些什麼，後來在台北西門町的某場活動，四分衛彩排完下了台，我才看見她緊接著上台彩排，看著她一個人唱歌的背影，想說她在忙就不去打招呼了，我又後悔自己的不夠雞婆，如果時光能夠倒流做了不一樣的決定或許能改變什麼也或許不能改變什麼，但我真的好想多跟她說些當時我第一眼看到她的樣子的一些什麼，還有四分衛想要跟她合作一首歌曲的念頭。

隔天一早我往山上跑，遇到一座長長的階梯就硬著頭皮往上爬，高處的視野果然不錯，可惜遠遠望去海上霧濛濛，只看得到香港島上山脈和建築的形狀模模糊糊的，為了運動也為了拓展

App世界迷霧的地圖，還是繼續往上衝，跑到聖傑靈女子中學，猶豫了一陣子還是打消了想要進去校園看看的好奇心而折返。下坡路段遇到柯基，就像在華山草原遇到的一樣，摸摸他短短的腿和尖尖的耳朵，他很熱情把主人牽著他的繩子拉的直直的，我不好意思多做停留和柯基說掰掰再往前跑去。不熟悉的地方不看地圖亂跑亂晃都會有意外的發現，一轉眼就跑到籃球場，看到有人在投籃就跟他借了球想要熱身一下，忽然一個念頭在頭殼響起，第一次在香港投籃一定要好好把握，結果就是太想要投進卻一直都投不進，一直到第五還是第六顆才投進，我有些尷尬又想要和初次見面又好心借我球的陌生人拉近距離，我跟他說我是來自台灣的四分衛樂團主唱，昨天在觀塘的Hidden Agenda表演，下午就要飛回台灣了，但是他一臉狐疑反應不大，我繼續加碼，在上籃一顆擦板球入網之後說：「我好喜歡周星馳啊，你喜不喜歡啊？」他還是沒回話，我有點自討沒趣，剛剛還盤算著鬥牛的念頭也消失無蹤影，於是打聲招呼就跑走了。

　　安盛金融大樓前有個巨人雕塑，黑色巨人的樣子正在行走，它是一片片的塊狀往上堆砌而成，看不到作品名稱也不知道誰做的，也不知道它在這兒已經站了多久，我站在他的前面看著他背後玻璃窗反映出我的倒影，我的倒影裡雙手拿著手機拍照，右手腕勾著剛剛在市場買的一袋橘子，下午要起飛了，實在不想那麼快回台北啊！

12月 重慶、成都

● 金架係鳴告秋

　　飛機快飛到重慶江北機場的時候，我們在空中從圓弧形的窗戶往外看，整座渝中半島佈滿密密麻麻的燈光盡入眼底，我盤算著這次行程的空檔，整個明天從早到晚應該是沒有空往想去的地方了，看著城市的閃閃爍爍逐漸遠離，才剛開始覺得美麗就出現遺憾的情緒瀰漫在機艙裡的冷空氣，我深呼吸一口在半空中的黑夜裡等待降落。

　　check in之後已將近半夜但還是沒有很想睡，走去四十三的房間裡串門子發現幾袋小小的橘子，他說是重慶的朋友送的金秋砂糖橘，我隨意拿了一顆有兩片葉子的撥開了皮一口咬下去，不吃不知道，一吃嚇　跳，金架係鳴告秋！好吃得要命！顧不得宵夜即是罪惡，忍不住一顆接著一顆，虎神在一旁阻止，我抓起一把往他外套口袋裡塞進去，趕緊推他回房間裡再吃了好幾顆。

　　來到重慶的第一個早上洗把臉刷個牙，腦袋稍微清醒後映入眼簾的是紅色茶几上的農夫山泉、卡西歐手錶、火柴、手套還有四顆砂糖橘，我穿上跑鞋想著等下跑回來再把那四顆吃掉呢？還是先吃兩顆就好？趁著虎神在旁睡得一塌糊塗，又聽說小朋友才做選擇，於是腦袋迅速跳過二選一嘴巴就已經橘香四溢，打開房門進電梯，先吃先贏打算等下再去買來吃。

　　十二月中旬的重慶清晨氣溫很低，我本以為我是起得最早的人，結果才剛出飯店門口就看見國璽滿頭大汗迎面而來，天才剛亮他就已經跑了一大圈了，頓失寶座的瞬間互相擊了個掌，接著輪我往重慶大學跑去。跑經過了操場、足球場、籃球場，有場地卻沒有球覺得阿雜就繼續跑了，四處亂跑一通忽然在另外一邊發現陡峭的山坡，剛剛還在平地一轉眼就發現自己原來站在很高的地方，原來重慶是山城地形，馬路上有房子，馬路下也有房子，斜坡的底下是幾棟五六層樓高的老舊公寓住宅，公寓後面是立在河面上的快速道路，再後面則是長江的支流嘉陵江，嘉陵江上霧茫茫的一片有大船經過，我想要用手機播放Deep Purple的歌但沒有，那就乾脆自己唱吧！「Smoke on the water~a fire in the sky！」邊跑邊唱但我確定沒人知道我在唱什麼。

　　將近有二十張藍色的桌球桌在另外一個空地，阿公阿嬤起了個大早就在打乒乓球，一來一往架勢十足，就跟所有嘗試過的球類運動一樣，乒乓球我當然也打過，但對於這項運動真正讓我陷入無法自拔的不是乒乓球本身，而是松本大洋的著作《乒乓》這部作品，就連作者本人都說：「我非常喜歡乒乓，連自己都厚臉皮覺得：竟然能畫出這麼好的漫畫啊！」我很喜歡漫畫裡的一句話「我的血液有鐵的味道」，我想用這句話寫一首歌但或許心情還不夠緊迫一直不知從何下筆，寫不出來即代表當下不夠專注，但所有專注和不夠專注的過程的累積的確造就了現在的自己，看著一堆白色的球在一堆藍色的桌面反覆地彈來彈去，我想著自己

曾經可能是誰的英雄也曾經可能是誰討厭的角色，而覺得有點恐怖有點噁心還有點甜蜜。

　　就當今天是扮演反派的角色好了，壞蛋還是得填飽肚子，厚臉皮地假裝成從上個世紀就一直留級的大學生走進學生食堂，我喝了一口豆漿咬上一口白饅頭，食堂裡早已聚集了一堆吃早餐的年輕學生，好想自以為是地告訴他們幸福的滋味其實清淡無比。

● 直叫我當仁不讓

　　下午四分衛和脫拉庫搭了兩台小黃前往重慶音樂廣播，一個中年男子挑著扁擔行走在陸橋旁的人行道，右邊裝著一大袋麻花捲，左邊是一大袋白色的塊狀物，兩邊都滿出來了，看起來很重但他走起來蠻快，我拿起手機只來得及拍上他的背影。

　　電台裡的麥克風細細長長的，趁著女主持人在處理器材的空檔，我們假裝用麥克風來挖鼻孔並拍照，女主持人瞪了我們一眼說「我知道男生通常都很無聊的」，我們趕緊正襟危坐維持乖乖貌並字正腔圓的回答每一個問題，四分衛名稱的由來？四分衛成立多久？四分衛出了幾張專輯…………等等等，一堆問號都是我們回答過千百遍的，這樣在不同的電台或平面媒體前回答幾乎一樣的問題，剛開始覺得有趣，後來就覺得厭煩，再後來就覺得是責任了。有了這樣的想法之後就覺得自己有比以前長大了點，從無聊的男生變成比較不無聊的男生，這個過程還是需要些時間，

每一次訪問都可能是這輩子唯一一次的碰面，想到這一點就不會覺得厭煩，就會好好地回答每一個問題，希望對方當下都能了解每一字每一句，但後段還是露出了點狐狸尾巴開始胡言亂語，整個錄音過程就在百分之七十正經的狀態下結束。

回程時國璽提議說要去吃牛肉麵，我和脫拉庫團員們走去美食街，牛肉麵裡有白色的刀削麵條和牛肉塊載浮載沉在湯底，湯的上頭漂浮著香菜花生和一層辣油，美食當前唾液分泌了三尺的高度，沒錯跟店家說別加辣但吃起來還是辣，重慶的不辣就是辣，重慶的辣到底是什麼個情況，我還真不敢想像。

一行人嘴巴都辣辣的往飯店走去想要刷牙，路邊一輛白色的雪鐵龍車屁股貼著一張貼紙，貼紙上寫的兩句話讓我想起在陸橋上揹著扁擔的男子，我把他背影的照片上傳IG搭配貼紙上的兩句話，「問世間誰最坦蕩，直叫我當仁不讓」，也像是呼應今天早上和下午那股毫不退縮勇於承擔貪吃辣味口感的氣勢，但內心還是提醒自己晚上宵夜一定要略過辣得過癮和辣得要命。

補記：在寫到這段文字的之後沒多久我在YT遇到了一個叫做「最後的棒棒」的紀錄片，我才發現那天打車去上廣播路過嘉陵江的某個橋上我隨手拍的那個人的背影就是一位「棒棒」，電影是導演何苦親自到重慶解放碑附近的自力巷53號登門拜訪，拜紀錄片裡的主要角色老黃為師，紀錄他們一起生活了一年多的故事，棒棒們所有不為人知的故事在鏡頭裡呈現，有些很可笑，有些很可惡，有些好可憐，只為了能夠撐過這一天，只為了在很遠

的地方的家人，一肩扛起日積月累的傷痕，又痛又累又必須這樣做下去，往後退一步就是懸崖，掉下去會粉身碎骨，往前荊棘密佈每走一步都痛得要命，卻也能一直往前進。據說在山城重慶長期依賴人力搬運貨物，當地人稱這群挑夫為「棒棒軍」，在那個科技還不發達的世代，他們用搬運成就了一個時代，後來網路進步了卻逐漸得被這個時代所拋棄了。

　　我是個時間控，每次在看電影的時候我都會注意影片裡日曆或是字幕上顯示的時間，看到那樣的數字我就會回想當時的我，電影裡拍攝的時間是2014年的1月到2015年的夏天左右，當時我隨手拍攝的瞬間是2013年的12月，那天是13號星期五的下午，冷冷的天氣和遠遠的樓房與霧氣，離下班的時間還早，也就是當天紀錄片裡的主角老黃應該也是在當地來回奔波著，看過電影之後再看著那張照片裡的背影感覺就是他誒，是或者不是？當然我是不會知道正確的答案了，只是後來發覺在來去匆匆的那一天有可能和他有些靠近，只是後來估狗告訴我老黃在2021年的3月病逝了，所有放不下的都放下了，辛苦了一輩子，願他安息，願他所有掛念的家人都能平安。

● 下次來的時候希望是夏天

　　堅果俱樂部的地板是黑白相間的磁磚一塊一塊拼貼而成,髒髒舊舊的很有Underground的質感,我蠻喜歡這樣的質感,深綠色的牆壁前面和深咖啡的吧台再加上幾張紅色的椅子,完全是野獸派的配色很龐克的一個場地。表演開始之後長方形的區域裡面擠滿了人,在燈光的搭配之下又變成另外一種景象,唱Live除了音樂本身燈光也比想像的重要,根據歌曲的激烈或和緩來調整光線的明暗,就連在台上的我們也能夠感受到顏色的變化而讓感情有所投入。每次在表演之前阿勇都會想要我提早提供歌單讓燈光音響可以多做準備,但長久以來我已經習慣在表演的前一刻依靠心情決定歌單,甚至在表演進行之中更改歌單,任性的讓燈光音響也必須隨機應變,現在想起來真是抱歉,事先的告知與準備就是一種體貼,但現在的我偶而還是會變成之前的自己。

　　前排的女生送了我一隻熊貓公仔,黑白相間的很可愛就把它擺在音箱上面,我邊唱邊想啊這次應該也來不及去看熊貓本人了,後來熊貓公仔跟我回台北之後,媽媽看了覺得很可愛,就被她拿回家了。每到夏天我要去海邊,海邊有個漂亮重慶妹,即使是冬天,今天的表演一樣在〈我愛夏天〉之後告一段落,我沒有告訴大家的是今晚唱歌的嘴裡可是殘留了辣辣的滋味,還有下次來的時候希望是夏天。

　　堅果的後台和之前去的Live House很不一樣,並不是在舞台

的後面而是在入口的二樓，也就是全場視野最好的地方，我們唱完之後就在那兒看著脫拉庫表演，國璽照例在台上和大家笑嘻嘻的罵來罵去，在某個橋段大家起鬨要國璽往台下跳，我翹著腿坐在二樓的椅子上吃著沒吃完的便當，白飯和麻婆豆腐才剛咬了一口就聽見國璽說「我今天不跳了啦，那我把山哥送給你們好不好？」而差點噎到。

　　這幾次去大陸巡迴都有位來自北京的老徐為我們安排住宿表演交通的行程，他本身也是樂團的經紀人，他在路邊找了一間田伯光海鮮燒烤，招牌底下營業時間霸氣地寫著19點至喝醉，看了眼前一堆生蠔扇貝我吞了一口口水，接著就有限度的一發不可收拾，旁邊一位長髮的女子是老徐在重慶的朋友，只要是男生都會覺得這位女生長得很漂亮吧，只是她的臉頰長了一顆很明顯的痘痘，那是青春的象徵也是內部火氣的展現。國中的時候我也是滿臉痘痘，尤其是鼻梁上面或是兩側更是懊惱，某天一位高個子同學故意抓住我的臉取笑我說「長出來長出來」，我火大一個巴掌往他左臉呼下去，一陣亂打之後就都被抓去管理室門口罰站，等到全校都放學了，管理室的組長也是我們的體育老師訓話了一頓才讓我們回家，我們還一起走了一段路，聊了些什麼已經不記得了，人不可能十全十美，我們不能用外表評斷一個人，但眼前那顆痘痘特別讓我懷念起國中時代打的那場架，我摸了摸自己的臉覺得乾乾皺皺的，想不起那位同學的臉，當然也不知道他現在過得怎麼樣？

● 明天我要嫁給你啦

　　前往成都的車程將近要四個多小時，巴士在銅梁服務區停靠稍作休息，天空下著雨地面都是濕的，在洗手間的門口看見一隻陸龜懶洋洋地在爬行，黑色的龜殼上面有微微的尖角，他大概發現有越來越多的人在看他就停下腳步不再往前進，伸出短短的四肢趴在濕濕的地上，我照例幫他拍照打卡寫上為什麼休息站會有加美拉？

　　我照例坐在巴士的第一排，難得我並沒有睡著，就在行經高速公路的某個路段的時候，擋風玻璃的右邊忽然出現一台貨櫃車，因為實在太過靠近了，我們的駕駛猛按喇叭並把方向盤急忙打左，我聽著急促的喇叭聲心跳跟著加速，雙手抓緊扶手跟著大喊：「哇啊！」整個過程很快又像慢動作一般，人生走馬燈閃了又閃碰地一聲，我親眼看見右邊的照後鏡被撞的稀巴爛，之後司機大哥邊罵邊衝下去要求賠償，我們也走了下去查看情況，貨櫃車的駕駛座下來了一男一女，聽說他們是從深圳出發要往成都方向，在高速公路上誰也不想遇見這種事，但發生了就是發生了，一陣子討價還價之後以八百塊人民幣作收，後來這台沒有右邊後照鏡的巴士裡面的每一個人在到達成都之前都不敢睡覺了。

　　成都的計程車是綠色的，引擎蓋上都貼著熊貓在吃竹子的貼紙，我知道今天下午來晚上演，隔天一早就要起飛回台北，絕對沒有時間走馬看花，又是一個沾醬油的緊湊行程，所以進入成都

市區之後我就多拍了幾張照片，沒有主題就是街景和人，邊騎著摩托車邊講手機的人，等公車的人，等紅綠燈的人，揹著毛毯和娃娃的人，在路邊擺攤賣饅頭的人，在路邊打掃交談的人，一直拍到在尚錦和美連鎖酒店門口等check in的我們。

附近的便利商店裡的陳列架擺了五種口味的酸酸乳，每一種口味各一種顏色，每一種顏色上面都有一個我們都認識的人，冠佑是紫色的，阿信是洋紅色，怪獸是淺綠色，石頭是橘色，瑪莎是天藍色，上個世紀末一起在角頭鬼混的樂團朋友。今天在成都遇見二次元的他們，還真的有些感慨，我想起1998年的秋天，角頭老闆張四十三先生安排我和阿信在他的辦公室上聲樂課，老師是蕭煌奇，他教了我們一些發聲的練習，還一起試唱了周華健的〈明天我要嫁給你啦〉，不知道他們是否還記得那幾堂課？後來五月天每個禮拜都坐飛機上班，蕭煌奇唱紅了〈你是我的眼〉，四分衛偶而在離家鄉很遠的城市繼續流下〈雨和眼淚〉，秒針分針滴答滴答在心中，各自的心酸與快樂也都在各自前往的路上。

● 2012年12月14號

成都小酒館真的不大，讓小小的舞台看起來高高的，場地站滿了人，準備要唱〈一定要你來救我〉的時候，前方右排一個女生跟我抱怨說這首歌很不好唱，我難為情地說：「是啊～我也不是故意的」，唱完了「救我」，成都的小白在前排左側拉起了

一個布條，布條上面寫著「生命不息，搖滾不死」八個字，底下則寫著「虎神哥一週歲生日快樂」，奇怪？當天2013年是12月14號，虎神是6月16號生日啊？啊想了半天才會意過來，原來在前一年的2012年12月14號當天大夥約去公館的快速道路橋下踢足球，足球是我遇過最耗體力的運動，跑了一會連我都受不了，當時的虎神熬夜抽菸已經是常態，足球的跑動太激烈，虎神一個重心不穩跌了一跤手扭到，於是就坐在旁邊的草地休息，後來玩了一陣子之後大家也坐在地上聊天，小護士樂團的主唱霈文點了一支煙，我順著煙的方向看去，看見虎神躺在地上扭動，我跑過去看他嗚著胸口臉色發白在地上難過的樣子驚覺不對，趕緊打電話請救護車過來；等待的時間真是折騰人，好不容易到達了木柵萬芳醫院的急診室，急診室真是TMD熱鬧，病床太多了護士醫生來關切了一下又離去，我氣急敗壞的請他們趕緊做處理，後來診斷出是急性的心肌梗塞，開出病危通知並要虎神簽名。醫生要我聯繫直系親屬，我看著虎神筆都拿不穩的在白紙上潦草地寫了名字，一邊打電話給在台東虎神的哥哥捷任，不久虎神就直接被推入手術房做心導管手術，虎神事後回想霈文的那根菸或許是個sign，因為當時他已經不舒服了，但一聞到煙味就開始頭暈胸口加速劇痛，一連串的手忙腳亂回想起來真是驚險，大難不死必有後福，後來虎神的作息有所改變，再也沒有抽菸了。

　　當天國璽不知道哪來的靈感要求全場一起在歌的中間一起唱X-JAPAN的〈X〉，並把雙手交叉和跳起來，台上台下合作無

間。當天的Stage Dive很溫馨，跳下去的時候被傳到了後面再被傳回台前，第一次在半空中被大家合力抬了一段距離，耳朵裡面並沒有音樂而是感覺核心緊繃不敢放鬆，那麼多隻互相認識或不認識的手一起把我往後再往前推，應該要放鬆才對吧，應該要享受才對吧，事後諸葛終究挽不回當下，就是又累積了一點點的遺憾，不是開心也不是悲傷的情緒在旅途中堆積起來，提醒著自己下一次要比這一次更好才行。當天一直到散場拍照簽名完，小白還準備了一歲的生日蛋糕，大家一起幫虎神唱了生日快樂歌。

　　小白這號人物平常在成都是個健身房的主管，不知道她是怎麼認識脫拉庫和四分衛的，我記得那幾年每一場表演她都會出現，從台中、台北、杭州、上海、廣州、深圳、廣州、惠州、香港、台東，略過了重慶，現在是她的家鄉成都，一直到後來的昆明北京鄭州武漢她都有出現！啊為什麼會略過重慶呢？原來是堅果俱樂部表演的前幾天她騎摩托車發生了車禍所以不克前來，當天在成都她是撐著拐杖來看表演的。那麼多個城市都相隔了那麼遠的距離，不知道她是怎麼辦到的？我想她應該有多啦A夢的任意門吧？慶功宴依舊是國璽的場面，場地就在不遠處的盧記華興煎蛋麵，我和國璽比出假面騎士的手勢在長長的餐桌上拍照之後開始狼吞虎嚥，忽然一陣酥麻從牙齒縫傳了出來，哇靠花椒真不是蓋的，麻到我快要發瘋，那麼小小一粒威力無窮，那應該不是味覺而是一種迅速震動觸覺，我小心翼翼地對待後來的每一口，再也不敢大意。

12月 昆明、北京、鄭州、武漢

● 路上有雨啊

　　離前往昆明的班機還有一段時間，大家四散各處，有的去星巴克買咖啡或是去逛免稅店，清晨就大包小包的拂曉出擊，舟車勞頓的我懶洋洋地坐在窗邊的椅子上讓右半邊的身體曬曬太陽，出發之前阿勇說十二月的昆明北京會非常冷要大家洋蔥式的穿搭法，我卻比較擔心腳下功夫施展不開，所以這次帶上了三雙鞋子，表演穿的Converse和跑步穿的adidas放在行李箱，現在和我在香港機場一起吸收維生素D的是Dr.Martens，這雙八孔圓頭的紅色靴子是馬丁大夫舉辦赤聲搖滾活動的時候送給我的，前幾天還用鞋油刷亮了一遍，現在被太陽曬得閃閃發亮，酒紅色的皮面光澤跟我說：安啦～有我就搞定了。

　　昆明的太陽很大氣溫卻很低，飛行了一段時間，好不容易到達了目的地雀躍的心情止不住，首先是要伸伸懶腰然後拍拍大家推行李過馬路的片，然後趕緊跑上巴士取暖，選了前排的位置坐下往窗外看見歌手柯泯薰在馬路上擺起芭蕾舞的姿勢拍照，她和她的影子在柏油路上變換了好多樣子，女生就是比男生優雅所以陽光沐浴在她的臉龐，如果是我這種拉筋等級的就是曬傷。

　　下榻世博耀星溫泉度假酒店，眼看下午兩三點還有陽光，我行李一放球鞋一換就往外跑，鞋底和馬路摩擦的聲音無論在哪個

經緯度聽起來都一樣，西曬把馬路染成金黃色，我的球鞋是螢光黃，我覺得這兩種顏色色系相同但一個溫暖一個化學放在一起同時出現很不搭嘎；一點點關於配色的想法形成一個疙瘩，我加快腳步一步一步地把這個疙瘩踏碎在陌生的城市裡，回頭看見影子裡都是這些想法的碎片，碎片越來越少以為跑快一點可以長大，其實都是內心搬不上檯面難以變成作品的小劇場。

　　不想自拍就對著室外道路的交通廣角鏡為自己拍照，鏡子裡球鞋的顏色因為腦內啡分泌的關係順眼許多，忽然有隻白色的小狗眼睛迷濛地在階梯上抬頭望著我，他看起來像北京狗但鼻子稍微挺了一點，想起小時候奶奶也養過一隻北京狗叫做LULU，我說：「LULU你在幹嘛？」LULU當然不說一句話回頭招呼著他的朋友，幾隻小土狗灰色的咖啡黑的都靠了過來，他們應該都有自己的名字只是我不知道，我沒有幫他們取名字，摸了摸他們嘰哩呱啦一陣就再往山的方向跑，轉過身來倒著跑跟他們說掰掰。我忽然想到啊小時候奶奶養的每一隻狗不管顏色品種都叫做LULU，等到我長大了點我問奶奶說為什麼家裡養的狗都叫做LULU？奶奶說這樣就不用想念太多隻啊，我搞不懂想念又問LULU怎麼寫啊？奶奶拿起當時我一直以為大人才能用的玉兔牌原子筆在報紙的空白處寫下「露露」兩個字，我說「哇～路上有雨啊」，奶奶說那就撐傘啊。

● 烈酒燙傷胸口的傷疤

　　Orange是我還蠻喜歡遇到的音箱，旋鈕簡單乾淨骯髒切換方便，彩排結束後照例要跟PA大哥（現場音控師）說聲謝謝，外場的聲音完全由不認識的他們掌控，應有的禮節與感謝每一次都要說到做到，我把Orange音箱上的數據用手機拍起來，收起效果器把吉他放入吉他Case，肚子咕嚕了一聲，想說忍到晚上再去吃吧。

　　難得坐雙層巴士當然要搶第一排，一邊欣賞十字路口交通大打結的畫面，一邊大驚小怪所有人車如何從打結的狀況脫困而出，到達百大新天地前廣場天色已暗上許多，金碧廣場上有兩座牌坊富麗堂皇，牌坊上各有兩個金色從右至左大大的字，一個金馬一個碧雞，各自立在廣場的東西邊，當時距離得到第五十屆金馬獎最佳原創歌曲才一個多月，遇見金馬兩個字倍感親切，自己又是屬雞的，覺得真是來對了地方，為這兩座牌坊好好地拍上一張相片是當下默默地感謝。來到雲南就要吃過橋米線，每一家餐廳都有在賣，我們隨機挑了一家點餐，但吃起來平淡無奇覺得不夠過癮，再走去路上晃晃發現鮮芋仙，上禮拜才在忠孝東路吃過，沒想到昆明也有，點了一碗紅豆紫米湯圓才覺得滿足。回程時的計程車上前座駕駛和副駕的位置中間隔了一道鐵柵欄，柵欄呈現一個L的形狀把駕駛和乘客完全隔開，我感覺車廂變得好擁擠好想趕快下車，右邊也有一台計程車，那台車上也有鐵欄杆，

原來是我少見多怪。

　　當晚午夜時分四十三召集大家到戶外營火晚會，氣溫接近零度真的好冷，一個鍋爐底下有炭火在燒，靠近太燙離開又好冷，幾個人包括我在內為了保持溫度平衡一下子靠近一下子遠離，就這樣來來回回好多次，互相都覺得好笑，大家聊天的聲音搭配桑布伊抱著吉他唱著母語的歌曲好像是某部紀錄片的場景，這部片子裡紀錄著幾位離開家鄉一千八百多公里的幾個男人圍在火爐邊聊著很多年以後再也想不起來的肺腑之言，劇情即將在酒精的催化進入高潮。當地苗族的原住民朋友看我們在那邊跳來跳去笑我們說要請我們喝玉米酒取暖，玉米酒就裝在鐵碗裡，四十三喝一口給小陸喝，小陸喝一口給虎神喝，虎神喝一口給捷任，捷任再遞給我，我看大家面無表情就跟著喝，才把鐵碗靠近了臉，一陣濃濃酒氣就鑽入鼻孔就發現眼前這碗非同小可，歌安四聲礙於面子不敢脫口而出，我喝了一口來不及阻止「哇靠」這兩個字飛到空中，透明純淨的液體從喉嚨經過食道抵達胃部，烈酒燙傷胸口的傷疤把感觸揮發從每一個毛細孔鑽了出來。想要遇見的人站在腦海裡的那艘船上航行到了遠方，我把畫面和那股好嗆好嗆的感覺藏在若無其事的臉上，取代遠在他鄉特別容易浮現的寂寞與感傷，咬下一口山豬肉心裡想的是這樣的高度、這樣的溫度、這樣的組合、這樣的對話以後不會再有，就像中間那團不斷往上竄的火苗不可能有一樣的形狀，時間一直往前走，不會再有的場景會繼續堆積在回憶中。

● 最接近天空的地方

　　行李箱多帶了一本書，書名叫做《等雲到》，副標寫著「與黑澤明導演在一起的美好時光」，這是作者野上照代在擔任製片期間所回憶關於黑澤明拍電影的故事，為了等待那片雲從山的那邊飄過來，導演願意等上半天，對他而言等雲的到來不是奢求，而是所謂電影就是這麼一回事，為了一顆鏡頭，等待和放棄都是選擇都是學問；對比我現在剛跑完步沖個澡就待在房間躺在床上等待表演時刻的到來，我只需要等待真是愜意太多，窗外的天空剛好有雲飄過，我沒有等雲就來了。書不用急著看完忽然好想說些什麼，我拿起手機在備忘錄上寫著「昆明的朋友大家好，我們是四分衛，最近我們跑了很多的城市，第一次來到昆明感覺天空特別的藍，陽光特別溫暖，接下來這首歌四分衛唱了無數次，但今晚非常特別，因為這是四分衛成軍二十年以來，第一次在最接近天空的地方演唱這首歌曲」。

　　閃電在空中照亮站在十字架上的蝙蝠，沒人告訴我，作了醒不過來的夢，血液在沸騰燃燒逐漸變得透明的憤怒，沒人告訴我在海拔將近一千九百公尺的高度唱歌換氣的感覺和平地非常不同，今晚的吸血鬼確實有些喘，天使飛出了我的胸口之後也是飛得比之前努力很多，飛過眼前的人山人海，飛過拚命的搖旗吶喊，飛過台下每一個人記得或不記得的生命場景的一部分，不管在哪兒同樣的歌往後還是要唱個千百次吧，在接近天空的地方所

說的話應該就是當日限定了。

　　這次昆明五百里音樂節有特別設置一個台灣舞台，在又高又冷的地方看到TAIWAN STAGE幾個大大的英文字母在舞台兩側心裡倍覺溫暖，柯泯薰、桑布伊、陳建年、胡德夫依序上陣，我戴著可以遮住耳朵的毛帽聽著建年唱著「啊嗚喔海洋伴隨著燈光在舞台上響起」，忽然想到中午去餐廳吃飯的時候虎神和兩個年輕的女服務生聊天，他們快要二十歲了但足跡都還沒超過雲南，如果有機會好想親眼看一看海，虎神滑開手機的相簿出現台東的海岸還說「往海的方向一直走可以走到洛杉磯喔」，兩個女生津津有味地看著，我想像著他們的瞳孔都裝進了藍天碧海，此時在台下可能也有很多人聽見了海洋卻還沒有看見海，不知道他們某天在某個地方看到海之後和他們之前的想像有什麼不一樣？

　　後來我一個人在音樂節到處走走晃晃遇見聖誕許願牆和好多小吃攤，從舞台那兒發出強烈的光，光線太刺眼於是我低著頭開始著迷前方人群地上的影子和地板反差強烈拿起手機記錄起來，忽然旁邊一個男生拍著我的肩膀，他說想和另外一個女生要一起和我合照，我帶著厚厚遮住額頭和耳朵的毛帽吃驚地說：「這樣子怎會認得？」我左手的食指還定在臉上，他就說看我拍照的樣子和臉上的鬍子啊還有剛剛電視牆上的你也很清楚啊，那天是2013年12月24日，剛剛小白和朋友在台下拉起布條祝我生日快樂，那麼遠的地方，內心真是感謝與不可思議，想到這兒我就好想看到當時的我在他們手機裡的樣子。

在媒體接待室裡收到餅乾和暖暖包，訪問結束就往飯店了，把兩隻企鵝兩個薑餅人的餅乾和三個暖暖包擺在桌上，暖暖包的包裝上有海賊王的魯夫帥氣地擺開架式，洗個澡要去隔壁串門子，才打開門依凡就擋在門口結結巴巴說你回房間拿幾瓶水過來啦這邊不夠，我說喝水個屁啦喝酒啦，一直被往外推覺得莫名其妙但還是回房間拿了兩瓶，水就擺在暖暖包的旁邊，包裝上的魯夫似乎在說：「侮辱決鬥的人，不是男子漢！」我說我是來拿水的男子漢啦！氣沖沖再次打開房門的瞬間生日快樂歌響起，尷尬癌瞬間遍佈全身，我最喜歡看別人尷尬了，尷尬的人最怕別人知道他尷尬了，我把尷尬藏在肚臍裡讓臉皮繼續厚下去，團團轉的大家巡演健康平安，聽見我們的歌的人都健康平安，感謝一路上所有幫忙的朋友他們也健康平安，我許了一堆健康平安的願望，願望需要些運氣也需要努力，一定會有實現的和還沒實現的，在努力和對抗的過程裡面我想自己還是會拚命咬緊牙關並且偷懶和猶豫不決吧。

● 可以回去的地方

我在白紙上畫了一台飛機又畫了一架幽浮，幽浮的上面伸出一隻手拿著一支棋子，旗子上寫著ET兩個字，我用左手指著天空小聲說著E. T. Phone Home，從機翼的下方出現了一個小男孩騎著單車飛行在雲朵之上，ET披了塊白布就坐在單車的籃子裡，

我看見ET的手指在白布的陰影裡發光，只是背景不是晚上的月亮而是一望無際的雲。

ET隔著窗戶問我說：你喜歡旅行嗎？

我說：當然喜歡啊！

那你知道之所以想要到世界各地去旅行是為什麼嗎？

我說：增廣見聞啊，逃避現實啊！

不！你之所以喜歡去旅行是因為你有一個可以回去的地方。

可以回去的地方？你說回家喔？

更精確地來說「可以回去的地方」都是你喜歡的人的身邊，我知道你還搞不清楚，沒關係，但你主演的電影裡一定會出現當下你不在意後來卻無法到達的場景，皮繃緊一點吧！你這個老屁孩！

我思索著「可以回去的地方」這幾個字，看著小男孩騎著單車和ET沒入雲朵裡，遠方有座山脈，很像是國中地理課本裡的喜馬拉雅山，於是我在塗鴉的旁邊寫著：「…………機艙外空氣很稀薄，我想你也在想著我，後來我終於明白晴空萬里的路途，是要回到有你在身邊的地圖，多麼希望你能夠陪我，在每一個陌生的城市降落，機艙外空氣很稀薄，我想你已經忘了我。」

通常歌都寫不完就要轉換場景了，飛機降落在北京首都國際機場，在等待行李的時候，奧迪發現他把iPad攔在飛機上了，聯絡了老半天尋回的機率渺茫，用App察看iPad流落了何方，我把這個插曲po在網路上，其實它也已經抵達了這個城市，只是和我

們在不同的地方。

　　當晚我們下榻有菸袋斜街和大小胡同穿插的南鑼鼓巷，抵達酒店時虎神的行李箱故障，折騰了好一陣子還好有谷歌大神的幫忙才打開。狀況一解除大夥就往外面的胡同商店街跑，星期三的晚上好冷好冷但街上還算熱鬧，我在小攤販買了三匹彩色花布做成的小馬，小馬的顏色都不一樣，有些小馬的身上還有高中去中華商場訂做襯衫的變形蟲的圖案，一陣亂晃之後阿辰和製作人Jovi招待我們在一個酒吧裡喝酒，大家聊著第二張專輯Deep Blue時的事情。天色越來越暗有四個紅色的燈籠就像發亮的幽浮在低空漂浮，幽浮裡面應該有ET，我好想要再繼續白天的話題或是能夠聽到他跟我說些什麼，只是燈籠裡當然沒有外星人，只有代替燭火的燈泡盡力地亮著，在烏漆抹黑的夜晚顯眼的要命。

● 刀子一樣的風

　　一隻黃金獵犬向我走來，他身後的小狗穿著紅色的棉襖，兩隻看起來都在土黃色的草地上尋找安全感，聞聞自己昨日的氣息是否有被對手覆蓋，或是心儀的對象是否在自己熟悉的地方傳達了某些訊息，你來了嗎？你來了啊！你沒有來。無論結果是問號驚嘆號或是句號其實我們都希望能用逗號綿延下去，而且逗號那麼可愛就像我們的尾巴一樣翹翹彎彎的，如何？你們人類用滑手機來聯絡感情，想像不到我們的社群網路是這麼野性吧，當然你

們的社交平台可以無遠弗屆但就是看不到本人啊，光看二次元有什麼意思？我們佔地盤的方式雖然無法傳達的太遠，但只要有味道我就會很立體的知道對方的想法和樣貌，看起來你們科技進步了但味道還是沒辦法數位化啊，咦！等等不說了，妙麗來了，我去說個嗨！

黃金對我說完教之後就往右邊跑去，從巷道的那一邊出現一隻貴賓，白色的貴賓看起來氣質非凡很洋派，黃金在旁邊笑嘻嘻的，貴賓的主人摸了摸他，穿著紅色的棉襖的汪星人靠過來跟我說，佔地盤也不專心，口若懸河盡是說些有的沒的，告白要有計畫和方法，遇到誰都嘰哩呱啦個不停，女生怎麼會喜歡這樣的男生啦？我看著貴賓的背影越走越遠，黃金默默地走了回來，尾巴少了些意氣風發，我摸了摸他們預祝他們今天佔地盤順利，就再往後海的方向跑。

一大清早冷得要命，我還蠻佩服自己能爬起來，沿路每一枯樹都沒有葉子，河都結冰了，陽光慢慢亮了起來但還是很冷，跑到整片結冰的後海，有陰影的地方是藍色的，陽光照射的地方是米色的，週末的時候應該有很多人在上面溜冰吧，拿起手機拍了幾張照片忽然電量歸零自動關機，我想是天氣過於寒冷手機也要罷工了，App的路徑應該是沒了，算了！反正我還是記得往回跑的方向。

中午一行人打車往天安門，我看著外面的景象已經和大清早很不一樣，建築物被陽光曬的很亮，行人的影子都匆匆忙忙，開

車的大哥姓白，他說別看現在陽光看起來很強，小心北京的風就跟刀子一樣！抵達廣場之後看見長安大街車水馬龍，排隊的人好多於是打消了去紫禁城的念頭，廣場很大毫無遮蔽物，已經全副武裝了還是感受到刀鋒的犀利，我們把阿勇擋在最前面排成一個列隊緩慢前進，部隊全速往逆風的方向前進，一路上頑強抵抗寒風從四處殺來，風往哪兒吹？流星不再飛，突然間，我不記得妳的髮梢和臉，天曉得風吹涼了沙漠和我嘴上那支煙，天曉得我天真的想法正在敷衍這世界，天曉得妳走在最前面連影子也不回頭，流星停在半空中許願，天曉得日子過了一大半我們還有沒有明天？天曉得脆弱不堪的生命能夠承受少次再見？天曉得在下一秒鐘有多少快樂和危險？我好想往空中一躍，和刀子一樣的風說再見，飛去吃熱騰騰的拉麵。

補充完濃濃的湯與叉燒筍乾與麵條，我們再打車前往798文創園區。798佔地好大看起來就是北京的華山吧，好多現代藝術雕塑都羅列其中，我為每一個來不及看清楚標題的作品拍照，Jovi帶我們參觀了一間兩層樓外觀是木造和紅磚的房子，它的名字叫做「亞庫斯堤喀。浩司」（Acoustic House），原來這是李宗盛大哥在北京的錄音室。有次Bob Dylan來小巨蛋表演在入口處有遇見他，好多人想要找他拍照他都婉拒，他客氣地說：「不拍照啦，握握手就好」，我看著屋內的完善的錄音設備覺得羨慕，但說實在無論這些器材多麼先進都還是必須臣服於這麼多年他寫的歌詞底下吧，要知道傷心總是難免的，在每一個夢醒時分，有些

事情你現在不必問，有些人你永遠不必等。

● 歡迎來到北京

今天被電了四次，球鞋、電梯按鈕、車門、還有一個是剛剛百貨公司的手扶梯，一樓外側的櫥窗裡喜氣洋洋地寫著「Happy New Year 2014新年快樂」，底下有一排小小的不想仔細去看的促銷文字，每到跨年前夕都會準備好多計畫藏在腦海裡，大概自己不是個意志堅決的人，願望都在腦海裡載浮載沉，通常能夠實現的都會是誤打誤撞。好吧，意志不夠堅決也有意志不夠堅決的生

存法則，天氣這麼冷，剛買的無印良品的靜電手套也蠻爭氣，不讓我的右手透露在冷空氣滑手機，阿辰傳來訊息催促我們往指定的餐廳集合。

在餐廳飽餐了一頓，前唱片公司老闆又招待我們去威斯汀酒店的Bar喝西班牙紅酒聽歌，酒吧的氣氛和舞台上來自海南島的女生讓我想起Sade，當然她唱的不是〈Smooth Operator〉而是惠妮休斯頓的〈Saving All My Love For You〉，滿滿的愛從來自南方的女生唱了出來，溫暖了在北京冷冷的我們，同桌的一位應該是老闆的朋友穿著筆挺的西裝喝得醉醺醺跟我們講故事。

「最近我跟客戶交換名片的時候啊，都要假裝不小心把名片掉在地上。」

我們一點點的黑人問號在浮現，繼續聽他說。

「因為老花這樣把距離拉遠我才能看清楚對方的名字頭銜啊，不然瞇著眼睛下巴緊縮那樣子多糗啊哈哈哈！」

我有點恍然大悟，他站了起來作勢要撿起東西的樣子繼續說。

「就像我現在這樣子，張先生你好，陳先生你好，歡迎來到北京。」

當然我和國璽是沒有名片啦，分別和他握了握手，當時的我不知道要把距離拉遠才能看清楚是怎麼一回事，現在回想起來他用自嘲的方式來拉近彼此的距離，讓我時常在陌生的場合會想起他撿起名片的樣子，我不記得他的名字了，他應該也不記得曾經

跟我們講的故事。

　　掛在牆上的一幅圖畫寫著I LOVE YOU幾個字母，紫色綠色黃色藍色的筆畫降落在白色的畫布上，那是這個星球共通的語言，你曾經在哪些場合對誰說過？日子一久，壞習慣一多，書架上沒看完的書佈滿灰塵，後來說的連自己都不知道變得言不由衷，你的世界總會有人經過，他在身旁的時候你不會發現，直到他離開了，你才發覺眼睛看的耳朵聽的嘴巴吃的都是想念與寂寞。我不知道發著呆看了多久，直到依凡跑來叫我趕快回去座位，舞台上的樂手老師已經換人，取而代之的是四分衛的團員虎神、奧迪、王追各自在自己樂器的部分演奏，我自動自發帶著醉意上了台，一個誰也記不住的開場白之後，跟大家說為各位獻唱一首四分衛的歌曲〈起來〉！

● 愛情青紅燈

　　好多樂團和不知道誰的名字和塗鴉都寫在MAO紅色的牆上，唯獨蒼井空的簽名在白色的牆上，底下的日期是2013.5.31，她在今年的夏天就來到北京了，當時的後海一定很多人在那划船吧，旁邊的樹也是綠意盎然，男生們在簽名的附近議論紛紛，我也來湊熱鬧順便拍照留念。

　　當晚心血來潮和脫拉庫一起演唱〈愛情青紅燈〉，「我攏看袂清，躲在巷仔內，目屎流袂停，愛情青紅燈，看沒阮前程，不

甘Say Goodbye，放你走風塵～」當時在後台小聲唱還好，一上台才發覺Key有夠高，再加上可能MAO的水泥地讓聲音的共振特別生硬，感受不到低頻的包覆，想那麼多都是理由藉口啦，雖然唱得比想像吃力，但我真的有用心表演，漫畫海賊王三刀流的索羅有說過，所謂強不是指力氣，也不是指技巧，而是心。

　　當天唱完在慶功宴老徐跟我們說，北京的朋友跟他說當晚是MAO有史以來最香的一次，大概是因為女生很多所以空氣清新得來毫不費力，我在餐桌前努力地深呼吸一口但只聞得到盤子上黑胡椒鐵板牛柳的味道，腦袋想像著星期天早上騎著腳踏車經過台大校園的林蔭大道往籃球場集合的情景，到達籃球場之前會先經過排球場，排球場上有很多女學生在練球的畫面，在同一個大太陽底下，排球場上女生的影子和籃球場上男生的影子很不一樣。

　　另外一位在北京工作的朋友竹子跟我說他在台下聽見有人說，四分衛他們翻唱五月天的〈起來〉，唱得很不錯喔！哈哈哈我開心地笑著說「謝謝五月天啊！幫四分衛把歌讓更多的人能夠聽到」。2009年的九月下旬某個星期五，當時的我還在廣告公司上班，坐在右手邊的同事Ginger一看見我就對我說昨天五月天在小巨蛋有唱四分衛的〈起來〉誒，我說怎麼可能？她翻開報紙我看見了相關報導，也看見照片上「起來」這兩個字大大的在舞台的後方，上方飄下了好多氣球，當天電話聯絡了一下，我下班之後揹著包包從南京東路五段三民路交叉口直接走到小巨蛋去看五

月天演唱會，聽著五月天和管弦樂團一起演奏〈起來〉這首歌，我心裡的OS是「哇喔！阿信在唱我寫的歌誒」。

更妙的是再隔了兩天的星期天，我就被抓去當特別來賓了，唱了〈起來〉的副歌還有〈戀愛ing〉，阿信問我說會唱〈戀愛ing〉吧？我指著提詞機說我會，這時全場已經開始鼓譟，阿信慌張地說前面沒有東西啊！那是第四台、衛星電視，他還說五月天對我們的好朋友最大的一個期許就是以後不要用那個東西，我說我也從來沒有用過啊！當晚我的回答都是直覺反應，意外爆料台上有提詞機，沒想到全場的反應如此激烈，人生之中會經過好多個週末，那是難忘的其中一個。

餐館不大，我們一群人擠得水洩不通非常熱鬧，忽然出現了一隻汪星人興奮地跑來跑去，他和昨天早上遇見的黃金一模一樣，哇！該不會你就是他吧？我抱住他的頭想讓他聞聞味道，他偷偷地跟我說，聽說男生話別太多比較酷，我說對啊，但是話太少也太封閉自我的意識了吧，那你和貴賓進展得如何？黃金頓了一下假裝沒聽到繼續說，所以在適當的場合適時表達自己的想法是正確的，而且在必要的時刻你要成為那個場合所需要的那個人。大半夜的餐館人聲吵雜，一群異鄉人聚集在此活在當下，黃金不讓我回到座位上繼續對我闡述他的想法，我開心地不斷回覆他說對啊是啊，並思索與想像曾經與後來會遇見的那些必要的時刻。

● 鼓手的辛勞誰人知

　　鄭州7Live House座落在影城的內部，趕著去彩排沒注意到正在上映著什麼電影，唱了唱歌，熱了熱身完接受訪問之後，就把一切交給時間等待開場，後台的門口貼著一張大海報，海報上面是Beatles的黑白照片，保羅年輕的臉龐站在最前面，下面寫著紅色的文案「我們同沒錢看現場和沒時間看現場的思想還要進行長期的鬥爭」。沒有時間看表演也不錯喔，那或許代表你很忙，沒有錢看表演的話也不一定不好，那或許是你必須把錢花在當時你必須努力的方向，無論是誰都要比現在更積極一些，因為後來你才知道看過的每一場表演都是要讓你盡力地活在當下，然後讓一首你很喜歡的歌在你的腦海裡進駐紮營，在後來某個你現在還沒去過的地方，在後來某個下雨的日子，你不小心又聽到了那首歌，你會想起當天在台下聽歌的情景還有身旁的某個人，無論是誰都經過了同樣的一段時間而到達了當下，當下一直累積變成了過去，或許會遺憾，或許會開心，什麼都無法改變，什麼都不想放棄，什麼都事與願違，小小的絕望與希望互相糾葛讓你成為大人，那首歌跟在你的身邊成為珍貴的故事。

　　脫拉庫正在唱〈我愛夏天〉，歌曲到達了某個帶動唱的段落，國璽在台上說剛剛喝了太多的水，沒去尿尿直接上來唱歌了，唱到一半忽然很急，但現在真的忍不住了啦啦啦啦！於是吉他一放殘響也沒有悶住就跳下台往洗手間衝，台下人潮往左右散

開就像摩西分海一樣出現一條路，我跑在國璽的後面想要追過他，但他應該真的很急速度飛快，忽然右邊一個人影也迅速竄出超過我，那是水也喝太多的貝斯手阿吉，老祐跑比較慢晚了我一點時間進入洗手間，其實我本想去查看情況的，但看他們尿得暢快，於是我也一起湊熱鬧，好不容易充分調節體內水分和電解質的平衡，成就散熱以及新陳代謝的需要，液體撞擊小便斗磁磚的聲響霹哩啪啦傳入耳裡真是舒服，全身顫了個抖，小心拉起拉鍊再折返，布簾還沒拉開就聽到江爆持續打鼓的聲音，腦裡出現了Tizzy Bac的一首歌名〈鼓手的辛勞誰人知〉，無論在任何情況歌曲的節奏絕對不能停下來，我們對於這樣的鼓點產生敬意，然後就像走星光大道一般，適時地左右揮手與微笑走上台上繼續唱完，每到夏天我要去海邊，海邊有個漂亮鄭州妹，只打電話不常見面我好想念，不知她會在哪個海邊？自盤古開天以來，託國璽的福，我也是第一次這樣衝下台去上廁所的。

　　7Live House的老闆在表演結束之後請我們吃了毛肚火鍋，火鍋店的小哥在我們面前甩起了麵條，這應該是他們店裡的例行表演，我喜歡的刀削麵條在很有嚼勁之前都是這樣甩出來的嗎？白色的麵條在空中甩了啊甩持續擺盪，小哥華麗轉身一不小心甩到了地上，大家啊了一聲，頓時他覺得不好意思越甩身形越遠，不知道誰說了：「沒關係麵條燙燙就好了啦，我們在台上也會失誤啊！」當天在吃宵夜的的時候，我們和7Live House的老闆邊吃邊聊，忽然心裡有一種在那麼多趟旅程遇見的每一個人，或許這輩

子也就見這一次面的感覺，其實這樣的感覺之前都一直經歷著，只是不知道為何在當天嘴裡咬著毛肚的時候才深刻發覺，往後還是會不斷地遇見這樣的人吧，放慢了咀嚼的速度，內心感謝他們的幫忙與招待。

● 貓的驚嘆號

　　鄭州兩個字大大地在車站上方，要走到車站入口還要好一陣子，一行人拖著行李在大大的廣場上移動，有鑒於昨天早上部隊在車廂內移動的慘狀，老徐語重心長地說：「出來巡迴就像作戰，大包小包的移動是需要策略的。」搭乘的仍然是和諧號，鄭州到武漢的票價397RMB比昨日便宜，據說武漢是四大火爐之一，但在12月的天氣裡是完全感受不到的，天氣那麼冷還真的需要火爐來取暖。今天的和諧號車廂內部照樣嘰哩呱啦，但比起昨天真的和諧不少，車廂窗外的風景彩度也變高，我拍了些照片，耳朵習慣了持續不間斷的頻率，不小心就睡著了。

　　VOX門口的左邊是人力仲介中心，上方的跑馬燈寫著「現急需服務員數名」，右邊是餐廳，餐廳入口吊起了四個寫著壽司的燈籠，不同屬性的產業擺在一起，一眼望去還真的很容易把人拉回現實，不是每一個人都能光靠音樂就能活下去的。門口已經有一些人在排隊了，看到我們下車就拿起手機拍我們，他們說12點就來排隊了，我說「今天不是五月天喔」，然後拿起手機也拍

他們，風塵僕僕告一段落互相都打了招呼，整棟樓搭上了鷹架，七橫八豎地擋住大大的logo，沒有辦法好好為門口拍照覺得阿雜，我們沒有探究工程的目的就趕著進入Live House彩排。

武漢VOX和重慶堅果俱樂部好像是同一個老闆，內部裝潢也蠻像的，地板也是黑白的正方形拼貼而成，有一隻應該聽了不少搖滾樂的花貓盯著我，他站在吧台上，背後都是不同廠牌的酒瓶，每一種酒的顏色都不一樣，排在一起非常好看，黑板上寫著每一個品項的價格與名字，在虎牌和青島的中間寫著台灣啤酒感覺平易近人。

你喜歡喝酒嗎？花貓瞪大著眼睛問我。

我可喝可不喝，啤酒那麼苦，搞不懂為什麼那麼多人愛喝？但我還是喝了一口，溫溫苦苦的。

其實大家在喝酒的時候，喝得都是寂寞。聽見一隻貓咪這樣跟我說還蠻酷的。

寂寞有什麼好喝的啊？我繼續好奇往下問。

你一喝多就吐，醉都沒醉過，當然都感受不到。

我摸摸鼻子心裡想著「貓的！我不用醉就知道寂寞是什麼了啦」，繼續聽他說。

但他別過了頭不再跟我說話，我看著花貓的背影忽然發覺原來在吧台前面酒喝得不多就是一種罪過，我一邊火大一邊喝掉剩下的半罐啤酒，整張臉紅通通的走去台上彩排。

當天歌曲唱到最後台下很多人都哭了，尤其是幾乎每一場都

來的朋友，大概是因為巡迴要告一段落了，下次要見面也不知道什麼時候，原來寂寞就是一個人，原來寂寞就是離開一件你很熟悉的事，原來寂寞就是你不確定接下來會是如何？原來寂寞都是當下你不在意卻得在後來才發現的，原來寂寞這麼多樣貌搞得我好煩啊，我們肩並肩站在台上謝幕，遠遠看見吧台上的花貓慢條斯理地在舔毛，歌都結束了他也不往台上看一眼，我在心裡跟他說：「貓的！我再也不想寂寞了啦。」

2014　新加坡・北京

那些原本稀鬆平常的小事，都在事隔多年之後已經遙不可及。

5月 新加坡

● 走過的路淋過的雨遇見的人

　　機艙的前面傳來了饒舌的聲音，原來是熱狗為了回應熱情的空姐而來了一段Free Style，在兩萬英尺的高空，同行的四分衛和拾參樂團頓時羨慕起來了嘻哈歌手隨口即來的即興創作還有一起合唱〈我愛台妹〉，在將近四個多小時的飛行時間裡，我挪出一部分人生思考搖滾樂團與饒舌歌手的投資報酬率的同時，我們的飛機就降落在美麗的樟宜機場，這次來新加坡是為了在克拉克碼頭舉辦的Live Music Matter音樂節，我心算了一下2014-1999=15，距離第一次因為公司旅遊來新加坡已經十五年。

　　晚上烏漆抹黑的在外閒晃，完全不想睡的一群人走在即將入睡的城市街景就這樣一路走到魚尾獅公園，豎立在公園的雕像有專屬的燈光，那頭有魚尾巴的獅子在黑夜之中仍是張大眼睛和對岸的金沙酒店遙遙相望，環顧四周有遠有近細細麻麻的燈光，好久不見的新加坡已經和我想像的很不一樣，在碼頭的石柱上坐著一對情侶緊緊互相倚靠，我們的出現似乎對他們不會造成影響，他們專心地享受彼此甜蜜的距離，我覺得我只要再靠近一點就會蛀牙了，就站在離他們五六公尺的台階上看著遠遠的摩天輪和金沙酒店還有水面上的倒影。我們曾經也有過和生命中出現的某人在不同的地方相互依偎看著不一樣的夜景，但時間一久城市的視

野和人們之間的距離想法都會變成自己想像不到的樣子，事隔多年之後有些人慶幸自己當初意志堅強，還有些人只能回到同樣的地方來懷念回不去的時光，那些原本稀鬆平常的小事都在事隔多年之後已經遙不可及，心中的花枯萎又綻放，天空的雲永遠不會是同一個形狀，走過的路淋過的雨遇見的人成就了自己現在的樣子，感嘆總是美妙又傷感但也可以是個屁，與其懷念著過去，倒不如趕緊想一想接下來這幾天要唱的歌與面對的人與風景。

虎神在入口階梯旁的路燈桿貼上一張Quarterback的貼紙，之後路過的人應該不會知道這是一個來自台灣的樂團的名字吧。

● 下一首還沒寫完或還沒寫出來的歌

新加坡下午的太陽還是很大，在車上隨手拍的照片線條銳利顏色飽滿，不用擔心焦距模糊的問題。在這個接近赤道的城市裡我們和拾參樂團去了趟Yes933的電台，電台的準備充分，提出的問題我很喜歡也很有趣，此時此刻的我正在復興北路的「伊書漫」寫這本書，桌上擺了幾本不一定會看的漫畫，內心感到慶幸當初為了這張寫滿問題的A4拍了張照片，同樣的問題經過了許多年之後答案一定會不一樣的。

Q1. 如果可以只帶一張專輯／一樣東西到無人小島上，你會選擇哪一樣？

A. Pink Floyd的Dark Side of the Moon和一把木吉他。

Q2. 哪首歌曾經讓你流淚？是在怎樣的情況下？

A. 2017年的冬天在Legacy聽Slayu唱〈Halfway〉的時候眼淚就奪眶而出，我想那是因為主辦單位很貼心地把歌詞翻譯在視訊上，原來好聽的歌曲剛開始能夠聽進去的都是旋律。

Q3. 如果可以和世界上任何一位異性交換身分，會選擇誰？為什麼？

A. 還是當男生習慣，沒有誰也沒有為什麼。

Q4. 從小到大在你身上發生最糗的一件事？請詳細說明。

A. 小學四年級來不及跑去洗手間而大號在褲子上，老師要我提早放學回家（無法再詳細說明了）。

Q5. 如果可以凍結人生的任何一刻，會是哪一刻呢？

A. 時間會一直向前走，風光明媚誰也帶不走，我不能夠凍結在任何一刻。

Q6. 如果可以隱形，偷窺某個人的生活，希望那個人是誰？對誰的生活感到好奇？為什麼？希望發現怎樣的祕密？

A. 我不想隱形，因為要是冬天的話光溜溜地走在路上會好冷。

Q7. 如果可以步入時光隧道，你希望回到什麼時候？

A. 想要回到那個還沒有看到漫畫《灌籃高手》結局的那個年代。

Q8. 如果可以選擇換掉自己的臉蛋或身材，希望換掉哪個？（必須選一）換誰的呢？

A. 換掉腦袋之後我才知道要換哪一個。

Q9. 如果當初不成為藝人，會從事什麼行業？

A. 從來沒有覺得自己是藝人。

Q10. 有什麼事你很想做，但還沒著手進行的？

A. 想要參加東京馬拉松跑完全程。

Q11. 最近一直重複在聽的歌曲是什麼？為什麼會特別喜愛這首歌？

A. Crowded House的〈Don't Dream It's Over〉，因為看了《全裸監督》這部日劇，想起了剛開始聽西洋歌曲的80年代。

Q12. 請推薦一位新人的歌曲。為什麼會推薦這首歌呢？

A. 張若凡的〈已經結束的〉，因為這首歌是我寫的。

Q13. 在所有你發的專輯／單曲中，最喜歡哪一首？原因？

A. 〈藝術家〉，這首歌曲的旋律我是錄在錄音帶裡，過了不知道多久我再打開來聽了一遍，歌詞就忽然跑了出來，沒寫多久就把大概的形狀寫出來了，可惜的是這首歌一直沒有樂團的錄音室版本，收錄在唱片裡的是只有一把吉他的版本。

Q14. 每一個人都有自己的主題曲，你的是什麼？

A. 下一首還沒寫完或還沒寫出來的歌。

Q15. 在你難過沮喪心情不好的時候，會想聽到哪一首歌？或者聽哪一首歌會讓你心情大轉好起來？

A. The Beatles的〈Real Love〉和〈Free as a Bird〉。

Q16. 哪一首歌在夜深人靜的時候最適合聽？（算是一種晚安曲）

A. 電影《空氣人形》的〈水の線路「命は」〉。

　　晚上又來到克拉克碼頭，到處都是人潮和此起彼落的音樂聲響，在表演之前還有一段時間就到處閒晃，遇見很多講著不同語言的人，某個酒吧門口前一個漂亮的女生搭配著手鼓的節奏熱情地跳肚皮舞為這個開心的夜晚揭開序幕。四分衛的第一場在新加坡的表演是在克拉克碼頭的China One，唱的第一首是〈一首搖滾上月球〉，新加坡的月亮看起來就像在台北看的一樣，當然也是永遠都看不到背面。當天的音場讓我想起師大夜市的「地下社會」那種不修邊幅的聲響直接又乾脆，台下有很多新加坡的朋友還有從台灣飛過來的朋友，大家一起在當天創造了難忘的回憶。

● 抬頭望滿天繁星，別說再見

　　星期五晚上的台灣之夜在Aquanova，拾參樂團的兩兄弟主唱小寶吉他手小宇，斯文氣質系的貝斯手君平，和漂亮的女生鼓手席德在台上賣力的表演，某次聚會虎神看見小宇會夾魚給哥哥小寶吃，於是每次形容他們倆兄弟就用了「兄友弟恭」這個成語，這個世界上沒有樂團不吵架的，沒有一天到晚和和樂樂地寫歌的，看著越吵感情越好的兄弟在台上對著人群唱著，我想起了幾次在各種不同的表演場合遇見拾參的場景，按下play鍵，畫面出現大稻埕煙火的活動，板橋的某個造勢晚會，景文科技大學的操

場上，貢寮的海洋音樂祭，還有一些不是表演的場合有的在棒球場有的在半路上，大家一起經過無數次的交集擴散再會合之後再各自前往要去的地方，能夠這樣在離家鄉很遠的城市一起連唱三天應該這輩子也就只有那麼一次吧！寫到這兒忽然有些感傷，因為在新加坡那次表演的一年多之後，貝斯手君平因車禍驟逝，很後悔當時只有打了招呼並沒有多說些什麼，曾經一起搭巴士一起搭飛機一起在同個地方表演的人忽然某天就不在這個星球了，那是一種難以言喻的感覺，葬禮那天在公館的真理堂，拾參也為了君平唱了收錄在專輯《馬臉水手的夏天》的一首歌，在憂傷肅穆的空間裡我抬頭望滿天繁星，別說再見。

離開的人就是離開了，難過的都是惦記著「離開的人」的人，誰都不是為自己活著就好，原來很多時候都是為了關心自己的人而要好好活下去，在屬於自己的那部電影裡扮演好自己的角色，自己的痛苦自己解決，自己的問題自己知道，珍惜每一個遇見的人，多說一些話，多唱幾首歌，努力讓誰誰誰印象深刻。

後來我分別在禮堂內和門口遇見了小寶和小宇也分別致了意，聽說當時他們又在吵架的循環當中所以我自以為是地多說了些什麼，但發覺擔心都是多餘的，因為後來我還參加了他們發片場的演唱會，也是當天的特別來賓，我們一起合唱了The Beatles的〈I Saw Her Standing There〉，那天在PIPE的彩排一切正常，但正式表演時可能是表演太嗨以至於貝斯手嘟嘟還是我把貝斯導線給踩掉了，音箱一陣子沒有聲音，後來聲音恢復正常之後，我臨

時改了歌詞唱成「I Saw嘟嘟Standing There」。

　　離開的人請保佑所有想念你的人，我們還是會繼續寫下去唱下去並遇見更多的人，縱使生活沒那麼地完美，天也經常不從人願，就算在和命運撕破臉了以後幻想從此會不翼而飛，也請再多給我些時間，再多給我些勇氣和明天，我知道心跳的曲線比什麼都重要，Keep Rolling，Till the Day I Die！

　　表演結束後回程時的轉運站排隊等待計程車的人好多，喇叭聲車燈四起就像是屬於計程車的音樂節，等待的時刻遇見一起拍照的人，旁邊也有喝醉酒吵架的人，猛一看好像《東京甩尾》的韓哥。

● 北緯1135 東經16525

　　不知道誰提議去了聖淘沙，那是十五年前公司旅遊去過的地方，搭程捷運往環球影城的方向，電車經過了大大的港口，裝卸貨櫃的巨大起降機好像長頸鹿排成一列站在港口邊，電車速度很快，來不及看到起降機工作的狀態。這次是第二次造訪聖淘沙的沙灘，迎接我們的是一群將近二十個吹著口哨打著手鼓和敲擊樂器的年輕人，男生女生都曬得黑黑的跳著一樣的舞步，在還沒有旋律的時代，節奏就是音樂了，那樣敲敲打打隨意哼唱才是真的Unplugged，我聽著節奏急促毫不間斷的敲打聲響一路往沙灘上走去，放眼望去遠方的輪船和藍天白雲，棕梠樹的陰影底下有堆

沙丘城堡的小朋友，泡在海水裡的人和曬日光浴的人與我這個因為穿著鞋襪而猶豫是否要走去踏浪的人，回過神來才發覺接近赤道的沙灘居然維持著陌生的感覺。

　　已經沒有第一次來的印象了，以為會遇見當時住的飯店但沒有，我想走去當時飯店的Lobby看看，那時候在飯店櫃檯還遇見了譚詠麟，當時還不小心把他匆忙的身影用Hi8攝影機錄了下來。今天的沙灘沒有遇見唱〈愛情陷阱〉的人，反倒是樹上的一塊寫著Bikini Bay的紅色木板吸引了我們，比基尼灣顧名思義就是有很多穿比基尼的女生吧，但方圓一百公尺完全沒有比基尼的氣氛。比基尼為什麼叫做比基尼？據說是因為1945年6月30日美國在太平洋一座位於屬於馬紹爾群島的北緯1135、東經16525的比基尼環礁進行了核爆的試驗，這顆原子彈的威力巨大無比震驚了全世界，而發明的人認為比基尼泳裝突破了當時人們保守的認知就像一場核爆一樣，所以這款暴露的泳衣就有了一個響亮的名字了，男生聽到這個名字就會和漂亮的女生產生聯想，但其背後的意義原來來自於核爆的試驗，以後看到比基尼依舊還會是原本心裡認知的樣子。那位穿著比基尼正在閃閃發亮的女生的背後是陽光沙灘與海浪，巧遇如此良人美景的同時內心也要祈禱這個世界永遠不要再有戰爭與任何的核試爆，核試爆在內心爆發就好。

　　告別了聖淘沙的海灘，回程時我一個人轉往烏節路晃晃，新加坡雖然小但烏節路人行道好寬好大走起來十分舒服，馬路兩旁的大型商場和百貨公司一棟接著一棟是個繁華的路段，我看著手

錶知道沒有多餘的時間可以慢慢地逛了，就這樣漫無目的往前走著，忽然當兵的朋友在群組傳來一張台北捷運的照片，照片裡是一位戴著眼鏡短馬尾的女生坐在捷運車廂裡，突兀的是在她的右手握著一把很長的關刀，她應該知道很多人都在注視她所以眼睛就直挺挺地望著前方，那把關刀看起來很銳利但應該是舞台劇的道具吧？一邊想著奇怪那麼長的兵器怎麼進得了捷運？一邊想著集合的時間往飯店的方向走去。

12月 北京

● 陪我去一趟北京吧

　　凌晨四五點的公館地面濕搭搭的，似乎沒多久之前就下起了雨，老天爺很體貼，在我們到達集合地點搬運行李到巴士的時候雨勢就停止了，我看著那棵滿是剝落的白千層行道樹也被淋得濕濕的，這棵樹被巴士的車燈照得層次分明和白天看起來的時候很不一樣，每次要起飛之前我都會把這棵白千層當作旅程的起點，之前都是從巴士的車窗往外看著「他」，今天拂曉出擊我抬頭仰望著這棵白千層忽然覺得有點陰森，在夜晚光線昏暗和我們沒有注意的時候，搞不好樹在夜裡都是會講話的，他的前方就是誠品書局和斑馬線，他每天看著形形色色來往的人，我想他一定有很多想法都藏在樹根裡，那些說不出口的話只能變成剝落的樹皮，不知道我在他的面前是個怎麼樣的人？

　　在香港轉機照例都要到迪士尼的免稅店逛上一圈，這次不知道是第幾次來了？還是先找史迪奇，這隻原本為了擾亂銀河系而被創造出來的外星生物剛開始出現的時候我覺得好醜並沒有太過在意，反而是這幾年我越看他越覺得可愛，甚至還買了貼圖，我忽然慢慢可以理解為什麼有人喜歡買一堆娃娃堆在床頭的感覺，也許是因為寂寞也許是因為需要安全感，這些沒有生命的公仔就是忽然擁有了生命，陪伴每一個喜歡他的人度過每一個夜晚或是

每一躺旅行。架上有一隻抓著Scrump的史迪奇，我對著他說「陪我去一趟北京吧」於是帶著他去櫃檯結了帳。Scrump是卡通裡莉蘿所做的玩偶，經常被史迪奇抱在懷裡，Scrump的眼睛是鈕扣做的，他的嘴巴被縫了起來和公館的那棵白千層一樣都不說話。

　　在等待起飛的時刻我和國璽第一次嘗試當時很流行的自拍棒，手機安裝了老半天一直掉下來，旁邊有個小女孩看著我們手忙腳亂的樣子，當我注意到她在看我們的時候，她忽然掉頭就跑，左手還架著一隻毛怪在胸口，應該也是剛剛在免稅店買的。

● 全他媽都是裝的

入住了酒店的1314號房，對年代數字敏感的我每次都會為房間號碼拍照留念，出外表演那麼多次倒是難得住在一樓，行李箱放好之後就去Lobby集合，打車前往北京798藝術區在AAW畫廊舉辦的「為搖滾服務」首屆兩岸三地華人的搖滾展，我看見了認識的樂團還有很多音樂人的照片與他們的樂器和手稿；崔健的那把木頭色貝殼面板的Fender Stratocaster讓我想起崔健1994年的《紅旗下的蛋》，這張專輯當時是在公館的宇宙城買的，在那個約女孩子去逛CD買唱片互相探知彼此音樂品味的年代，我對於歌詞的感受並不深，此時此刻專輯裡那首〈北京故事〉裡的某幾句歌詞浮現了出來，「愛情就是一場運動，說的必須都是真的，相比之下那多少年的運動好像全他媽都是裝的」，有好多次同一首歌在好多年之後再次回味確實感受很不一樣，不知不覺離年輕的時候越來越遠，告別了許多年代，再會了許多過程，偶而還是會懷念某個人，偶而還是會想念那個為了她而裝模作樣的自己，到底是不是全他媽都是裝的？現在想起來都會真的。

遇見了貢寮海洋音樂祭的海報，有張照片吸引了我，那是Tizzy Bac在2002年得到最大獎的畫面，相片裡主唱惠婷和貝斯手哲毓拿著海洋大賞的匾額，鼓手凱同在麥克風前尷尬地低頭摸著人中不知道該說些什麼，當時我不在現場，不知道他們當天有沒有表演那首我喜歡的〈查理布朗與露西〉。

　　四分衛的照片也出現在展覽裡，相片裡的人披頭散髮右手拿著麥克風站在舞台上，黑色的T恤上印著NOTHING HAS CHANGED，紅色的字體似乎警告著看著相片的人說什麼都不會改變喔！看著相片裡的人想不起來那件T恤在哪裡買的？心裡也想著我聽你在放屁，改變的可多得一塌糊塗，英雄後來變成了壞人，怪獸後來變成了好人，現實生活和漫畫裡完美的結局很不一樣，好的壞的新的舊的迎面而來呼了你好多巴掌，應接不暇就像忙碌的飛機場塔台一樣。

● 無論唱了多少歌 無論跑了多遠

　　當時發行我個人專輯《Spark》的喜歡唱片公司要求我每個禮拜要交出一則唱歌的影片，於是隔天一大早和國璽約好出門跑步順道來唱首歌，把這個過程用自拍棒上的手機拍下來，國璽說他出鏡沒有關係因為他的臉夠大，我說不行不行這麼糗的事情怎麼可以只有我一人在鏡頭裡面。

　　星期四早上到處車水馬龍都是趕著去上班的人，我的嘴巴裡不斷地呼出了水蒸氣一遇到北京的冷空氣就產生凝結而呈現白霧狀，兩個人站在路邊嘴巴呼啊呼的出現了一堆白色的氣體，於是想說來唱Deep Purple的〈Smoke on the Water〉好了，但只記得副歌而作罷，那來唱五月天的〈瘋狂世界〉好了；國璽打開手機的音樂播放軟體，我們聽著原曲就一路邊跑邊拍邊唱，從馬路跑到

天橋再從天橋跑到馬路在飯店周圍繞了好大一圈，這樣的行徑難免引人側目，但反正人生地不熟尷尬的就不是自己而是別人了，「我好想好想飛，逃離這個瘋狂世界，那麼多苦那麼多累，那麼多莫名的淚水，我好想好想飛，逃離這個瘋狂的世界，如果是你發現了我，也別將我挽回。」無論唱了多少歌，無論跑了多遠，身上還是有好多懊惱和後悔，那都是確確切切一路活過來的證明，就是因為有好多好多的失敗與狼狽所以你才有東西可以寫，於是說要逃的根本逃不了，說要挽回的只能寫在歌詞裡當作紀念。

　　想起了在四分衛發行第二張專輯Deep Blue的某個通告結束之後，小郭約了大家和幾個朋友來唱歌，當晚小郭化身KTV包廂的趙子龍放下了吉他拿起麥克風唱了好多首歌，董事長的脫拉庫的五月天的亂彈的歌他都會唱，唯獨四分衛的都不會唱，當時的我真的有些火大也好想飛，飛到別的地方，當然是飛不走的啦，幾杯啤酒下肚藉著幾分醉意在小郭唱完〈瘋狂世界〉以後對罵了幾句，主唱對著吉他手喊：「自己的團的歌都不唱啦幹！」吉他手對著主唱說：「馬的歌寫得那麼難唱誰會唱？」我把這個故事說給國璽聽請他發表些我想要聽的意見，他笑笑著吃著剛從「果想你」買的橘子把另外一半分給我說：「那天小郭唱了脫拉庫的哪一首歌？」我說今天晚上也會唱的那首啦，十二月北京的一大清早又是另外一種冷，風吹過來像刀子一樣讓人格外想念夏天。

● 很帥氣地尿在地板上

　　北京798藝術區AAW畫廊舉辦的「為搖滾服務」展覽在12月10日會在星光劇場舉辦演唱會，我們下午彩排結束後就在附近結了冰的運河旁閒晃，走著走著遇見了一個籃球場，有一個人正在投球，籃球撞擊地面和籃板的聲音傳進了耳朵裡，和星期天台大籃球場的很不一樣；那個投球的人穿著灰色的類似某個工廠的制服沒入了彩度很低的背景裡，幾面鐵絲網穿插著掉光了樹葉的枯枝，路燈才剛剛亮起來，忽然一股寂寞從地底竄了出來就附著在我厚厚的外套上面，感覺體重變重了一些，身高變矮了一點，於是壓抑好想打籃球的衝動，往因為天色變暗而變亮的星光劇場走去。

　　當天有來自台灣的四分衛、脫拉庫，還有號稱「中國最妖嬈的搖滾樂隊」的二手玫瑰、以及號稱「中國第一支搖滾樂隊」的不倒翁，還有北京當地的南無樂隊與腦濁樂隊，和上次來北京MAO的氣氛很不一樣；雖然舞台底下擠滿了人但認識我們的人似乎沒那麼多，就在那種客隊在客場作戰的感覺底下唱完了所有的歌，我坐在後台的沙發上並不是那麼開心，桌上散亂著一堆啤酒罐和礦泉水還有便當盒，透明盤子上有切片的香瓜和西瓜，西瓜？天氣這麼冷吃什麼西瓜啊？我吃了一片聽著從舞台前方傳來我沒聽過的歌，手機訊息傳來了幾張照片，那是我剛剛在台上唱歌的樣子，因為距離較遠所以畫面有些模糊，那是我從小一起長

大的童年玩伴拍的。住在同一條巷子裡的朋友有好多個，當時大家都是小朋友，他是在我家裡客廳很帥氣地尿在地板上的那位，他的媽媽聽說了這件事連忙趕來道歉，奶奶說沒關係啦小朋友嘛，在北京工作的他因為行程的關係必須看完了我們就得走，難得來到北京卻沒有碰面真的覺得有些可惜，他訊息裡說下次有機會一定要到雍和宮裡晃晃，這次沒見到也許下次見面就是隔年夏天了，小時候的我們天天碰面玩耍打架吵架根本想像不到長大之後的碰面是以季節或是年月來做計算。

　　隔天一早又是趕路的行程，北京首都機場起飛之後選了一部日本電影叫做《特攝英雄》，這是一部替身演員的故事，兩位男主角唐澤壽明與福士蒼汰各自代表了面具底下和外面的兩張臉，他們是彼此的投射各自有著對方的優點或不足，一個有實力卻沒有機運與年華，一個有著青春的臉龐卻還沒有深厚的內力。這個世界遺憾到處都是，但還好我們有特攝英雄讓我們知道曾經我們都是擁有夢想的小孩子，電影裡有我很喜歡的一句話「別破壞小朋友心目中的英雄形象」，我按下暫停，用手機對著螢幕拍了下來。

　　在香港轉機的時候遇見「武‧藝‧人生—李小龍」的展覽，我想起了看過他的幾部電影，電影裡的他武藝高強，武打動作甚是好看，後來很久之後才發現原來現實生活的他更是思想先進的哲學家，我也想像他說的清空了思想，像水一樣無形，倒入任何一個容器就是任何一個形狀，又寬容又有肚量又溫柔又平靜，又

洶湧又無情。我拿起手機和李小龍的人形立牌自拍合照了一張，回到台北才發現焦距沒有對到是糊的，我想那是布魯斯李提醒我身上沾滿了泥巴，水源如此渾濁不夠清澈，看來老天爺要給我的磨練還是很多。

Empty your mind, be formless, shapeless,like water.

Now you put water into a cup,it becomes the cup.

You put water into a bottle it becomes the bottle.

You put it into a teapot it becomes the teapot.

Now, water can flow, or it can crash.Be water, my friend...

清空你的思想，像水一樣無形。

你將水倒入水杯，水就是水杯的形狀，

你將水倒入瓶子，水就是瓶子的形狀，

你將水倒入茶壺，水就是茶壺的形狀。

你看，水會流動，也會衝擊。

請像水一樣吧！我的朋友。

12月 杭州

● 自己做效果不用乾冰

　　2014年12月24號，45歲的第一天一大早就到了桃園機場報到，所謂的三十而立，四十不惑，五十知天命，已經四十再加五了還是偶而清醒經常糊塗，早餐還沒吃的生日當天在機場盡想些有的沒的；所謂的疑惑還是無時無刻從身體裡長了出來形成枝枝葉葉，當前解決不了的事就像一顆大樹掛滿了鈴鐺，眼睛看著機場的出境大廳佈置了一株好大的聖誕樹，我想著自己琳瑯滿目的狼狽就掛在上面，大英雄天團的Baymax戴著聖誕帽和一堆禮物的盒子站在聖誕樹的底下，我照舊為他拍照留念，於是手機又多了幾張之後可能不會再翻開的相片。電影上映的時間是12月31號，那天是跨年，我想起當天四分衛和回聲樂團、Popu Lady在高雄夢時代跨年。

　　此次出遠門是要參加杭州濱江區星光大道步行街舉行的山蛙音樂節，同行的還有激膚樂團，我們入住了星光電影主題酒店，難得一人一間，我選了以電影ET為主題的房間；牆上掛了幾幅ET的海報，還有一隻ET造型的公仔和萬聖節的南瓜站在窗邊。窗外的天空灰濛濛一片，從高往下看到一間牙科醫院，醫院的一樓是寶島眼鏡的門市覺得相當親切，登高望遠的時候我喜歡讓眼球做些運動，遠方的大樓頂端和近處的招牌做為兩個定點，就這

樣讓眼睛先看遠的再看近的，然後看完近的再看遠的，兩種不同距離的焦距往返數次讓眼球得以運動，熱身到一半的時候收到要去彩排的訊息，我簡單做些打理揹起了吉他準備出門，再望下窗外發覺天色已經變暗了許多。

舞台前擺放了一堆白色的塑膠座椅，將近兩百張排列整齊，旁邊還用柵欄圍了起來，我覺得舞台的前方擺設了貴賓區的座位實在很不搖滾，於是繼續彩排的行程。當天的貝斯手是阿辰，奧迪去阿妹的演唱會了，阿辰晚上表演一結束隔天一大早就要飛回桃園，我想到他的時間如此緊湊就覺得有些壓迫感，也感謝他臨時來代班幫忙。

12月的杭州和北京一樣冷，我邊唱邊產生霧氣，自己做效果不用乾冰，本來擔心的貴賓座位區因為商城人潮眾多也撤到一旁，大家擠在柵欄前聽我們唱歌喇賽，後方的聖誕樹提醒我不好笑的笑話硬著頭皮講才好笑，生日壽星說要大家祝自己生日快樂也不要尷尬，既然站到台上了歌就唱多一點，臉皮也要厚一點。這麼冷的天氣，你的一舉一動都牽動著每一個人的情緒，當主唱真是要面面俱到，早知道剛組團的時候當貝斯手就好，低沈的聲線又沈穩又帥氣，整個樂團鼓就是樹根，貝斯就是樹幹，其他的樂器就是樹枝樹葉，沒有了低音什麼都不對勁，真的好想當貝斯手啊！

● 一直被超越的感覺

　　舞台的兩點鐘方向有史瑞克、費歐娜和驢子的雕像精神飽滿地站在廣場的中央，他們臉上斑駁掉漆的刮痕對比昨晚滿滿的人潮感覺有些淒涼，這部好久以前看的電影後來出了幾部續集我有點搞不清楚，只記得驢子在第一集電影裡說了很好笑的台詞，我一邊想不起來一邊往錢塘江的方向跑去，跑過了很大的十字路口，跑過了無法騎乘的紅色杭州YouBike，跑過了一顆很大的陀螺雕塑，不一會再經過一段濕濕的馬路就看見於2007年夏天建造的錢江龍雕塑座落於江邊。我站在欄杆前左右望去一片灰濛濛，杭州水警的汽艇懶洋洋地停靠在棧橋邊，遠遠望去江面上一葉輕舟上站了一個人不知在忙些什麼，對岸城市景色的能見度更是接近於零，對於這樣的視野有些失望，再走了一會兒遇見一塊石碑上寫著「請不要向錢塘江扔垃圾那是母親河的笑臉」，紅色的字跡清楚明朗，唯獨這句警語沒有用逗號來做斷句覺得心裡有點疙瘩，我做了一個把逗號丟進錢塘江裡的投球姿勢就再往回跑了，看見了好大一尊由輪胎和廢棄材料組合而成的防毒面具，我幫它從各個角度拍了些照片上傳IG，在酒店的樓下吃肯德基當作早餐的時候我心想這附近的大型雕塑好多，也想起安迪沃荷說的「藝術就是你可以隨便扔掉的東西」。

　　接近中午時分大家都起床了之後，一行人除了已經飛回桃園的阿辰，大家在我的帶路下再度往錢塘江的方向前進，中午氣溫

回暖光線充足，視野的彩度變高比早上好看了許多，不知道誰提議說從這兒走到西湖，我說沒那麼多時間，虎神說那先跨過那條橋再說。錢江四橋又名復興大橋，我們就像行軍一般慢慢地往前推進，一路上遇不見除了我們以外的任何行人，一直被騎腳踏車和騎電動車的人超越，一直被超越的感覺真不好，覺得進度綁手綁腳又不能回頭，但比起人生裡經歷過的那些進退兩難的抉擇，一路上互相虧著以後再也想不起來的話語還是開心比較多。距離中秋節過後的錢塘大潮已經好一陣子，所以江邊風景就和筆直前進的腳步單調無奇，眼前的樹越來越綠，樹後面比鄰而建的建築物越來越大，我們下了橋又花了一段時間在路邊打車，當不耐煩到了一個程度，我開始觀察路邊的車子裡的排檔桿和方向盤的樣式。

● 剎那剛好的瞬間

　　司機大哥在等紅燈的時候把穿著皮外套的左手伸出車外，左手的食指和拇指叼著一根點著的菸，菸的後面是柏油路面和照後鏡裡他的臉，車水馬龍的大街上的每一個人包括我在內似乎都有一張不定時望著遠方的臉，在工作的空檔放鬆注意力的時刻，任憑景色的流動讓焦距隨遇而安。我把街景和照後鏡裡他的臉在接近西湖的時候用手機拍了下來，這是我所有移動過程裡面自認為拍得還蠻不錯的一張照片，美中不足的是後方有輛巴士剛好經過

把遠景給擋了起來，不過光線、影子、裊繞的煙、安全島、正在轉彎的車輛和過馬路的行人的動態表現都還不錯，這個世界上沒有十全十美的畫面，只有剎那剛好的瞬間，他們永遠也不知道他們各自趕路的時候被框在同一張相片裡面，然後各自忙碌誰也遇不見誰。

在西湖附近晃了一下拍了慢動作搞怪的影片po文報平安，在外婆家飽餐一頓再度打車往酒店的方向，回程再度經過復興大橋，當然速度比白天快上許多。星光大道的舞台前已經擠滿了人，我們各自打散在商場裡閒晃，回酒店房間的時候我發現門牌號碼是「2406」覺得有點哎呀差強人意，有一股想要把0和4對調的衝動，我在想2046年的時候，應該會有《2046》這部電影的紀念活動吧，2046那年王家衛90歲，梁朝偉84歲，木村拓哉74歲，王菲和我一樣屬雞75歲…………時間一直往前走，風光明媚跌股狼狽誰也帶不走，願我愛的人以及愛我的人以及遇見的人那個時候都健康平安。

● 祝福我們都聖誕快樂

地圖上顯示我們正從西湖的東南方經過錢塘江往西湖的西北方移動，晚上表演的地方是去年團團轉第一站和脫拉庫來過的酒球會，巴士再度經過了西湖周邊，經過了鎮壓白蛇的雷峰塔，我和激膚樂團的主唱安卓雅在行進的巴士上分享關於飲食清淡和不要過度熬夜的一段時間，雖說不要熬夜但也不是一躺下去就睡，躺在床上有時候千頭萬緒怪物反而容易復活，就這樣眼睛閉著腦袋卻醒著，倒頭就睡的人就是神乎其技的魔法師，他睡著的時候整個世界都睡了，沒有魔法的人就得和怪物搏鬥到精疲力盡的那一刻才能夠結束當天的行程，這個世界我想沒有魔法的人比擁有魔法的人多很多吧。

下榻在和去年同一間飯店，就在酒球會的隔壁真是方便，彩排前的空檔無比珍貴我照例走出去晃晃，路過了去年去過的那間運動用品店買了一件運動外套，老闆娘說她記得我去年也買了運動外套，可惜當時我沒穿在身上。路邊停放了一台輕型機車，黃色的車牌上寫著台灣TW580，我趕緊拿起手機拍照心想為什麼杭州有台灣的車牌而百思不解，腦袋又多了一個問號沉入海裡，於是腦海裡又多了好幾個打撈不起來和我記不起來的問題，偶而會想起，也不知該問誰就這樣往該走的地方走去。

　　晚上的表演除了從四面八方來的大家還有一顆配樂是清唱的
生日快樂歌的生日蛋糕，去年的生日在昆明，今年在杭州，每一
年陪你過生日的人或許都不一樣，生日是值得紀念但最重要的是
大家聚在一起的時刻，很多相聚事後才發現一輩子只有一次，同
樣的場景不會再有，一切都留不住，剩下的都是感恩，祝福我們
都聖誕快樂。

　　隔天一大早在機場虎神揹著吉他推著行李推車走過來，奇怪
的是行李推車上不是行李而是傑西，傑西是這次表演的聯繫人，
當天忽然腸胃炎，看著他坐在行李推車上很難過又幫不上什麼
忙，他說回台北再趕去醫院吧，我了解腸胃炎的那種痛苦真的是
很難受，離起飛的時間還一陣子，那是一種無處可逃只能等待的
無奈，只有在那樣的時候時間就會變得好慢，後來還真的希望時
間走慢一點但不要在難受的時候，快樂久一點，痛苦短一點，冬
天的時候雪慢慢降了下來把難過的都覆蓋住，春天的時候雪融化
了流進了河裡，誰也不用記得。

2015　香港・LA・海參崴

好多相聚分離以及好多決定變成當下的樣子，
還來不及感慨我就必須用力地刷下吉他的和弦，
往下一個小節前進。

3月 香港

● 易達不懷好意

因為電影《一首搖滾上月球》讓巫爸、李爸、黑糖導演與我來到香港，要在香港中文大學舉辦一場電影的分享會，下了飛機之後巴士就載我們前往沙田，我在後座看著駕駛座上方照後鏡底下掛著一串鈴鐺，鈴鐺一個金色一個銀色，上面連接著兩片小木牌，木牌上一左一右寫著「大願成就，商賣繁昌」兩行字，我心想這應該是司機大哥去日本旅遊的時候在某個神社買的御守吧，車行的速度十分平穩但還是有轉彎的時刻，鈴鐺就會因為車行的角度而傾斜產生碰撞，時不時發出清脆的聲響，我聽著這樣的聲響眼皮逐漸沈重，就在快要睡著的時候巴士停靠在沙田凱悅的門口。

我們各自拿著行李和吉他Case往各自的飯店房間前進，我的房間號碼是1229，對數字敏感的我腦海馬上反射出那是小妹的生日，小妹和我相差十一歲，她的生日和我差五天，我們都是土象的摩羯座，雖然是同個星座但我卻粗心了許多。飯店的房間好大，四個人一人一間感謝主辦單位的安排，然後我們在Lobby集合和主辦方討論隔天分享會的細節，我中途必須離席因為還要趕去旺角一間叫做走馬燈的畫廊，在走馬燈那兒我和杉特和小蟲也因為這次的香港之行安排了一場小型的表演，經過了塞車的路段

好不容易在約定的時間之前來到位於二樓的畫廊，小小的空間裡佈置成簡易的舞台，低低的舞台上鋪了一張紅藍白花紋的地毯，小蟲和杉特正在處理樂器與導線的配置，地毯上有兩個木吉他前級效果器上頭貼了白色的貼紙，一張寫著PICK，另外一張寫著BADY，我沒見過BADY這個單字就問杉特那是什麼意思？杉特看了一下說BODY啦，易達寫錯了啦！（易達是之前表演的主要控台人員），我也覺得好笑，但還是覺得搞不好真有這個單字，於是就上網查詢，結果Google顯示BADY是壞人的意思，這就讓我更覺得易達不懷好意了哈哈哈，但我沒跟杉特說。

Jim是一個叫做Good Fellas樂團的鼓手，是阿森納的球迷，還買過羅斯基的球衣送杉特當作生日禮物，他是杉特在香港的好朋友，當天也特別來幫忙彩排的部分。當彩排告一段落之後就帶我們走去附近的餐館吃飯，我們找了可以清楚看見電視角度的座位坐下點餐，我忽然發現就在這間港式飲茶風格的餐廳裡有一位老人坐在我們的不遠處，他低著頭沈思了好一陣子，不確定他是否有點餐？老闆娘在櫃檯也沒有搭理他，電視播放著急促的新聞和他紋風不動的樣子形成強烈的對比，據說打瞌睡的老人是香港茶餐廳的特色之一，我趕緊用手機幫他拍照留念。

● 很多歌詞很多年之後你才會看懂

走馬燈畫廊二樓架設的舞台旁有一扇門，那是一間辦公室臨

時充當我們的休息室，這間辦公室有些特別，裡面擺滿了各式各樣的公仔，在等待表演的時刻我們就在裡面觀察各式各樣的玩具，怪博士與機器娃娃、波羅五號、百獸王、忍者亂太郎、披頭四、明和電機的鑰匙環……，這些公仔都是我這個年齡層年輕的時候共同的回憶，我想老闆應該是和我差不多年紀的人吧。其中最吸引我的是由石森章太郎的作品《人造人間 Kikaider》延伸出來的大頭模型，右邊的臉是藍色加上一條黃線，左邊的臉是紅色，左半般的頭部還露出機械儀器的部分用透明的頭盔給罩起來。作者石森章太郎曾在80年代對於自己眾多的作品感慨地說：「為了許許多多不認識的讀者而去破壞自己創造出來的世界，這樣的痛苦實在太多了，後來這種痛苦就變成了一種習慣到處輪迴，一直到再也感受不到痛苦。當發現自己擁有這種被侵蝕感覺的時候，自己也感到非常地恐怖。」當時作者石森章太郎在日本已經很有名氣，在創作漫畫的時候背負著壓力應該也是相當巨大，漫畫裡創造機器人的光明寺博士為了黑暗組織而設計了Kikaider，但又私自在機器人內部安裝了良心迴路，希望有朝一日他能改邪歸正，然而這不完全的良心迴路卻讓主角陷入了正義與邪惡兩難的局面，終生與自己的良心對戰。作者自身所要表達的理念與出版方或外界所溝通的需求互相拉扯，這是一種幸福也是一種不幸吧，或許那些我們所無法理解的無奈與遺憾就藏身在這位孤獨英雄Kikaider的作品裡面。

　　舞台前已經擠滿了人，我想不起來第一首是〈死也要拚命活

著〉還是〈唐吉訶德〉，但印象深刻的是我提到關於高中時代去林森北路地下舞廳跳舞的事情，我提起當時在舞廳裡必定會播放的〈愛情陷阱〉，我依稀記得旋律就清唱地亂哼一通，本想回味一下八〇年代哼一下就打住，結果幾個音一出現整場就在沒有樂器的伴奏下大合唱，「我墮入情網，妳卻在網外看，始終不釋放，恨愛心中激盪，這陷阱，這陷阱，這陷阱偏我遇上」。這是十六歲的我第一次聽到這首歌的時候完全想像不到的事，我想跟十六歲的自己說，既然你整個暑假每天都坐208公車從永和前往林森北路，那除了跳舞和看漂亮的女生，起碼也把那幾首歌給唱熟一點吧！因為很多歌詞很多年之後你才會看懂。

　　當天表演的最後一首歌是我硬著頭皮要小蟲和我唱〈夢醒時分〉，這首歌也是世界無敵啊，無論在哪個地方，無論遇見了多少認識或不認識的人，大家都一定會唱，我真的也好想要寫這樣的一首歌啊！當時杉特用我的手機拍了這段影片，也不過幾年前的事卻感覺是好久好久以前，在結尾這樣歡樂的氣氛唱著「要知道傷心總是難免的，在每一個夢醒時分，有些事情你現在不必問，有些人你永遠不必等」，希望無論是誰後來你的身邊都有一個你愛的同時也愛著你的人，從今以後再也不用等一個等不到的人。

8月 LA

● 關於我和她和這個星球所有在那天生日的人

　　從桃園飛往洛杉磯差不多12個小時，坐在左邊的Sound Man阿傑正在看著《美國狙擊手》，右邊的林峻導演看著我不知道片名的洋片，我則是把《一首搖滾上月球》這部電影再看了一次，邊看邊還是覺得有些惋惜，老爸們因為練團之後產生很多的意見不合導致睏熊霸樂團在電影上映之後就必須告一段落；當時巫爸還跟我說「上月球的任務結束了，我們都要回地球啦！」後來和李爸巫爸參加了些活動，也和歐陽爸鄭爸去屏科大做了簡單的演唱，但要睏熊霸原班人馬再度同台還真的是遙遙無期了。當時黑糖導演說因為老爸們要參加隔年的海洋音樂祭所以要有幾首創作的歌曲，所以和製片帶我造訪深入了解老爸們他們對家中的罕病兒無微不至的照顧，大大的氧氣瓶和維持呼吸的儀器就座落在心肝寶貝的床邊，現場實際看到這樣的景況再聽著他們訴說自身的故事真的是於心不忍，那樣的生活除了經常無法一覺到天亮其實比想像的還耗費心力，除了寫歌，我到底還能幫助到他們什麼？在三萬英尺高度的對流層重看著紀錄片我忽然想起當時自己內心湧現的那股無能無力，也回想起當時每個星期四晚上練團的場景，為了紀錄片寫的這五首〈I Love You〉、〈Your Smile〉、〈睏睏睏〉、〈光輝燦爛進行曲〉、〈一首搖滾上月球〉，也慢

慢地在那段時間編曲成型，隨著紀錄片的拍攝四分衛在2012也重新出發，電影主題曲〈I Love You〉也奪得第五十屆金馬獎最佳電影原創歌曲，回想後來這一連串的效應還是覺得相當感恩在那個期間遇見的每一個人。

緊接著看了另外一部科幻驚悚的電影叫做《跨界失控》（Project Almanac），劇情講述一群年輕人製造出時光機，但後來發現任意跨越時空的後果會造成無法挽回的悲劇，電影裡一位漂亮的女主角叫做索非亞・布萊克・德埃利亞（Sofia Black-D'Elia)，影片裡她有些角度神似我在國中時在房間牆上海報裡漂亮的菲比凱絲（Phoebe Cates）於是對她多了幾分好感，google之後赫然發現她的生日和我同一天，難怪我覺得她很面善，但同時我也想到生日密碼裡關於我和她和這個星球所有在那天生日的人，不知道他們知不知道生日密碼第一句就是這樣寫著「12月24日出生的人，很難有輕鬆的人生」。我快速瀏覽幾個印象深刻的相聚分離以及決定，覺得口乾舌燥並且嘴巴苦苦地笑著於是趕緊喝下一口可樂。

電影看完就來打《植物大戰殭屍》，這遊戲真的設計得很棒，綠色的草地、泳池、屋頂、白天黑夜，無論何時何地右側都有一群殭屍往左側移動，向日葵、堅果、豌豆、香菇、水草、豬籠草各司其職在左邊頑強對抗，其中殭屍還有一個造型是致敬Michael Jackson的〈Thriller〉這首歌裡的裝扮，但遊戲推出之後不久流行天王就剛好不幸去世，後來被粉絲抗議於是遊戲公司就

把這個致敬的造型給撤除了…………記得當時八九歲大的麵包超人也在電腦前面玩，他當時說了一句令我印象深刻的話，他剛過了緊張刺激的一關並且讚嘆不已地說：「哇！好想跟他（遊戲作者）要簽名喔！」我不確定過了很多年以後他是否記得他小時候曾經說過這句話，但那短短的幾秒真的深刻地在我腦海裡。

● 下次回來應該就是你結婚的時候

我們降落在LA機場時是上午十點半，只是第二次來到美國所以還是很有時差的感覺，迷迷糊糊地上了巴士來到韓國城附近的Normandie Hotel，大夥兒舟車勞頓好長一陣子都散落在Lobby的各處滑手機，我背對著窗坐在大廳裡旁邊有舊打字機當作擺飾的沙發椅上等待check in，我和虎神是433號房，稍作休息之後整群人就一起走去附近的韓國烤肉餐廳先飽餐一頓。宴席總有結束的時刻，吃吃喝喝的部分不知道佔據了人生的幾分之幾，但當下的那一群人真的非常快樂。

隔天清晨天才剛亮，我google了姑姑在Los Feliz Blvd的住處，差不多在飯店往北的十公里處，我看著行李箱前Converse贊助的黑色帆布鞋還有Reebok贊助的紅黑白的休閒鞋，正在考慮要穿哪一雙的時候忽然靈機一動把虎神床邊那雙adidas贊助的綠色慢跑鞋給穿去跑步了，把昨天就約好的林峻導演也吵醒要他和我一起邊跑邊拍，他問了我一些問題但我現在完全想不起來了。路上有

行人遛著兩隻吉娃娃和一隻蝴蝶犬，林峻蹲下身用低角度的鏡頭拍下他們可愛的身影，我則用高角度拍下他拍狗狗的身影，一個我拍你拍他們的概念，後來他和我跑了幾個街口說跑不動了於是就往飯店折返，我獨自一人繼續往北邊跑，馬路上有黃色的校車巴士快速通過，路邊家家戶戶的前方都有剛剃過毛的土黃色草皮細細高高的棕櫚樹站滿了又寬又大的馬路旁，放眼望去的景色就像電影裡看到的一樣，我邊跑邊經過了小小兵（Minions）和Ted2的電影看板，此時的天空就像派對裡的某個朋友說接到電話有急事必須先走一樣，剛剛還暗暗地忽然就整個亮了起來。身上的汗被清晨的風吹乾，路邊草皮的灑水器又讓空氣潮濕了起來，我憑著印象看見了熟悉的門牌號碼按下門鈴之後聽見有人小小聲說：「There's an Asian outside.」表姐睡眼惺忪打開了門看見了我趕緊介紹了姐夫Dave給我認識，我用很破的英文在客廳和Dave聊了一陣子，我猜想他應該是湖人球迷所以就提到了Kobe，他有些懊惱包括Kobe在內的許多湖人球員都因傷賽季報銷而創下有史以來隊史勝率最低的記錄，我想像著Kobe因傷不能上場而在場邊觀戰的心情。表姐梳洗完畢之後就帶著我出門去找姑姑吃美式早餐，美國真的好大，餐桌上的餐盤和湯碗也都好大，但是我的食量也不是省油的燈，在提醒自己細嚼慢嚥的情況下把他們吃個精光。

小時候常常去延壽街的姑姑家玩，我很好動所以印象裡姑丈教了我下五子棋來定下心，也經常因為頑皮而挨罵，姑丈很聰明

講話也很有信服力，印象裡大大小小的事家中長輩都會聽取他的意見。後來在我國中的時候姑丈空軍退伍決定要移民美國，我們一大群人在桃園機場為姑姑他們一家四口送行，要入關之前姑丈雙手扣住我的肩膀跟我說「下次回來應該就是你結婚的時候」，這句話深藏在我腦海裡，也成為姑丈對我說的最後一句話；後來姑姑一家來到美國之後沒幾年，姑丈就因為水土不服和一連串的連鎖反應而離開，我還記得奶奶在家裡氣呼呼地說：「這麼好的一個人怎麼就這樣走了？」表姐開著車載我回Normandie Hotel，我坐在後座看著擋風玻璃外寬大的馬路和姑姑坐在副駕的背影想著當時在機場姑丈對我說的話，我想要說卻又把話吞了回去，就像海水急速退潮一樣，岸邊剩下許多魚兒跳來跳去，原來海嘯在三十年前就已經來過了。

　　原來Lobby裡那台舊字機是可以操作的，接近正午LA的陽光異常強烈，姑姑右手遮著額頭看著表姐打了幾個單字，always warm up 變成乾掉的墨水印在白紙上。

● 就算他沒有冠軍戒指

　　洛杉磯的唐人街上有一座李小龍的雕像，小時候看過他在電影裡拳打腳踢覺得他好厲害，後來在網路上看到他的訪問片段和一些文章才更是覺得了不起，我經常想起他在影片裡訴說關於水和杯子的哲學，「Be Water, My Friend！」清空思緒像水一樣吧，

把水倒入任何一個容器裡，水就會變成那個容器的形狀，反過來說杯子什麼時候能發揮用處？只有當它是空著的時候。我看著黝黑的銅像伸出左手張開五根指頭，右手拿著雙節棍夾在腋下蓄勢待發，腦袋裡想著他說：「我不怕練過一萬種招式的人，我只怕把一種招式練過一萬遍的人。」這句話讓我想起NBA的球星戰神Allen Iverson和Kyrie Irving，兩位的豐功偉業就不再贅述，Irving就是球風華麗運球如入無人之境，他就是擁有一萬種招式的人，而Iverson就是防守者永遠都知道他會從右邊切入，但用盡任何方法就是守不住他，Iverson就像是那種把一種招式練過一萬遍的人，他只用一種招式就可以過你一萬次，他晃過了Kobe，他晃過了Jodan，他晃過了無數個NBA級別的球員，天下武功唯快不破，他太快了以至於沒人能夠逼迫他使出花俏的招式，就算他沒有冠軍戒指，球場上人們還是稱他為無可取代的答案。看著Bruce Lee想到Allen Iverson再想到自己，我想自己絕對不是擁有一萬種招式的人，我只想成為把一種招式練過一萬遍的人。

　　晚上的表演開場的是一位叫做Alexa Melo的女孩，她的吉他彈得好厲害，嗓音也很有力道，我沒仔細聽她唱了些什麼，就是感受他們整個樂團的能量釋放覺得十分過癮，我在IG搜尋她的名字按了追蹤，緊接著四分衛上場，台下忽然出現舞龍舞獅，大家邊聽我們唱歌邊看著舞龍舞獅在人群裡穿梭，我的注意力被面對著舞台的高牆上的投影所吸引，牆上正在播放一部1993年李安導演的電影《囍宴》，那年我24歲，一下子22年過去，沒想到在

距離家鄉一萬多公里的地方再遇到同一部電影，歌曲要唱到「落下雨和眼淚」之前的空檔，我看著大家打開手機的燈光，看著從雲縫中努力發光的月亮，也看見牆上那部電影的畫面剛好是五位主要角色趙文瑄、金素梅、Mitchell、朗雄、歸亞蕾笑嘻嘻的樣子，腦海迅速想著電影裡面的人永遠都是同一個年紀，而看電影的人在這22年裡已經經過了好多相聚分離以及好多的決定而變成當下的樣子，還來不及感慨我就必須用力地刷下吉他的和弦，往下一個小節前進。

● 一切盡在不言中

Whisky a Go Go這個從1964年開始營業的Live House就座落在日落大道上，無數個知名的我買過他們唱片和錄音帶的搖滾樂團 The Doors、Frank Zappa、Gun and Rose、Motley Crue、The Police、Aerosmith……都在這邊表演過，這次我算是第二次來，2009第一次造訪壓根沒想到真的會來這裡表演，我們在預定的彩排時間之前就抵達，趁著陽光還算強烈林峻導演幫四分衛和脫拉庫拍了幾組照片，Whisky a Go Go招牌底下用白底黑字的英文寫著 TAIWAN FAMOUS ROCK BAND QUARTERBACK & TOLAKU，還有兩組一起表演的樂團 DAVID GILEN AND THE WILLING、FLIGHTS OVER PHOENIX的名字，再往下就是一堆大大小小的表演海報層層堆疊在一起，左右兩邊的牆面則是球鞋

Converse的廣告，大大的六幅，每一幅畫面都是不同款式顏色的球鞋舊舊髒髒的樣子，每一雙鞋其實背後都有幾段路和一些故事，我看著腳上穿的那雙黑白相間的Converse，黑色的部分已經不再是那麼的黑，白色的部分反而多了一些灰色的層次，它陪我去過了好多地方，陪我唱了好多首歌，就算有誰要拿新的來換，我也不願意。

拍了些照片趁著空檔我往日落大道的西邊走去，有點上坡的路段，在一個交叉路口的建築物上有小小兵電影的廣告，當時到處都是小小兵電影的廣告，公車站牌和巴士的上面都是。正在寫這篇的當下，小小兵電影第二集剛好於前天上映，一下子七年就這樣過去了，我沒有想要有什麼感慨，只是腦袋無法抵擋的加減乘除又出現了，2022-2015=7，沒事沒事啦就這樣記錄一下。緊接著往岔路的右邊再走上去可以遇見Sierra Towers，如果再一直往前走之後再左轉就可以到達麥可的家了，麥可是誰？有玩過GTA5的人都知道我在講誰啊！哈哈！

四分衛彩排結束之後，我走下來的時候國璽跟我說，剛剛聽你們在彩排的時候眼淚忽然莫名其妙地就流下來了，國璽也是性情中人，這些歌他也聽了無數次，我想也是覺得團團轉去了那麼多的地方，好不容易來到這個歷史悠久的場地，感觸特別深刻吧，我知道這些心情藏著很多不為人知的不容易，那麼多趟的旅程好多看似輕而易舉的人事物其實都是一堆不容易堆疊之後的產物，一切盡在不言中，一直到末日來臨之前只能竭盡所能地把能

量藉由歌曲釋放在每一個到訪的城市，所以表演當下從第一首歌〈一首搖滾上月球〉開始我在舞台上踩著心目中那些搖滾英雄踩過的地板內心也是相當激動，姑姑和表姐還有來自台灣的朋友也在台下和一堆外國朋友看著我，心裡想著之後再不到24個小時就要飛向天空返回台北，覺得時間永遠都不夠啊！

脫拉庫表演的時候國璽用英文跟台下的朋友說，接下來這首歌啊，你們買脫拉庫的專輯會聽到前半首，買四分衛的專輯會聽到後半首，所以兩個都買就可以聽到完整的一首，逗得大家哈哈大笑，國璽還找了現場兩位女生到台上唱歌，但是唱哪一首歌我又想不起來了。表演結束大夥認識的和初次見面的拍照或聊天，一位帥帥的老外說他是DAVID GILEN AND THE WILLING的那位女生吉他手的男朋友，他自我介紹地說他本身也是一位吉他手，我用很破的英文再加上比手畫腳跟他溝通，在對答的過程裡我發現他非常喜歡奧迪彈的Bass，其實啊有時候我就怕奧迪彈得太好我跟不上，但我不知道怎麼用英文跟他說，後來他說了一句我永遠忘不了的幾個字，他眼睛看著我，然後用右手指著奧迪的方向對我說「Don't lose him！」其實組過團的人都知道，要一群人一直一起走下去真的是不容易（哎呀這篇怎麼那麼多個不容易），我已經忘記那位老外的長相了，也沒有他的聯絡方式，他應該也不記得他曾經在Whisky a Go Go對我說過這句話。

四分衛後來關於貝斯手其中一個故事則是因為奧迪後來真的太忙碌了，製作人需要他，歌手們的演唱會也需要他，錄音室也

需要他，四分衛每次表演前的空檔他都對著iPad在抓歌，經常在旁邊看著也覺得真的很辛苦，蠟燭多頭燒終究不是長久之計，一切盡在不言中，雖然遺憾但似乎也是不錯的結果，能力強的人本來就是該有更多更大的舞台，在此也祝福奧迪在音樂路上能夠有更驚喜的突破。

　　我們全部的人和店家一起拍照留念，這次應該也是眾多旅程裡面這輩子唯一一次的見面吧？離開的時候門口一個身材魁梧的黑人保全跟我們握手說You Guys are Awesome！我想除了賣力表演以外，國璽和阿吉對答如流的英文在拉近我們與老外的距離上真是幫助好大，音樂絕對是共同的語言，但讓對方能夠理解的垃圾話更能拉近彼此的距離。舞台的旁邊寫著一串警告的英文 IF YOU STAGE DIVE,YOU GO HOME！舞台跳水其實很危險啊，但我們在很多地方都被機長慫恿這樣做過其實是很開心的，這次可能也是有這個警告標語，也可能是忘了，所以沒這樣做，明天就要回台北了，我用手機幫這警語拍照以提醒自己這個小小的遺憾。

8月 Vladivostok

● 必須透過影片才能知道的事

　　從桃園機場起飛到香港轉機飛往海參崴，因為我是個地圖控，所以經常在飛行途中打開前方椅背後的螢幕看飛行路線圖來打發時間，我看著螢幕的小飛機離香港越來越遠往台灣飛去，我心想我們剛剛就從桃園飛過來誒，沒錯這架飛機載著我們又經過了台灣本島上空一次，印象裡大概是從嘉義、彰化、台中、苗栗、新竹、桃園、台北，最後經過基隆一路飛向北方。我吃完了飛機餐看著機艙外空氣稀薄又漆黑一片覺得莫名其妙，必須多飛一趟距離才能到達目的地，也許就像日常很多事情就是要繞個圈子才能有所進展，想要直線想要一針見血可能會違反規定以及玻璃心碎滿地踩著滿腳都是血，人啊真TMD是個麻煩的生物，不過啊或許就是這樣麻煩才會有那麼多故事可以說。

　　一路舟車勞頓我們在早上六點到達鄰近海邊的一個叫做AZIMUT的飯店，等待check in的時間外頭的天空慢慢變亮，眼皮似乎有些沈重壓過了內心想要往外跑的心情，大夥約好彩排前在Lobby集合的時間就各自回房補眠了，我把行李整理了一下忽然電話響了起來，喜歡音樂唱片公司的老闆陳子鴻老師打給我詢問小小鼓手岳駿的聯繫方式，他想請岳駿擔任二姐小巨蛋演唱會的神祕嘉賓，我跟子鴻老師說我在海參崴啊，他也嚇了一跳，怎會

跑那麼人生地不熟的地方？簡單地報告了一下四分衛和脫拉庫參加V-ROX Festival的來龍去脈，之後再傳岳駿聯絡方式的訊息給他。我躺在床上閉上眼睛鼻子聞著北緯43度白色枕頭的味道，腦海浮現小小鼓手紀錄片裡岳駿打鼓的神情，當時我們戴著眼罩和岳駿演唱〈寶島曼波〉這首歌都沒有發覺，一直到楊力州導演邀請我們去戲院看紀錄片首映的時候，我才知道原來剛開始的幾小節岳駿的神情是那麼地緊張不知所措感覺眼淚都快要落下來了，後來隨著歌曲的進行他的神情才慢慢淡定，那些在台上必須透過影片才能知道的事給了我很大的衝擊。這部由國泰金控和奧美廣告策劃的紀錄片後來持續發酵讓岳駿多了很多的曝光機會，往後這幾年在很多表演場合也會和岳駿和他的阿公不期而遇，後來在電話裡頭也聽到他慢慢地變聲變成青少年了，逢年過節跨年也很關注四分衛的狀況，也常傳Line的語音訊息來報告近況；他上次說每天晚上要跳繩三百下，我說運動流汗很好啊但不用一次跳完可以休息個幾次保護膝蓋。

　　負責接待我們的是兩位年輕貌美的大學女生，黑頭髮的叫做Anna，金頭髮的叫做Polina，他們帶著我們沿著下午三點半的海邊經過V-ROX Festival的小舞台，舞台上四個年輕小夥子唱著我聽不懂的歌，再往街道上走去來到Chkalov Bar，這個小小的酒吧也是V-ROX其中一個表演場地，我們趕緊彩排趕緊去找飯吃，來到另外一家餐廳裡面也有V-ROX的舞台，原來整個城市都在音樂節的範圍之內，除了海邊的主舞台以外，還有很多場地散佈在各個

餐酒館裡面，我看了Menu的圖片點了一道有雞腿的套餐，人生第一次使用盧布覺得新鮮，幾張面值一千元的鈔票舊舊髒髒的可能經過了多少地方和多少人的手來到餐廳的桌上，此時此刻把他們攤在桌上拍照留念，他們其中的一張有可能被我帶回台北留作紀念夾在某本書的裡面，另外一張也有可能為我換來餐點然後躲進餐廳的收銀機裡面，一種天天在旅行的概念在腦海浮現沒完沒了。

　　晚上的表演非常隨性，我們在唱起來的時候有一男一女兩位老外在舞池當中跳交際舞，金髮碧眼的外國人是否有聽到三拍的歌就想要華爾滋的念頭？後來台上的人換了一輪連控外場的阿傑和內場的阿勇都上台彈琴了，真的是名符其實的Open Jam，店家也沒管我們就讓我們開心的彈奏著，在寫這篇文章的同時我google了Chkalov Bar和AZIMUT Hotel相關地理位置，地圖上標示著Chkalov Bar永久停業，那是曾經去過的地方，過了好多年看到這四個字頓時覺得有點感傷啊！

● 那些再也想不起來曾經說過的話

　　主舞台表演當天四分衛被安排在下午四點半左右登台，海邊的風比想像的大，當作休息區的帳篷都被吹翻了，王迫的棒球帽也被吹到海裡，隄防的高度太高又沒有階梯可以下去就眼睜睜地看著帽子載浮載沈越飄越遠，覺得有些惋惜還是得上台，看見難

得台下滿滿的都是老外先拍了張照片，但對他們來說我們才是老外吧！站在前排的女生有些笑笑地比了Yeah，有些拿著單眼對著我們，他們看著我對著他們拍照很多人都露出靦腆的微笑，站在後排的幾個男生雙手臂交叉在胸前；其中有一位個子高高的他的右手在左手上面和我相反，根據之前心理測驗的結果他有可能是個經常使用左腦的人，我是雙手臂交叉在胸前的時候左手臂在右手臂上面，雙手掌交握的時候左手拇指在右手拇指上面，Google說我這樣的狀態是好奇心旺盛的右右人，憑著一股腦兒的氣勢就能夠挑戰危險事物的魯莽傢伙，不願聽他人的話，會跳著聽談話的內容……。被「魯莽」兩個字刺穿了好多次，回想過往確實有很多不經思考的決定導致後來必須要承受的苦果，浪費了時間也消耗了人情世故，想起了之前看的《台灣有個好萊塢》舞台劇裡面有一句台詞「夢想是甘中帶苦，生活是苦中帶甘」反覆出現讓我想了好久，之前一些程序上的困難解決之後又舟車勞頓飛了這麼久的時間來到這裡真的有些辛苦吧？但站在陌生的城市裡對著初次見面的朋友唱著自己寫的幾首歌，縱使那樣的瞬間、那樣的場景、那樣的人們、那些再也想不起來曾經說過的話經常一輩子只有一次吧，這些經歷讓我覺得其實就是幸福啊！在唱到最後一首〈大風歌〉結尾的時候，我用力叫喊著「Ladies and Gentlemen！We are Quarterback Band come from Taiwan！」風吹過我的吶喊，不管你明不明白，風吹過我的吶喊，在空中用力地擴散！腦海裡忽然浮現那頂獨自在海洋飄流的帽子，搞不好它會順

著洋流一路漂向北韓。

　　晚上的壓軸是愛的魔幻（LOVE PSYCHEDELICO），有好長好長的一陣子我都聽著他們封面是生日蛋糕的第三張專輯，〈Everybody Needs Somebody〉、〈My Last Fight〉、〈裸の王樣〉……熟悉的旋律從主唱KUMI的嘴裡傳了出來，率性毫不做作又正確的發音方式就像唱片裡聽起來那樣的舒服。她小時候住過舊金山所以英文相當好，反倒是日文沒那麼流利，吉他手NAOKI的彈奏加了點Over Drive粗粗的小破質感，好聽的Tone來自他雙手的觸感，只是每唱一首歌就換一把吉他，我忍不住為他們隨行的技師在心裡說了聲辛苦了，其他編制外的團員我不認得，不過我一眼就認出鼓手是高橋幸宏，他可是大名鼎鼎80年代電子名團YMO的其中一位成員，另外兩位是坂本龍一和細野晴臣，有時候我會在YT看著他們各自的作品和與其他歌手樂手合作發展的Project覺得很棒很有趣。

　　當天愛的魔幻的最後一首歌叫做〈Freedom〉，想起了Wham也有一首歌也叫做Freedom，張震嶽的那首〈自由〉更是每個人都會唱，關於自由我想起前幾天和律師朋友討論了一份合約關於幾年幾張專輯還有錄音費用之類的，合約內容的文字比小說還多，很簡單的一句話非得咬文嚼字到了極點，其實全世界的合約都是這樣的，其中有一條是關於在期間內不能任意使用自己名字的條款，在沒有明確的保障之前，我幹嘛簽一個不能用自己名字的合約啊？之前因為過於魯莽導致綁手綁腳的後果，白紙黑字當

前卻被鬼遮眼導致後來做起事來多方難以協調很不自在，原來那幾張A4大小的空間到處都是鬼藏在冠冕堂皇的文字或是語言裡面，即使每個人要編造什麼都是他的自由，現在回想起來還是覺得阿雜，那些昧著良心的話怎麼說得出口？瞬間想起了幾張臉，在合作的過程裡面有感謝，當然也有那些說的和後來做的很不一樣累積而成說不出口的抱怨，於是消耗了自由的時間，撕裂了當初天真的信任與以為，後來無論是誰我打從內心並沒有希望誰誰誰過得不好，但那幾張臉孔應該都是在我的電影裡面扮演那些後來再也不想遇見的人。

　　一行人在當天表演結束之後揹著樂器往飯店走，不知為何明明沒有下雨地面卻濕答答的？時間還沒有很晚於是東西一放就再往外跑，沿著下坡馬路經過住宅區，右手邊有一間餐酒館座落在十字路口，因為是晚上所以店內的燈光和用餐的人們從外頭看起來相當清楚，有一桌是一群年輕的女生，在他們之間有一個像是神燈的器具，金色的金屬有一根導管任由他們吞雲吐霧。我是第一次現場看人們吸水煙的樣子覺得很新鮮，我想這大概是他們年輕族群之間最近流行的一個聚會裡的活動吧！不一會兒我看見了餐酒館的店名Tbillssimo，我不認識這個單字用Google查了一下似乎是義大利文，翻譯成中文也只能顯示「第比利斯莫」。再往下走經過一間郵局就是海參崴車站了，晚上的車站似乎已經關閉了附近都沒什麼人，從天橋往下望可以看到警衛室和鐵軌以及蒸氣火車頭展示的地方，退役的蒸氣火車頭座落在明天準備要行駛的

車廂旁邊，我看著車廂上讀不出口的單字耳朵聽見虎神說他有一天要從海參崴搭火車一個禮拜然後在莫斯科下車，我想他去過很多次歐洲應該很能駕輕就熟。

● 好的事情比不好的事情多很多很多

海參崴的時間比台北快兩個小時，當地時間的早上五點半我就迫不及待地往外跑，沒有太陽空氣清新馬路上人車稀少，白天的視野良好可以看清楚這城市的樣貌，遠東蘇維埃戰士紀念碑的廣場上有好多鴿子，這是一個為了紀念1917年的二月革命與十月革命而於1961年完工的雕像，革命或許在所難免但可就是要流血拚命的，真的打從內心裡就覺得這個星球往後不要再有任何關於戰爭的紀念碑或雕像了。接著再往前跑沿路的店家都還沒有開張，這時候跑步不錯但遇到有意思的店舖或是建築物就不得其門而入了，遠遠地往著金角灣大橋的方向馬路的右側樹林的後面有一個紅旗艦隊紀念廣場，廣場中間有一艘用來當作博物館的C-56潛水艇，潛水艇兩旁有黑色大理石崁在牆面的水兵雕像，中間的石板寫了一堆看不懂的文字，只看得懂應該是建造的日期「1965.3.7」，在我還沒出生的時候他們就在這裡了，經過了五十年我才在海參崴遇見他們，五十年對於地球的歷史不過是短短的一下子。忽然想起〈眨眼一瞬間〉這首歌裡的第一句，「天文學家說地球有漫長的歷史，不過是宇宙眨眼一瞬間」，但當時這

首歌還沒在我腦海裡浮現出來，我好奇潛水艇的內部但不得其門而入於是繼續往前跑去。

好不容易金角灣大橋已經近在眼前，近近地看非常巨大，根據維基百科的解釋早在1959年，當時蘇聯的最高領導人赫魯雪夫就有想法把海參崴打造成舊金山一樣的城市，1969年金角灣大橋被列入城市發展規劃，但一直沒有動工。一直到2008年7月25日才開始修建，2012年8月11日正式啟用，8月13日通車，結束了金角灣南北兩岸沒有直接交通連接的歷史。

之前就想說要走上橋去跑往橋的南岸，但Anna跟我說幾年前因為有人從橋上一躍而下於是政府下令禁止行人通行，哎呀想不開的人到處都有。我幫大橋拍了幾張相片，再往下跑遇見了一個有海盜船造型遊樂設施的公園，整個公園空蕩蕩的只有我一個人，唯獨鄰近海邊的欄杆相當熱鬧，欄杆上面綁著各式各樣五顏六色的鎖，鎖上面有日期和兩個人的名字，有些煥然一新有些已經生鏽斑駁，我想這些鎖都是定情之物，每一個鎖都代表了當時濃情蜜意的兩個人，兩個人要長久走下去真的不是那麼容易啊，中間會遇到很多當初想像不到的難題，除了開心快樂以外還有很多需要解決或是解決不了的問題，這些過程就變成了故事，我看著欄杆上許多經過多少風吹日曬雨淋的鎖，內心希望他們彼此相愛的主人在故事裡面好的事情比不好的事情多很多很多！

走到盡頭一個類似有許多倉庫的地方，倉庫的外觀都是磚瓦拼湊而成顏色很漂亮但同樣地不得其門而入，忽然有一隻狗從轉

角跑出來對我吠了幾聲，汪星人的叫聲無論在哪個城市聽起來都一樣，我幫他拍了張照就折返往馬路的方向跑去，跑著跑著看見馬路的對面有一群人，看著他們後方的招牌我猜想他們應該是混了一整晚的夜店到早上，其中有一對男女激烈的爭吵，我聽著我聽不懂的語言用很激烈的方式傳入耳朵裡面繼續往飯店方向跑去。

● 問號逗號頓號綿延不斷

　　音樂祭的第二天脫拉庫也在傍晚時分上台，吉他手老佑因為工作抽不了身所以由虎神代打，國璽戴著墨鏡穿著印有FBI的黑

色T恤繼續用英文幹話連發，在演唱到〈衰尾道人〉這首歌國璽激烈彈著Gibson，忽然虎神把他的Jazz Master吉他從國璽胯下鑽了出來，這個畫面讓我想起國中時期的余光音樂雜誌裡介紹國外重金屬樂團的時候也有出現類似的照片，八〇年代的架勢管他是否不合時宜，在舞台上腎上腺素就會上升，聽到什麼看到什麼就會不自覺得讓身體跟著之前的記憶來反射接下來的動作，我們就是一群很老派並且憑著直覺的笨蛋啊！就是因為都是笨蛋才能一鼓作氣往同一個方向前進，走得還真的慢了一些，犯下的錯也不少，要感謝的人很多，得罪的人也不少，那天聽到88顆芭樂籽的一首歌〈恭喜你又活下來了一天〉一開始是這樣唱著「……到底在堅持什麼？前輩都退休了，同輩都賺大錢了，晚輩都比你紅了，搖滾樂到底有多重要？需要這樣子裝模作樣？到底是要對抗什麼？為什麼看什麼都不順眼？……」沒有堅持啊，應該就是很喜歡吧，曾經是晚輩後來變成前輩還是一直被超越，期間問號逗號頓號綿延不斷，那麼驚嘆號盡量還是少一點吧，既然那麼喜歡就這樣一直唱下去吧，珍惜每一次演出的機會，不管站在台下的是陌生的或熟悉的誰，都當作此生最後一次見面要賣力唱喜歡的歌吧！

　　晚上在飯店附近發現一間韓國烤肉，店內有一位好漂亮的女服務生Sofi，她把啤酒和餐盤拿上桌的時候，大家手機就按個不停，她怎麼可能沒注意到，從剛開始有點害羞到後來大方地和我們合照，她應該也很開心，看了她IG的照片感覺她還是個工讀

生，平常有接一些模特兒外拍的工作，因為地緣的關係所以有可
能是旅遊也有可能是工作也會前往大陸東北。隔壁一桌客人聽我
們是從台灣來的，其中一位老哥藉著酒意來與我們攀談，他自我
介紹說是從黑龍江過來旅遊的，在大陸的東北三省經常有這樣的
旅行團來海參崴做交流，我憑著記憶裡BUSAN GRILL CAFE這個
店名在Valdivostok地圖上尋找，同一個地點已經不是原來的店名
而是變成平壤館三個紅字，再點選照片看看餐廳感覺已經翻新不
是印象裡的樣子了，店名從釜山變成平壤這期間應該有了些故
事，我依舊好奇但永遠不得而知。

● 別把任性當作自由

　　回台北當天早上和脫拉庫國璽、小凡以及角頭老闆張四十三
先生再走出去晃晃，其實路線就跟昨天早上跑步一模一樣，雖然
時間晚很多但依舊是早上，在潛水艇遇見一群遠足的小朋友，我
不過跟他們打了一聲招呼，他們每個人都興高采烈的露出被太陽
曬得發亮的微笑，那麼多張臉那麼多種表情真是可愛，那樣的臉
孔也只有小朋友才會擁有，我想我曾經也有過那樣的時期吧？曾
經牢牢記住的和自然而然可以顯露的不知為何變成大人以後就消
失得無影無蹤，就像永遠不肯浮出水面的潛水艇很倔強地一直待
在深海裡執行結束不了的任務。

　　不過眼前有一艘貨真價實現在化身博物館並且絕對不會再潛

入海裡的C-56潛水艇，買了票進入內部參觀才發現外觀看起來好大的潛水艇其實內部空間比想像小很多，我想像當時服役的水兵和軍官每天面對著一堆轉盤管線和類似碼錶的器具該怎麼打發時間？通道與通道之間要經過一個圓孔經常要彎腰低著頭走路，想像一下二次世界大戰C-56執行任務的氛圍和性命交關的時刻，那樣的日子比想像難熬啊，忽然有一種我們在內部參觀是用當時很多消逝的生命換來的結果，那樣的心情不好受，真的向老天爺祈禱這世界不要再有戰爭了，不過寫的當下俄羅斯與烏克蘭交戰已將近半年離結束似乎還有一段距離，黑格爾說的「人類在歷史中學到的教訓，就是人類不會從歷史中學到教訓」，人類啊人類別把任性當作自由。

　　Anna和Polina和我們一起在Lobby合照，也遇到了愛的魔幻並一起拍照留念，坐著遊覽車前往機場的時候我照例坐在巴士最前面的位置想要在起飛之前再多看看海參崴的街景，不知為何要離開海參崴的那天天氣超好太陽超大，多麼美好的一天，大太陽曬傷我的臉，為何要在我離開的時候你才出現？從海參崴機場起飛，飛行路線還是經過了基隆、台北、桃園、新竹、苗栗、台中、彰化、嘉義……再降落在香港，然後再從香港轉機回桃園，什麼時候可以直飛啊？

12月 香港PMQ

● 每一盞燈底下都有人

　　我的檔案庫裡面不知道為什麼就是少了2015年12月去香港PMQ團團轉的相片，所以現在回想起來都是片段，我正在努力地用時光機把這些片段收集起來並搭配Google地圖把快要魂飛魄散的故事裝訂成冊。

　　起飛當天是聖誕夜也是我的生日，大概是因為聖誕佳節來自中國大陸的遊客很多，所以我們住在香港田灣某個搭電梯要大排長龍的飯店，抵達的第一天沒什麼事傍晚我獨自一人來到維多利亞港看夜景，不管多美的桌布都比不上親臨現場，對岸城市的燈光照映在海平面上十分美麗，記憶裡這是第五次來到海港看夜景，但沒想到人潮吵雜再加上施工的地方太多，香港朋友留言跟我抱怨說這海港因為填海工程變得像一條河。就在我靠在欄杆覺得可惜的當下，人來人往我看見虎神從右邊走過來，沒想到居然在這邊遇到，我只記得他說他剛剛去重慶大廈晃了一圈，我想起了《重慶森林》這部電影，想起了陰暗大樓間隙裡快速移動的烏雲，想起了短頭髮的王菲，但我不記得當時我們聊了什麼。

　　回到田灣附近的海濱公園，入夜時分就像台北隨處可見的景象一樣，大人帶著小朋友在遊樂區玩耍，小朋友在溜滑梯上的叫聲就是活力的象徵，我看著海灣對面的鴨脷洲上豎立的高聳住

宅大樓在夜空中發出點點的燈光，我想每一樓層每一戶裡都有棵聖誕樹而每一盞燈底下都有人，他們的床頭都掛著不同顏色的襪子，等待隔天一早醒來聖誕老公公帶給他們的驚喜，耳機裡傳來了細野晴臣的專輯《HoSoNoVa》裡的一首歌〈Smile〉，歌詞開頭的前四句大致上是這樣唱的，「微笑吧，雖然你的心好痛，微笑吧，即使有些事物正在破碎，當天空有雲飄過，你一定能夠過得去」。我抬頭尋找雲的蹤跡但黑壓壓的一片什麼都看不到，也許有星星吧？也許有飛碟吧？也許有很多碎片在漂浮吧？那些碎片都是遺憾化身而成的，他們會努力飄向好遠好遠你永遠不知道的地方，天空底下有一位正在測量距離的人，他心想田灣距離台北大約八百多公里，並不算太遠但還是得越過一片海，總是在飛越海洋的時候會想起該記得的還是會記得，該忘記的總是會在不知不覺裡，有點感傷的是連忘記都忘了，在空中標記了第46個聖誕夜，拿起手機拍照對著螢幕說聲聖誕快樂和生日快樂。

　　隔天一大早我就跑過魚市場，跑過大橋跑往鴨脷洲，經過體育館來到一個公園，昨天晚上沒有特別注意，白天一到香港仔灣上的大大小小的船比想像的多好多，香港仔灣經過兩百年從漁村演變成現在的觀光碼頭，不論新舊顏色款式功能各式各樣的船就停在水面上，看到了一堆船不知為何腦海裡就浮現年輕的時候第一次去日本旅遊從北九州市坐輪船穿越瀨戶內海度過一夜到大阪的那一天，踏上輪船來到甲板我就看到穿著外套帶著毛帽的兩個人拿著吉他對著港口唱歌的背影，好可惜當時只有底片相機，我

又不好意思對著人家拍照，但這畫面深深地烙印在我的腦袋。不知為何在晴空萬里的香港仔灣我會想到過往的其中一個片段，好想要有一把吉他陪我唱歌，我想每艘船都有好幾段風平浪靜和驚濤駭浪的旅程，他們現在懶洋洋地的樣子真是愜意。

● 別放手

　　位於中環的PMQ是殖民地時代所蓋的歷史建築改建而成，初次造訪就有來到華山藝文特區的氛圍，但和華山很不同的是PMQ兩邊的大樓都蠻高的，印象裡有七八層吧？彩排結束之後我們各自在不同的樓層亂晃，我和國璽不期而遇就靠在欄杆看看底下過往的市集和人潮，忽然國璽和底下某一位穿著粉綠色襯衫的短髮女生用嘻嘻哈哈很誇張的方式打招呼，我問他說香港的朋友喔？他說不認識啊對到眼就say哈囉啊！哇原來還有這招喔？我依樣畫葫蘆但沒人和我say嗨，我想在短時間就要和陌生人呈現自然的笑容是需要練習的，原來不是臉臭是疏於練習啊。就在覺得沮喪的當下忽然有一顆淺藍色氣球從中庭慢慢飛了起來，我抬頭看著他越飛越高再順著上升路線低頭往下望，一個小男孩右手指著天空張著嘴巴不知道在說些什麼，他嘴巴裡幾個他還不認得的字一個一個地抵抗著引力頑強地飄向了天空，我瞬間看著那幾個字在腦袋裡排列組合造句，別放手，有些東西失去了，就再也回不來了，後來我看著小男孩被媽媽牽著手離去的背影，他還

時不時依依不捨地往後望，我預測之後在他長大的過程裡應該還會有幾顆飛走的氣球吧。

　　通常在表演的時候會在音響器材上放綠色包裝椰子奶油口味的乖乖，希望器材乖乖不要出狀況然後表演之前避免吃蝦和包子以策安全，當天我們在表演前Mixer就莫名其妙地燒掉了，查不出任何原因只能歸咎於有人好心買了麵包到後來給我們吃，有些事情還是不能不信邪啊。但當天表演還是順利圓滿啦，〈我愛夏天〉的時候我和國璽還表演了雙人體衝浪，兩個人在大家的幫忙用仰式環繞了一圈，有時候我會怕癢但當天還好，想念那天把我們舉起來的每張臉和每雙手，謝謝你們沒有放手，因為有些東西失去了，就再也回不來了。

　　返回台北那天坐計程車前往機場，來到停車場之後推著推車往前走，越走越不對勁，越走越不像機場反而像貨運站，周圍穿著工作服的人納悶地看著我們，保全疑惑地說你們不能來這裡啊，要我們前往一個電梯，途中遇到一位講廣東話的阿姨跟著她進電梯再出電梯再打開一扇門，熟悉的機場大廳就出現了，感覺鬆了一口氣，感覺像是在山裡迷了路找不到村落卻遇到了另一個城鎮的安心感，到底當時我們下車的地方是哪裡啊？

2016.01　哈爾濱 長春 瀋陽

車窗外城鎮與城鎮之間都是一望無際的冰天雪地，
偶爾有小河、矮屋、墓碑、黑馬、車輛反光此起彼落。

● 人中在發亮

　　我們從哈爾濱機場出關，牛仔褲結冰的我和大家一起擠進了小巴，一位應該是主辦單位來接待我們的小哥說我們真是幸運，現在一月底外頭才零下二十度不冷不冷，我們來得正是時候，車廂內塞滿了哇靠和問號陪著我們一路往酒店前進，下車的時候我還踩到路面的結冰差點滑倒。在Lobby迎接我們的是一隻白色叫做熊熊的薩摩耶，他的毛很蓬鬆看起來一直在笑，大家圍著他又親又抱，當時在哈爾濱工作的高中同學也來跟我們會合，曾經在學校偷抽煙被教官逮到而在穿堂罰站的我們怎麼想像得到後來會在又冷又遙遠的北方開了一場同學會。

　　隔天負責帶隊的美卡帶我們往中央大街前進，我發熱衣發熱褲毛帽毛襪手套口罩全副武裝，厚底馬丁的鞋子裡面還墊了暖暖包，熱鬧的大街上有好多冰雕被太陽照射得閃閃發亮，第一次看到陽光如此強烈到會曬傷而冰卻不會融化的景象，再加上之前進出室內室外頻繁地穿脫衣物，雖然才剛到哈爾濱還沒超過二十四個小時，心裡忽然有一種在北方的冬天裡生活真的不容易啊的感想，緊接著來到結冰的松花江，那種不容易的感覺又上升到了極點。

　　結冰的松花江上面到處是遊玩的人潮，有的溜冰有的騎腳踏車有的坐在裝扮過的輪胎上被吉普車拉著滑行，大朋友小朋友顏色鮮豔的厚外套像是白色調色盤上會動的顏料，我陶醉在此起彼

落的歡樂景象，不一會兒腳底板卻傳來又冰又刺痛的感覺，那種冷真的難以忍受，但難得來到之前只有在地理課本才看過的松花江，我一邊忍耐一邊把腳左右抬高四處張望，一邊又脫下手套匆忙拍照再戴上手套，在既興奮又寒冷的心情下也開啟了人生第一次的直播，環顧著江面冰天雪地一望無際，我好奇走到對面要花多久時間？

右手一支烤紅腸左手一支冰棒，就這樣在中央大街閒逛，櫥窗裡的史迪奇和我的倒影、招牌上寫著台灣蚵仔煎、小時候的酸甜回憶、冰糖葫蘆、向一切沒胃口叫板，一路上所有擦肩而過的路人、雪人、擁有時代感的建築物和雕像，我把所有遇到的景象都收進手機相簿裡，心血來潮來個自拍把口罩拉下，回放畫面發現人中在發亮，那是我的鼻水沐浴在陽光底下。

當晚的表演國璽唱到〈睡著了〉這首歌的時候人來瘋打著赤膊揹著吉他跑到PUB外面，無線接收器的效果很好，他在外面彈什麼裡面的音箱都一清二楚，外頭零下二十幾度，地面都是積雪還有一群跟著他跑去外面拿著手機記錄機長不畏嚴寒意氣風發的樣子的朋友們，我隔著窗子看見他們的臉有的驚訝有的在笑，我聽不見國璽對著他們說些什麼，只是看到他的的頭頂和肩膀在冒煙，好像在施法術一樣。

表演結束之後大夥一起去吃吃喝喝，有趣的是生啤並不是冷藏在冰箱裡，而是店員從餐廳門口的地上直接拿給我們，小小疑惑一下腦袋才轉了過來，一月的東北室外氣溫可是比冰箱還冷

啊！餐桌上一個藍色煙灰缸上寫著「抽菸不代表就是壞人，但酒後開車絕對不是好人」，這句話讓我想起剛退伍時在一家製片公司菸酒檳榔不離身的導演，有次聚餐結束之後他喝了酒硬要載我回永和住處，他說順路順路啦沒關係，我想當時的他應該就是當時我在哈爾濱的年紀。同事了差不多半年，之後也沒有聯繫，好多年之後在朋友的FB看見他離開的消息，心裡還是有些難過，腦海裡的畫面是銀色雙門喜美在三更半夜的福和路上揚長而去，跑車越跑越快越來越遠，那是我記憶裡22歲時的一個畫面。不一會兒有位剛看完表演的朋友打斷了我的思緒，他說我看起來很像周星馳想一起合照，我好高興也說謝謝，在他按下快門之前我趕緊用右手把人中抹了一下，還好～是乾的。

● 螞蟻螞蟻

隨行攝影師導演林峻睡眼惺忪的從酒店門口步履蹣跚地走過來，揹著相機眼睛瞇成一直線很好笑，我在巴士裡幫他把舟車勞頓心不甘情不願的樣子拍下來，當時沒想到的是後來他還幫四分衛拍了好多支MV。我們搭乘早上10點29分的動車從哈爾濱西站南下往長春，大包小包的提早到月台等車來真是地獄，我的靜電手套保暖程度有限，站在月台上寒風吹來雙手凍到發痛，左手打右手，右手打左手，摩拳擦掌原地踏步，無論我多麼努力那樣的疼痛感就是無法散去，月台上的每分每秒都是煎熬。哈爾濱往長

春的動車上，車窗外城鎮與城鎮之間都是一望無際的冰天雪地，偶爾有小河、矮屋、墓碑、黑馬、車輛反光此起彼落，車內十分安靜令我意外，比起上次北京往鄭州有人在車廂內打橋牌大聲喧嘩抱怨沒有排骨飯，有人看《海綿寶寶》音量開好大聲真的文靜許多。

　　連鎖酒店外玻璃門內外貼著貼紙，提醒入住的人推或是拉，只是中文字底下的英文沒有校對好，推的底下是PUST，拉的底下是PUII，我估狗了這兩個單字，PUST是膿包，PUII可能是人名，因為錯誤的用法而意外地多學了兩個單字。

　　螞蟻螞蟻音樂酒吧應該喜歡張楚吧？因為張楚的專輯《孤獨的人是可恥的》裡面有一首歌就叫做〈螞蟻螞蟻〉，當時魔岩唱片引進中國火系列，我還去公館的宇宙城買了唐朝、何勇、張楚、竇唯他們的CD，〈螞蟻螞蟻〉這首歌的副歌是這樣唱的，

螞蟻　　螞蟻　　螞蟻　　螞蟻　　蝗蟲的大腿，螞蟻　　螞蟻　　螞蟻　　螞蟻　　蜻蜓的眼睛

螞蟻　　螞蟻　　螞蟻　　螞蟻　　蝴蝶的翅膀，螞蟻　　螞蟻　　螞蟻　　螞蟻　　螞蟻沒問題

　　小時候一直到青少年時期，老師問有問題的舉手，同學們有些人舉手發問，有些同學就像我一樣，就算有問題連手也不敢舉，當時真希望或許就像這首歌的螞蟻一樣沒有問題，後來才發

覺沒有問題其實本身就是一種問題。酒吧裡有一台報廢的紅色電視，小小台的螢幕上不知道黯淡了多久，上面用金色的顏料寫著繁體字「時光是記憶的橡皮」。

當晚的表演記得不知為何下午五點就開演了，還有國璽因為前一天的人來瘋而感冒了，還有老佑從別的城市趕來會合，也和東北的朋友多學了兩句話：安哪（認同），我稀罕你（我喜歡你）。回程往酒店的路上看見路面小小的結冰一點一點地散落在路燈照射下，透著發出微微的光，後來到了瀋陽也發現同樣的景象，恍然大悟才發現那可能是果汁、啤酒或水，也可能是痰，他們在人行道上凝固了一整個冬天，一直到春暖花開才會消失不見。

● 煙的形狀

早上10點9分發車，動車從長春西站開往瀋陽北站，我照例先搶靠窗位置，國璽坐在我的右手邊，他說剛剛整理皮夾時發現一張一元紙鈔上面寫了幾行字，應該是在哈爾濱買烤紅腸時老闆娘找的錢，紙鈔的年份顯示1999年，我看著字跡和語氣感覺像是男生寫給女生的。

寶貝

你真逗

心裡從沒有我

還在說愛我

我們在一起的時光

我把我的所有都給了你

請珍惜

我已決定愛你

那我不會輕易放棄

明明說好不哭

卻為什麼還是流淚

維基百科顯示第五套人民幣的一元券發行於2004年7月30日。正面圖景為毛澤東頭像，背面為杭州西湖三潭印月圖。鈔票正面採用凹印技術，背面為膠印，鈔紙帶有蘭花固定水印，年號為1999年。

在為這本書逐文校字的時候，我看到這篇當時一元紙鈔上的文字忽然想著啊乾脆用這些素材加上自己的想像來寫一首歌吧！歌名就叫做〈寶貝你真逗〉好了，不知道寫字在鈔票上的那個人和當時他心裡的寶貝現在過著什麼樣的生活？

寶貝你心裡從來沒有我

寶貝你幹嘛還在說愛我

我們在一起的時光

我把所有都給了你

我已決定愛你

那我不會輕易地放棄

我的恨比天還高

我的恨比眼前的海洋還要深

我恨我自己沒有半點本事讓你愛上我

我恨我自己一直糾結在過去

你要的我給不起

你要的只是一個工具

我只能寫一首歌來逗你

來逗你

也逗我自己

　　動車窗外的天空一片雲也沒有，是由深而淺的淡藍色漸層，我想著文字的主人和訴說的對象不知在哪裡生活著，他們是否還有聯絡還是已經忘了當時深切的感受？好多問號和我一起以時速300公里快速前進，遠遠地工業區大大的煙囪冒出了白煙隨著空氣流動變換形狀，車廂內哪兒也去不了的我，無聊又參雜著一點感傷和興奮的心情再加上一些不受青睞，我拿出紙和筆寫下了一些歌詞。

看你千萬遍也毫不厭倦

你變成鳥兒在半空中飛

想要說的話沒有比你美

我和它靜靜地看你表演

抓不住的啊留在原地惆悵

隨風飄散的是煙的形狀

抓不住的啊到了某個地方

剩下寂寞陪伴變成代價

我喜歡望著你不很完美

你離我好遠快消失不見

想要記住的藏在夢裡面

我和它默默地寫下和弦

　　當晚表演結束之後，二手玫瑰的朋友熱烈地招待我們，拿出了一張長長的布旗，上面紅底黃字寫著，歡迎老牌搖滾樂隊「脫拉庫」「四分衛」瀋陽捐精！酒喝到一半，不知哪裡來的木吉他，喝醉的人開始瞎起鬨，虎神彈著吉他讓我唱了一首〈墓仔埔也敢去〉。

　　當時瀋陽住宿的地方是一人一間，每一間的主題都很不一樣，地板還有暖氣，我把內部裝潢和窗外都照了個一遍。還有要去機場之前我獨自一人大清早在萬達廣場跑步想要看看白天這個城市的樣子，天氣好冷但我就是硬著頭皮穿著馬丁和牛仔褲全副武裝地往外跑，跑著跑著遇到一間永和豆漿，看見老祐在裡面吃燒餅油條，不知為何那次東北的照片好少，雖然在台上的記憶依舊模糊，但明明印象裡還有好多畫面，檔案裡面卻沒有出現，應該是被我取了一個永遠也記不起來的檔案名，然後散落在硬碟裡的某個角落吧。

2017. 10   東京

地面有些潮濕，霓虹燈有雨滴滑落，想必這雨來得又急走得也快，
那是一場我們沒有淋到的雨讓沒有帶上雨傘的我們鬆了一口氣。

● 電台與螃蟹

　　下午抵達池袋太陽城王子飯店，趁天還亮著就往外衝了，在東京的每分每秒都很寶貴啊！想說坐著綠色山手線到新宿轉黃色總武線去中野逛逛玩具城好了，二手玩具就是這樣越舊的越貴，想要的太多並且預算總是不夠，按捺著購買的衝動，最好的做法就是把小時候看過的漫畫或卡通裡的人物都放進腦海裡，他們在很久以前都透過紙本和錄影帶陪過自己一段時光，忽然青春期的造訪生理心理起了變化，於是被其他事物吸引而暫時把他們給忽略了好一陣子，不知道再過了多久以後才知道無論是誰都有無可挽回的往日時光，曾經讀過的故事，看過的卡通再度在生活裡跑了出來，鐵人28、魔鬼筋肉人、銀河鐵道999的金髮梅德爾、太空魔龍、蓋特機器人、魯邦三世的峰不二子……他們被立體化放大之後當然是帶不走的啦，只好一一為其拍照留念，接著找了家元祖壽司飽餐一頓。

　　吃不了幾盤就接到虎神的訊息說要去涉谷和Deep Blue時期的唱片公司老闆李先生會合，我再度搭上電車前往哈奇公口，從第一次到日本造訪我就來到忠犬哈奇公這兒好多次，有時候自己一個人，有時候兩個人，有時候一群人，今天倒是第一次和朋友約在這。我喜歡涉谷街頭的夜景，據說站前的全向十字路口一天有五十萬人經過，我把自己埋入人群裡享受不斷地擦肩而過和吵雜的聲音，抬頭看見兩點鐘方向星巴克上的大樓顯示出SHIBUYA

HAPPY BIRTHDAY PROJECT的字樣和一個生日蛋糕，心裡正在思考關於涉谷生日的這回事，蠟燭才剛點燃，李先生拍拍我的肩膀把我和虎神帶往道玄坂某處居酒屋。

　　李先生不過大我三歲，當時四分衛發行Deep Blue的時候他也不過35歲，李先生很喜歡我們所以花了蠻多的預算要做Deep Blue這張專輯，當時的電台宣傳開玩笑地說他在各個電台就像螃蟹一樣可以橫著走，電台與螃蟹？我想了半天才搞懂。不過對於唱片的封套我還是有些介意，當時的人事變動有些倉促所以臨時找來的企劃並不是原本就做唱片的，所以忘了是誰找了一位設計手機面板的女生來做設計，當時圓標的樣式是用Macy Gray1999年的《On How Life Is》的銀色線圈質感圓標來做參考，我想像著銀色的圈圈搭配Deep Blue字樣和四分衛logo在唱盤上轉啊轉的，但打樣出來的時候我的心情盪到了谷底，我有些氣急敗壞再加上時間緊迫，企劃哭了宣傳哭了記得有三個女生急得都哭了，現在想起來覺得真是對不起，我應該從頭就主動參與發表意見，但想說歌都自己寫了於是想把設計的空間釋放給參與的人，這樣的想法其實讓我在後來的工作裡吃了不少悶虧，但如何在自己與合作的對象之間拉扯一直到現在我還是會煩惱著，哎呀從頭到尾我就是一個那麼不夠主動與不夠成熟的人啊。

　　酒足飯飽之後我們搭乘計程車前往六本木一間1981年開業的Rock Bar BAUHAUS，這間Live House都是演奏七八零年代的經典搖滾歌曲，台下一些客人偶而也會上台演奏，某位穿著西裝看起

來在電車月台隨處可見的老頭子忽然跑上台跟吉他手借了吉他，他跟鼓手使了個眼色就彈起了Jimi Hendrix名曲〈Purple Haze〉的前奏，吉他一刷全場歡聲雷動，雖然已經有了心理準備但還是看傻了眼，一團紫霧瀰漫在我腦海之中揮之不去。其實台上的樂手都是這個Bar的服務生，下了台之後端盤子刷馬桶都是例行公事，剛剛還在台上演奏〈Highway to Hell〉的貝斯手忽然下來幫我們點餐覺得十分有趣。就在我嘴巴裡啃著薯條的時候忽然一個留著長捲髮的高個兒男子從入口快步走上台，他穿著大衣戴著墨鏡隨手拿起吉他和樂隊一起演奏了Bon Jovi的〈Livin' on a Prayer〉，大家好像都認識他歡呼聲又更大聲了一點，我覺得他好面熟但就是想不起來，就在他Solo的時候我靈光乍現想起了1997年末紅白歌合戰他們現場演出那首我很喜歡的一首歌〈パワーソング〉（Power Song）的電視畫面，總算想起來他是目前停止活動的日本樂團シャ Q的吉他手Hatake，然後這首歌演奏完畢之後他下台和樂手以及貌似老闆的白髮老頭子打了招呼之後就走出去了，名副其實的快閃，揮揮衣袖大衣長襬捲起了些許氣流尚未散去就這樣走出去了，留下滿臉莫名其妙的我。

　　當晚我也跑去舞池聽著不是舞曲但熟悉的歌曲和一群素昧平生的人搖頭晃腦跟著台上的人唱歌，不知道為什麼當他們在唱Highway Star的時候我眼淚就流了下來，我感覺並沒有想哭但眼淚卻止不住，為何？為何？為何？心裡面問號一拖拉庫覺得莫名其妙於是趕緊用盡各種方法稀釋激動的感覺，我知道這是一首

剛開始玩團Cover的一首歌，也知道自己已經好久沒聽到這首歌
了，只是沒想到當時1993在永和秀朗路底頂樓加蓋的練團室唱這
首歌的我和當下2017身處六本木Rock Bar BAUHAUS的我，居然
是用這首歌與眼淚連結在一起。

● 我們沒有淋到的雨

　　戴著粗框眼鏡長得好像淺野一二〇漫畫《SOLANIN》裡的
新宿MARZ Live House員工拉著布幕對著我們小聲說「じゅう、
きゅう、はち、なな、ろく、ご、よん、さん、に、いち」，並
且一個數字一個手勢幫我們倒數從後台走上舞台的時間，日本人
真的很仔細分秒不差地讓我們在晚上七點準時上場，第一首是
〈跟他拚了吧！〉，我背著國璽的Gibson感覺比Fender重多了，
這是團團轉第一次登陸東京，台下有很多台灣來的朋友也有在日
本工作的朋友，還有之前唱片公司的老闆，他們全家定居在東
京，住處的窗戶外可以看到東京鐵塔，讓我好生羨慕！在唱到
〈雨和眼淚〉我用日文說這首歌叫做Ame to Namida，聽說當時
新宿的夜空很給面子的下了一場我們沒有淋到的雨，阿吉在忙沒
有來所以奧迪代班脫拉庫的貝斯手，機長火力全開用英語國語日
語和台下嘰哩呱啦比手畫腳一陣甚是歡樂，帶領大家唱脫拉庫新
專輯《賀爾蒙先生》裡的新歌〈單人行〉，「I am empty，I did
something，Makes me happy，Lalalalalalala～」，當然當天在東京聽

〈我在想你的時候睡著了〉也很有不一樣的感覺，我也好想寫一首歌詞簡單明瞭段落簡單又印象深刻的歌，但一直沒有寫出來。

　　表演結束之後拍照簽名並且一一表達感謝之意，從B1走上樓梯的時候發現兩張演唱會的海報，一張是地點位於神奈川縣川崎市名為夏の魔物的音樂祭，畫面的主視覺是三位少女騎著一條龍，其他配角包括飛行的豬和鯉魚還有趴在龍身上的貓和乳牛，我看這畫風八成是淺野一二〇畫的，海報因為潮濕已經有一邊翹了起來，好想帶走但不知該問誰。另外一張是銀杏Boyz武道館公演的海報，畫面是主唱峯田和伸抱著Rickenbacker在「武道館」三個大字笑笑的樣子，記得他們在某屆野台開唱表演的時候主唱過嗨脫個精光結果被警察捉去派出所，從派出所一直到武道館想必這些年他們一定非常的努力。一走到戶外就聞到雨的味道，地面有些潮濕，霓虹燈有雨滴滑落，想必這雨來得又急走得也快，那是一場我們沒有淋到的雨讓沒有帶上雨傘的我們鬆了一口氣，但是沒想到後來的幾天，這個城市的降雨機率節節攀升，難得來到東京卻一直下著雨，難得來到東京要一直走不停，球鞋襪子都濕了，但我還是很開心。

2018　北京 · 廈門 深圳 廣州 長沙 南京

很多惋惜很多懷念還有很多來來去去的光影與瞬間
帶著我們再繼續義無反顧地往前。

6月 北京

● 一起去郊遊的歷練

　　我們住在東二環距離工人體育館很近的亞洲大酒店，難得的是一人一間啊，印象裡這是住得最好的一次吧，我看著窗外北京的天空灰濛濛一片開始觀察附近的建築物與道路，往右遠遠地看見綠底白字的麥當勞招牌覺得奇怪？往左看到工體籃球公園裡面有好多人在鬥牛，好想加入他們但我們有彩排的任務在身準備要去Lobby集合了。這次在工人體育館的表演是由Beyond貝斯手黃家強主辦的「祝你愉快紀念黃家駒25週年」演唱會。出發的前一陣子還麻煩了旭章和他的香港朋友阿Kit教我唱〈光輝歲月〉和〈我是憤怒〉；他應該是個喜歡貓咪的吉他手，不然為何團名叫做22 Cats？當時我們約在公館女巫店，我越唱越起勁，〈我是憤怒〉的第一句「Woo... A 可否爭番一口氣」唱得太大聲打擾到了正在彩排的教練樂團傑利，不過他笑笑的說沒關係啦，我覺得自己入戲太深實在不行，於是我們三人步行至附近真理堂的大廳內繼續練唱，現在想起來真是有趣，好奇團名22 Cats的由來，是有22隻貓嗎？還是第22隻貓？但一直練唱想要問卻忘了問。

　　從2002的冬天一下子來到2018的夏天再度站在工人體育館，環顧四周忽然發覺場館和之前的印象很不一樣，至於是哪裡不一樣也說不上來，畢竟16年過去心裡想要的和抗拒的已經和16年前

的自己很不一樣了，大概知道那些是什麼，那是一種不想說得很明白的感覺，必須面對卻又不想面對，就在這樣的拉扯之間不小心就跨越到了回不了過去的現在。舞台後方的LED顯示了兩行字，「無論去到多遠多遠，最後我們都是會回到這裡的」，後方的投影是家駒揹著電吉他唱歌的身影搭配我們彩排所發出的聲響，很多惋惜很多懷念還有很多來來去去的光影與瞬間帶著我們再繼續義無反顧地往前。

　　晚上二手玫瑰的主唱梁龍作東招待我們來到一家主打吉林牛肉串叫做「街邊兒」的餐廳大夥敘敘舊，他小了我八歲卻風度翩翩口條清晰。第一次和二手玫瑰碰面是在士林夜市的通告，為什麼記得那麼清楚可能是因為那天是離婚的隔一天，身上還有些戶政事務所阿雜的味道，當時陽明戲院還在，其中一個電影看板是賈伯斯的臉，戲院門口的攤販無論是香腸、起士馬鈴薯、雞排、鹽水雞、香柚檸檬都人潮不斷，想到我口水都流出來了，很後來才發覺人生之中當時很悲傷的事情現在回想起來會有些好笑吧，當時很開心的事情回想起來就會流淚吧，我想這就是必須帶著一起去郊遊的歷練也是時間送給我們的體驗。後來這幾年無論是在台北、北京、昆明、海參崴、哈爾濱、瀋陽都有遇到過二手玫瑰，很感謝他們的招待與幫助。

● 全世界跑透透

　　坐在舞台後方的休息室我避免不了的想起16年前第一次來到北京的情景，地板牆壁的一些小斑駁似乎都和之前一模一樣，我有些感觸都被上台前的緊張感給淹沒了，於是我猛打哈欠順便去刷了牙，牙膏的味道讓腦袋終於清醒了一點，夏天的氣息鑽入了鼻孔才發現自己原來是個經常會回想過往並計算年份數字的人啊。

　　當晚的表演大夥兒輪番上陣，Solar、殺手鐧、逃跑計劃、二手玫瑰、四分衛、太極樂隊、黃家強，最後一起大合唱〈海闊天空〉，這首歌真的很屬害，無論在什麼地方大家都會唱，我在KTV唱過在練團室唱過，也在熬夜加班的晚上在電腦前面唱過，當時我當然沒想到後來會和大家一起在工人體育館唱，家駒的身影投影在背後的大螢幕，他的樣子永遠年輕。一首歌陪我經過了許多地方也讓我遇見更多的人，如果家駒還在，Beyond此時此刻應該全世界跑透透啦！

　　慶功宴的時候和家強一起拍照留念，想說些什麼卻也不知道該說什麼，每個樂團都有自己的故事，看起來輕而易舉其實一切都不容易，後來我滑開手機看到有人訊息來罵我，意思大概就是說我粵語發音不夠標準，我摸摸鼻子看著家強身為主辦人逐桌敬酒的背影，想起1995年和虎神騎著摩托車到大湖公園看Beyond和陳昇的表演，當時昇哥在台上一直跟Beyond開玩笑，我心裡有些

心急也不是很高興，趕快唱新專輯裡的〈教壞細路〉和〈聲音〉
啊！

● 練習對抗的過程

　　隔天前往三里屯SOHO附近的凱富酒店，Lobby裡有湯唯拿
著Luckin Coffee的人形立牌，湯唯好漂亮忍不住拍照留念也想起
了《色戒》這部電影，好多年前看過但印象模糊了只記得湯唯飾
演的這個角色叫做王佳芝，「我這輩子最遺憾的事，就是推我入
地獄的人，也曾帶我上天堂」。現在這句話想起來真的有點恐
怖，外頭天空灰茫茫陰陰暗暗的，來來往往的車輛彩度都很低，
雨要下不下的有些開心有些煩悶。

　　check in之後還是得跑一些行程，在通告與通告的車程往返
才發覺北京的交通真不是普通的擁塞，比約定的時間提早個一個
半小時出發都不見得保險，在行經某段陸橋遇見左側的設計奇特
的央視大樓，好像科幻片裡異星生物搭乘的巨大飛行器座落在朝
陽區，車行的速度很慢我多拍了幾張照片。上了幾個廣播節目，
印象深刻的是某位女主播對四分衛的專輯做足了功課，讓我內心
充滿感謝之意，但在另外一家電台好像是iRadio還是蜻蜓FM？戴
著眼睛整體很像浣熊的DJ不知為何對我總是語中帶刺，我不知
道在某個環節說了什麼惹惱了他，整個過程我覺得莫名其妙，企
劃阿原頻頻用眼神要我按捺住，廣告時間聽見氣象預報說雷雨將

至，局部地區會有冰雹，我幻想有幾顆冰雹在他下班之後降落在他額頭上，回到酒店看到湯唯心情稍微好了點。杉特為了晚上「樂空間」的表演從東京趕來和我們會合，當時2018的世界盃在俄羅斯舉行，杉特買了印有日本國家隊的Samurai Blue標誌的眼藥水送給我，包裝上的幾個斗大的日文應該是寫著點下去的瞬間疲勞就會從眼睛逃跑，杉特說他找了好久才找到要我馬上點看看，哇也太冰了吧，這樣是正確的嗎？窗外的雨停了，馬路還是濕的有來往車輛的倒影，某台賓士裡副駕駛座的女子正在大口咬著包子，我看得這麼清楚應該都是眼藥水的功勞吧。

　　晚上在樂空間的表演一位叫做陳央的女生自彈自唱打頭陣，她有一首歌叫做〈台北39度〉，Grunge的style唱到我都熱了起來，四分衛就用這樣的溫度接著她往下唱，第一首歌是〈一鏡到底〉，人生就像一場電影，鏡頭必須要一鏡到底。隔了五年在北京的〈雨和眼淚〉大合唱，和上次不同的是男生變多了雖然他們都站在後面，女生都擠在前面已經超過Speak可以傳達聲音的範圍，我說：「站那麼近你們聽得到喔？」他們異口同聲地說「沒關係看你就好啦」，還好我上台前都有刷牙的習慣，牙膏的味道應該還可以吧。適逢第八張專輯《練習對抗的過程》的宣傳期，也不過四年時間我卻忘了怎麼唱專輯同名歌曲，我打開檔案看了一下當時寫的歌詞，看著看著感覺可以寫成另外一首歌。

這個星球有多少的人
習慣受著委屈匍匐前進著
聽誰說的啊有好多的人
不敢用力大喊扯開了嗓門

那些忘不了的和那些慢慢忘記的
是你曾經勇敢付出一切的
多少擁抱的片刻默默支撐住人生
有好多事情不用答案了

有一些人越走越遠了
希望你遇見的都是最好的
聽誰說的啊那些犯賤的人
總在錯過之後才懂珍惜了

還好我有一個可以吐槽的搖滾樂隊
還好你們還喜歡聽我們唱歌
所有勇敢面對的或許注定要失敗了
這是我們練習對抗的過程

要使出吃奶的力量啊
要做出頑強的對抗啊

這是我們練習對抗的過程

孤軍奮戰的不只是你一個人

　　那天唱完和來看表演的北京朋友聊天，有些樂評是第一次見面，他們知道我的實際年齡之後都嚇了一跳，對於當時即將奔向50的我難免內心偷笑但我還是很不好意思啦，我跟他們說我要跟Mick Jagger看齊，這是三十歲時許下的願望，但是隨著時間年紀越來越長，Mick Jagger已經快八十歲了還在歐洲巡迴，那真是太不可思議了！

　　闊思公司安排我們在花家怡園來個慶功宴，好多在北京工作的台灣朋友也來了，脫拉庫的阿吉、老戰友Jovi、團團轉帶著我們到處巡迴的老徐，還有許多現在回想起來可能就只見那麼一次面的朋友，喝了些酒和可樂，吃了什麼說了什麼真的很難記得了，印象最深刻的是一位綁馬尾的女生把蛋糕端了出來要祝賀虎神生日，壽星難免尷尬，但這時候只有不尷尬才能化解尷尬啊！我看著我當時拍大家一起唱生日快樂的影片，影片裡面那些認識和不認識的朋友，不知道此時此刻他們在忙些什麼？

12月 廈門、深圳、廣州、長沙、南京

● 亮亮的貓腳印

　　從松山機場起飛的時候天空灰灰的，抵達廈門之後天空也是灰灰的，感覺來到並不是很遠的地方，巴士從機場出發行經快速道路往左看到高高的兩座廈門世茂海峽大廈，不一會兒我們下榻在全季酒店，在彩排之前能夠自行運用的時間不是很多，但我還是跑了出去，經過了頂澳仔貓街卻遇不見一隻貓，大概天氣冷都窩在店舖內不肯出現，我只能對著貓咪造型的雕塑拍了幾張照片之後再往海邊跑去，廈門雙子塔近近地就在眼前好高好遠，往鼓浪嶼望去能見度不是很好，海風吹得我瑟瑟發抖趕緊把外套的帽子罩在頭上，走回酒店的路上有點後悔剛剛吃得不夠多。

　　當晚在藝術西區的Real Live唱〈當我們不在一起〉的時候，台下的朋友唱得蠻大聲的，我想應該是因為聲林之王裡林宥嘉唱了這首歌的關係，我開玩笑說真希望宥嘉多唱些四分衛的歌。當晚有朋友說上回在北京，也有朋友說在上海還有惠州，還有朋友說在台中看過四分衛，不知道他們是否有聽到他們想要聽到的歌，當天是星期三隔天還是要上班上課，我謝謝大家今晚趕來，在為第八張《練習對抗的過程》專輯簽完名之後在後台看見了一個多出來的便當，我毫不猶豫把它消失在地球表面。

　　隔天一大早就要坐動車去深圳了，能夠在廈門晃晃也只能在

烏漆抹黑的街道前進，我又不小心走到了貓街，店舖早已打烊只剩下零零星星的光還有地面上亮亮的貓腳印，貓腳印的造型是投射燈一盞一盞照出來的往前延伸在長長的水泥地上，我跟著這些五顏六色的腳印去尋找貓咪，卻是有種想要找的不是你想要找到的感覺，被莫非定律綁架的我好想要遇見一隻掛著鈴鐺的貓在我腿上磨來磨去。

● 還好他醒得快

　　動車的安檢還蠻嚴格，進場排隊花了一段時間，大夥兒大包小包的風塵僕僕搭乘早上九點三十一分發車的和諧號從廈門北站前往深圳，整個車廂內比想像的安靜，於是我狠狠地睡了一個回籠覺。住宿的地方和表演場地HOU LIVE都在KK ONE購物中心附近，我揹著吉他前往彩排的路上遇見一隻穿著粉紅色外套的吉娃娃，我看著他而他也望著我，我總覺他臉上有點好笑但一時間就是講不出來哪裡怪怪的？一人一吉站在人來人往的大街上定住不動，僵持了一陣子之後我發現他黑黑的眼珠上方有兩條黑線像是紋眉一樣，兩條黑線中間還有四個長長的小黑點排列成雞爪的形狀像是logo，他的主人把他加了幾筆就變成了很滑稽的模樣，大概是想要自娛娛人，我左顧右盼想要看看他的主人是誰，但看著吉娃娃閒逛的樣子好像是屬於某個店家的寵物而他自己跑出來的樣子。

當晚的表演在深圳工作的高中同學帶著同事一起來到現場，這位同學姓王，其實在我和虎神組成樂團之前，他就已經和虎神在當兵前一起搞團了，記得那個樂團的名字叫做Highway Man，還好他醒得快，難怪現在事業有成哈哈哈。我想起高中的時候我和他一起去龍山寺為了攝影課的作業而去拍照的情景，這些陳年舊事後來越來越多，偶而因為某個契機或場合會在腦海裡翻了一翻，轉眼又是三十年過去，後來大家各奔東西相約見面已經不是學生時代那麼容易，舟車勞頓地演唱一站又一站，隔天又是一大早出發，離別之際不能續攤只能推遲，相約下次時間鬆散的時候見面。

已近深夜天空沒有星星沒有月亮，我走進水果店裡買了橘子香蕉順便聞聞水果的味道，想說在附近再晃蕩一下遇見了大門緊閉的侯王廟，大門左邊寫著「威鎮南山地勢尊」，右邊寫著「思涵西海波光遠」，我環顧了廣場四周，遠遠的大樓窗戶有明有暗，有人準備熬夜有人已入睡，有人還在外閒晃，回住宿處時遇見某間超市外的大型看板，看板上是鹿晗手握可口可樂的廣告，紅底白字的logo下方搭配了一句「這感覺夠爽」的文案，我用手機對著看板拍了照，把照片傳給了女兒。

● 12月14號星期五 21點56分

我們抵達廣州之後就在酒店附近的巷弄亂晃，我看著這次

「練習未來」巡迴年輕的攝影師正在拍我們，我也用手機拍他，他的身後是很舊老式三層樓的磚牆房子，二三樓的陽台都有矮矮的石柱成一橫排列當作圍牆，上頭都有一堆各式各樣植物的花盆和一堆吊起來等待曬乾的衣物，還有承載全家生活氣息感很重的抹布被放在窗台邊，在這些巷弄行走遇見的每一間房子都讓我想到周星馳功夫電影裡的場景。年輕的攝影師忽然跟我們自我介紹說他姓黃但外號叫小綠，我想起多年前一個朋友養了一隻憨憨的黑狗，但他偏要叫他小白，搞得我有點錯亂。

　　從卡威爾酒店的窗外望出去視野不錯，酒店下方那座公園裡有三座籃球場，兩個全場一個半場，遠遠望下看只有兩個人在運球，我有股衝動想要去鬥牛，但看著虎神在床位已經睡著，想說算了晚上要表演還是睡一下好了。

　　SD Live House裡的圓型玻璃桌上貼了一張可能是誰想要撕掉卻又沒撕掉的貼紙，貼紙上寫著「每天被剝削，賺到的錢可以維持生命能被繼續剝削」，可能因為這句話當天唱歌的時候特別用力，除了在唱〈我們都是被過去綑綁的人〉的時候忽然想到小哥費玉清以外，當下我也默默地許願也許有一天能和小哥同台演唱。在唱起來的時候有請大家一起來段大合唱，明明是男生的key，但女生的聲音似乎比男生大很多，大家邊唱邊拍著台上，我也用手機對著台下錄影，中間一位戴著眼鏡的女生邊哭邊唱雙手拿著相機對著我們，我們的影像應該都還在他們的手機和硬碟裡面吧？

　　當晚也請台下的捧油一起來唱〈雨和眼淚〉，一位是五年前來看四分衛表演的女生，另外一位男生拿出了手機看歌詞，我發現他的手機桌布是安溥拿著吉他笑笑地在麥克風面前不知道在唱哪一首她寫的歌，我跟大家說他的手機桌面好美，大家發現是安溥之後也是歡呼一片，那就把這手機桌布當作是第三位特別來賓好了，我對著他的手機拍照，畫面停留在安溥的側面還有12月14號星期五 21:56分以及30趴的電力。

● 趁著魚刺在胃裡慢慢溶解之際

搭乘中國南方航空抵達下午五點又濕又冷的長沙，整個城市一直在下雨，數不清的雨點貼附在你雙眼所有能看見的景物，潮濕的感覺讓腦袋也不想思考，坐在小巴士內隨著塞車的車潮慢慢移動，不去注意時間的時光比你想像的還要快速，不一會兒就來到要入住的萬代大酒店。酒店一樓的大廣場上正在舉辦結婚典禮，從高樓層望下去席開32桌那麼多的人，彼此熟識或是剛認識的互相敬酒非常熱鬧，從舞台延伸出一道白色長長的伸展台有主持人和小朋友來回走動，我沒有當過婚禮歌手但直覺認為現場就是要唱〈愛可以讓我們在一起〉，也忽然想起2015年的大港開唱在四分衛唱到一半的時候有位男生衝上台唱歌，還把「一定要你來救我」改成「一定要你嫁給我」，對著台下的女朋友求婚，後來她被拱上台之後小小聲的「我願意」可是比吉他和貝斯音箱發出的聲響還要巨大，後來全場歡聲雷動，喜歡四分衛的朋友用四分衛的歌求婚，我當下真的覺得很有成就感，也默默地希望我所有在任何場合遇見的新人在後來相處的過程裡，好的時候比辛苦的時候多很多很多。我從高處往下左顧右盼卻看不到男女主角，大概是要去換另一套禮服了吧？

房間內的裝潢很不現代但非常寬敞，我看虎神躺在床上滑手機便整理一下背包就往外衝，外頭的天空已不再下雨，天一暗霓虹燈就亮了起來，攝氏4度的晚上當然很冷，我走入商場再走出

外頭濕答答的路面，黃興中路又大又長又寬敞，星期六晚上逛街的人潮眾多，又冷又餓的時候阿原訊息我回酒店附近集合吃晚餐。

桌上那鍋魚湯暖呼呼的真是不得了，魚肉鮮美湯頭夠味，理性不夠就讓感性來做主，一個不小心就狼吞虎嚥了，沒有細嚼慢嚥的結果就是魚刺卡在喉嚨，我心想靠他媽的糟了，上一次卡到還是小時候在外婆家，記得是外婆讓我喝口白醋之後卡到的感覺就消失了，事隔那麼多年在離台北將近一千公里遠的長沙我又被短短的魚骨頭困住了，我想像這條魚之前在江裡游來游去的樣子，牠當然不知道自己在離開這個星球以後在未來的某一個週末晚上身上的某處結構會造成一個急性子笨蛋的麻煩，還好這個笨蛋冷靜下來之後靠著熱湯和幾口白飯脫困，當下心情真是覺得好險然後又抱歉又感謝。

酒足飯飽驚魂未定趁著魚刺在胃裡慢慢溶解之際，我決定再走出去逛逛，十二月中旬整條路上已都是聖誕節的氣氛，無論是誰臉上都開心燦爛，路邊整排沒有葉子的樹上都裝扮了閃閃發亮的光點，白天無精打采夜晚才是他們神氣的時候，在DIESEL品牌的專賣店前遇見了一位矮矮駝著背的老婦人和路過的情侶形成強烈對比，她左手撐著拐杖右手拿著鋼碗和我對到了眼，因為是背光所以我看不清楚她的臉，但還是不自覺得拍下照片並把口袋裡的零錢轉移到亮亮的鋼碗裡。剛剛我好奇地把這張背光的照片用Photoshop打開並把反差和對比做了些調整，才看清楚了她的

臉，相片裡她的眼睛瞪著好大嘴巴微微張開似乎想要說些什麼，那種渴望的眼神當然也有可能是我的錯覺。

　　往黃興廣場走去有位街頭藝人揹著吉他唱歌，他的四周環繞了一群人和他一起唱著「原諒我這一生不羈放縱愛自由，也會怕有一天會跌倒，背棄了理想，誰人都可以，哪會怕有一天只你共我」，Beyond主唱黃家駒離開的那天，四分衛還不叫做四分衛，我在當時才剛開始組團三個多月的貝斯手小馬家裡看到報紙覺得震驚，如果他還在世，那麼〈海闊天空〉這首歌他應該會在全世界的每個城市都唱個不知道多少遍吧！

　　黃興中路真的好寬，馬路某路段一側的人行道上還分成上下兩層，上層有欄杆供人倚靠，下層有攤販也有位帥帥的小哥揹著吉他唱歌，欄杆上一群妹紙聽著他唱宋冬野的〈莉莉安〉，路過的人群和他後方不間斷的車潮來來往往。一位右手提著大學運動包包的路人經過唱歌的人的前面，怕擋到我們這群觀眾於是他加快腳步通過，一個打火機從他的外套口袋掉了出來，孤伶伶地躺在灰色的磚道上；我也曾經這樣在某個不記得的場景不小心遺失了我再也想不起來的某些事物吧！我倚靠在欄杆上聽著他唱了幾首歌也看著銀色的打火機一直躺在地上，路過的人都沒有踩到它，希望有誰能夠把它撿起來之後用來點菸點香或是點蠟燭。後來他在唱到李志的〈和你在一起〉的時候，右邊一位女生拿出了手機在滑，我看見她的右手除了手機以外還勾著兩個比手機尺寸大了些的Q版公仔，粉紅色那隻始終背對著我，我不知道他是

誰，另外一隻臉孔笑成瞇瞇眼的平頭就是背號10號的櫻木花道，看見了神奈川的籃板王忽然內心就燃起一股勇氣想要跟這位帥帥的小哥借一下木吉他唱首歌，順道廣告一下隔天四分衛在紅咖俱樂部的表演，但我卻又再一次證實了勇氣窩在心裡是沒有用的。

● 無論是否有人看得見他們

　　彩排的時候一隻叫做九月的黑貓站在舞台下方的正中央，我蹲下來與他四目相望，我想像曾經每一個來到長沙紅咖俱樂部看表演的朋友們，無論台上是誰他們站在台下都盡心盡力，經年累月的吶喊和被音樂感動的力量從頭貫通到腳底板，以至於舞台下方的地板已經相當破舊，九月就站在被燈光照射下而清楚呈現斑駁不堪和破爛的地面，同時我也忽然發現地板上寫了一堆字眼，他就剛好站在草寫的自由和Freedom的上面，這些字跡也和地板一樣被踩得已經不是原來光鮮亮麗的樣子，但他們仍然想要把他們所擁有的意義發揚光大，無論是否有人看得見他們。

　　表演之前阿勇說剛剛跟場館裡內的PA聊天，PA知道我和虎神的年紀之後嚇了一跳，他說都這個歲數了還這麼活蹦亂跳還這麼用力唱歌真是令人意想不到。有些開心也有些難過，開心的是有人認為我們還可以直挺挺地站在台上，難過的是這麼多年寫了這麼多歌好像並沒有搞出些什麼名堂，我心想也因為PA台離舞台遠，以至於他看不清楚我們臉上和心裡的刮痕就像紅咖的地板

一樣，脈搏和心電圖持續跳動，時間一久心理素質就要更強硬些，誰也不知道再過了很多年還要經歷多少次告別，抄捷徑或是繞了一大圈，搞了老半天原來「勿忘初衷」四個字還是做得不夠徹底完全，一邊慶幸一邊後悔，我還是想要把我寫的歌延伸到每一個我想要去的地方，無論是否有人看得見他們。

當晚有位戴著眼鏡頭髮剪得整齊的男生上台來唱了半首的〈雨和眼淚〉，但我沒看到他的手機桌面是誰的相片。

回到飯店洗個澡整理行李，電視上一位不知道姓名的格鬥選手在比賽結束之後的訪問說了一句話「無所求則無所懼」，總之就努力吧，剩下的就交給時間，無論是否有人看得見他們。

● 芋圓和桃子口味的雨和眼淚

一大清早的馬路和人行道濕氣很重，看來昨夜表演結束之後在睡夢中長沙又下了一場雨，但陽光還是透透地照射在高樓大廈上，應該我們在空中飛行的時候地就會乾了，打開Lobby大門冷空氣襲來，我嘴裡吐著霧氣趕快往小巴裡鑽，還沒睡醒的我坐在車內透過車窗往外望，一名穿著淺粉紅色薄紗洋裝的年輕女子露出雙臂在路上邊滑著手機邊從容地走著，WTF！我趕忙滑開手機查看氣象報告，App顯示攝氏兩度的氣溫，我在車裡包得緊緊的，她在車外站在潮濕的路面沐浴在陽光下像夏天一樣，緊接著車子往機場駛去，我看著車窗外的她越來越遠，好奇她從哪兒來

之後又要往哪裡去？於是我的人生裡又多了一件我無法理解與不知道答案的事了。

　　抵達黃花國際機場登機時已經陽光普照，但班機起飛延遲坐在狹窄的座位上除了自拍或是拍窗外，我也已經忘了如何打發時間了，現在打開桌面的檔案時發現南京的相片非常的少，大概也是因為當天抵達南京時天色已暗根本沒有時間往外晃蕩，現在想起來還是覺得很可惜。我想起了南京歐拉藝術空間舞台旁一張大大的Kurt Cobain相片，也想起了在後台遇見一台鋼琴，於是我笨手笨腳地自彈自唱了起來〈一定要你來救我〉，還有暖氣故障於是我一直喊著呱呱呱窩在暖爐旁取暖，還有唱到〈多麼美好的一天〉時衝下台拿著麥克風要大家一起唱的時候，麥克風對到誰誰就尷尬的狀況，能夠回想的畫面太少於是我滑開IG查看當天寫了些什麼，「謝謝昨晚來到南京歐拉藝術空間的朋友啊，現在忽然覺得有些睏了……也謝謝這一個星期遇見的每一個人，時間一直往前走，總是有機會能夠再相逢，希望下次能帶更多的新作品和大家見面，也希望能有多些時間到處走走看看！晚安 🌙zzz……還有芋圓和桃子口味的〈雨和眼淚〉也很棒！#雨和眼淚 #芋圓 #桃子 #四分衛」，芋圓和桃子口味的〈雨和眼淚〉？糟了我記不得為何是芋圓和桃子口味，很有可能是當晚上台來的男生和女生的外號吧？

　　總之來到南京能夠閒晃的空檔就是回台北的一大早，天空灰濛濛的我獨自一人走到酒店附近的崗子村站，站在路邊看著好大

好大的馬路交叉口上來來往往趕著上班的車輛，騎摩托車的人都穿著好厚好厚但是都沒戴安全帽，天氣好冷但還好有陽光，相片拍起來非常清楚，我沒有什麼感觸但還是把握時間往捷運站裡走去，車站的走道上冷清清地沒什麼人，倒是走廊上佈置的相片反而熱鬧許多，忽然迎面而來兩位女生說想要合照，我洗了臉也刷了牙當然說好。

2019　大阪 東京‧首爾‧新加坡 吉隆坡 檳城 曼谷

我想他應該也是這輩子彼此之間只有一面之緣的人吧，
在生命裡的某一天揮手之後轉身接下去的是各自要書寫下去的故事。

1月 大阪、東京

● 電影裡的大阪總是下著雨

　　前往大阪的巴士行駛在阪神高速公路上，天空看不見星星，兩點鐘方向泛著螢光綠的摩天輪閃閃發亮著，雖然飛行的時間不算太久但還是有些舟車勞頓感，大概是擋風玻璃前不斷出現的綠底白字指示牌都是漢字，縱使身處在這個星球的另一個緯度卻還是有一點沒有出國的感覺。摩天輪漸漸地遠離車窗外，神戶兩個字忽然出現在看板上，想起2007年的公司員工旅遊有去過一次，當時安排的是大阪京都的四天三夜，後來因為航空公司還是旅行社訂錯票變成五天四夜，搞得旅行社老闆還來公司說明必須多一天神戶的行程但價錢不變，京阪莫名其妙地變成京阪神，大家臉上不敢張揚全部歡呼在心裡。此時坐在巴士上用一百多公里左右的速度前進的我忽然想起了這件事情，想起了當時的同事和當時每一個去過的地方，心裡想著好想再去神戶喔，眼睛看著心齋橋的霓虹燈在車窗外亮個不停，我們下榻在FRESA Inn Osaka，這間飯店就在要表演的Compass Live House隔壁，非常的方便。

　　大夥一起去吃了烤肉，牛五花、牛舌、綠色的青椒、蔥花和白芝麻，熱騰騰油油亮亮地的在鐵網上為了飢腸轆轆的旅人們而做最後的綻放，鼻子裡香氣四溢，嘴裡不斷地咀嚼並心存感恩，偷瞄一眼十點鐘方向一位隔壁桌的漂亮女生在看菜單的樣子，腦

袋裡想著別再點了，再來還是吃得完，酒足飯飽我就獨自往難波去晃了。

第三次來到大阪和第二次相隔了12年，期間只能靠著PS4的桐生一馬帶我在市區晃晃或是打架過過乾癮，此時此刻我站在道頓崛川上的戎橋往右方看著固力果先生在攝氏十度的天氣張開手臂歡迎我，好久不見啊嘴巴吐出些了蒸氣說了聲「ㄟ沙ㄎㄧ固哩果」（江崎グリコ）。星期三晚上的小週末橋上都是路過和拍照的人群，我想了好萊塢的演員麥克道格拉斯和安迪嘉西亞，還有眼神犀利的松田優作和溫和憨厚的高倉健，他們主演的電影《黑雨》就是在大阪取景，電影裡的大阪總是下著雨，我刻意地摩拳擦掌感覺手掌乾乾熱熱的非常舒服。

經過了螃蟹、TSUTAYA、星乃咖啡，經過了大阪王將，路過了從來沒吃過的金龍拉麵，拉麵店上的那條龍眼睛有點脫窗看起來有點滑稽，往左邊穿越窄窄的太左衛門橋，站在橋上看著河面上反映著唐吉訶德和一蘭拉麵反射的燈光，那麼晚了拉麵店前總是有排隊的人群，當時沒想到的是後來他們還真的都到台北開了分店。

● Cold Rain, Roll Brain

Compass Live House 位於地下室，來到一個新環境先搜尋WiFi密碼才會覺得安心，這種被手機綁架的感覺已經根深蒂固

無法改變，真的是很沒用，牆上那張白紙顯示出幾個英文字母和數字，compass20120309，對於數字和年份很敏感的我馬上聯想到2012年三月九號那天是四分衛「十在好九不見」十九週年在Legacy演唱會，想到睏熊霸第一次登台的畫面，我想店家會用這組數字當作密碼應該就是開幕當天吧？正準備要繼續想下去的時候忽然被喊卡，緊接著就被催促著趕去彩排了。

當天第一位上場的是名為SiMoN（サイモン）的日本歌手，他戴著毛帽抱把吉他安靜地唱著，他有一首歌叫做〈Charlotte〉，歌詞只有兩句話「Cold Rain, Roll Brain」，他說這是夏洛特這個城市給他的感覺，我想像著一個人走在陌生的城市裡，天空飄著冷冷的雨，再參雜一些還沒解決或未完成的事在腦袋裡不停地滾啊滾的，應該是既寂寞又興奮吧？

緊接著PiA（吳蓓雅）登場，她也是一個人抱著木吉他彈唱著，她歌唱得好吉他也彈得很棒，某次跟她聊天談到關於和弦的事情，有一個#Cm的按法是我沒有想到的，她說這個按法就像是個長長的三角形，我喜歡圖像記憶法，後來我用這個和弦來延伸出一首未完成的歌，歌詞裡面有幾句是這樣寫的，「你不知道我知道你以為我不知道的難堪，你的罪惡感被我狠狠地吐在牆角上發霉」，後來「吐在牆角上發霉」這個句子被放到四分衛第九張專輯《轉轉轉大人》裡〈吠〉這首歌了，所以這首歌名還沒出現的歌之後還是得改一下了。

當天的表演臨時想要唱〈睡美人〉所以練都沒練就上場了，

在舞台上經常燈光昏暗再加上口琴年代久遠字都掉漆了，所以間奏口琴的部分一不注意就把口琴拿反了，縱使是對應這首歌的和弦bD調的口琴，還是覺得旋律卡卡的，當時在那八個小節的時間裡腦袋有撇過一下子想要到東京後買史迪奇的貼紙貼在正面。

　　表演結束之後一位面熟的女生跟我打招呼，我想起了她是一位日本人，之前和我在同一家廣告公司但不同部門的同事，同事了那麼久今天卻在異地聊了很久，她說她離開電通國華之後就回到日本，目前就職於本部位於大阪的超過130年的桃谷順天館國際品牌MOMOTANI，她想要四分衛寫一首有關於谷順天堂全新系列SHēld保養品的主題曲，我最喜歡寫歌了，感謝這位老同事還記得我。後來經過了將近一年的修修改改以及訊息與檔案往返，我寫了〈喜歡拍照打卡的人〉這首歌，因為客戶希望置入產品名稱的關係，於是我再把產品的PDF詳讀了一遍，把「往前飛往前追」這兩句改成「Time Flies, Raise the SHēld」，這首歌MV女主角是鯨華女排的漂亮舉球員廖苡任，很想念當時每個星期二晚上大家一起打排球的日子，哈哈哈當時真希望天天都是星期二。

　　想法都懸在半空中，想要的抓也抓不住，眼睜睜看著怪物在深夜裡復活

　　錯過的一溜煙飛走，失去的再也不回頭，非得要痛過以後才知道為什麼　wo O wo O，曾為誰拍照留念，wo O wo O，曾為誰那麼死心眼

Time Flies, Raise the SHēld，拚命抓住後來會遺忘的畫面

Time Flies, Raise the SHēld，想要記得那些曾經美好後來心碎的瞬間

喜歡拍照打卡的人，心裡一直惦記著某個人

我想要遇見你啊，心中總是這樣吶喊的吧

後來我獨自一個人，走進了熟悉的景色

表演結束之後，大夥相約一起去吃了附近一間叫做「寬 KUTUROGI」的餐館，我現在看著照片裡的一群人擠在長長的桌椅堆裡，桌上一堆喝完的啤酒杯，一堆見底的餐盤，一堆想不起來的對話，一群人有些記得名字有些已經記不得名字了，天底下沒有不散的宴席，臨別之際和住在大阪的台灣朋友們一起拍照，SiMoN（サイモン）說他要步行兩三個小時才能回到住處，那麼晚了又那麼冷大家覺得訝異，我蠻喜歡走路倒是不會覺得很驚訝，為他說再見的身影拍照留念，我想他應該也是這輩子彼此之間只有一面之緣的人吧，在生命裡的某一天揮手之後轉身接下去的是各自要書寫下去的故事，我當然會好奇但也很難去知道了。當天杉特和他表弟也有來，杉特的表弟當時在大阪念書，好羨慕杉特有親戚住在大阪和東京喔。

● 看見月亮就想到你

計程車起跳是660日圓，到達新大阪車站是2820日圓，我們即將搭乘票價14,250日幣的新幹線前往東京，經過京都的時候覺得惋惜，只在1994年和2007年待過京都各一天一夜，從來沒有好好住上個幾天，這次也是快速的略過，想著想著就睡著了，錯過了可以看見富士山的時刻。

下榻的飯店位於涉谷某個斜坡的街道上，從Hotel Emit Shibuya坐計程車經過表參道，在行進的車廂裡往外看，雖然街道一樣到處都是樹木和人，但表參道在我眼裡卻好不像表參道，不知道為何會有這樣的錯覺，可能還是習慣用走路來感受沿路景色，畢竟有句話叫做「慢慢來比較快」，但當下當然要搶一下彩排的時間，快快地走馬看花難免毫無感覺。不一會兒就到達位於青山的「月見ル君想フ」，原來這句日文是「看見月亮就想到你」，我很喜歡這個名字，那麼你看見月亮會想到誰？

舞台的後方有一顆大大的月球當作背景，當天日本朋友河合雄太組的樂團barbarfish也同台表演，我跟虎神說他們團的兩位吉他手的riff似乎和我們平常聽的不太一樣啊，虎神說就是厲害啦，喔對啦也是。看見了月球當然就是要唱〈一首搖滾上月球〉，唱到這首歌就想到電影想到睏熊霸，他們啊我們啊都是，全世界的樂團都會吵架的啊，吵架其實是健康的，如果有很多事情憋在心裡可是會內傷瘀血的啊。

　　當天一位留著長髮穿著騎士外套在東京工作的台灣朋友臨時被徵召上台充當翻譯，聽著他一連串連珠炮的日文，我真的不知道他說了些什麼，但台下嘻嘻哈哈的笑聲讓我覺得心滿意足，當時的心情還是籠罩在第八張專輯名稱《練習對抗的過程》裡，心裡想著除了要繼續對抗生活工作所要面對的事物，也想要變成比現在更勇敢的人，後來有沒有變得更勇敢還真的不敢確定，應該有吧，畢竟摩羯座就是醒得慢，不過就算醒得慢也已經醒了吧。

● 一鏡到底的電影結束之前

　　只要在東京就會一直走路，走得越久吃的就會越多，肚子餓的頻率三不五時就達到高峰，這應該是每天都在行軍的結果。

邊走邊看邊迷路，不小心多繞個幾圈就會遇見當初預想不到的結果，忽然有一隻發光的蟲躲在深海的潛艇裡，吐著泡泡默默地幫我把文字和音符浮出水面，但到達海平面似乎還要一段時間，所以吃飯要細嚼慢嚥，想一想努力浮出水面的歌詞，邊喝口湯邊把它記在手機裡面。

一月底的東京並沒有下雪，走一走身體就暖呼呼地，天氣乾乾的很舒服，想像著天寒地凍想要寫一首關於下雪的歌，內容大概是關於雪人坐電車尋找胡蘿蔔和麋鹿的過程，但因為車廂內部的溫度過高，雪人很怕還沒到達預定要到的車站他就融化成一灘水了，就是這樣有點緊張興奮又參雜擔心的歌，坐在前往和泉多摩川的小田急電鐵的路程上，車窗外陽光普照，我胡思亂想了一堆有的沒的。

和泉多摩川不是大站，而且這個地方好像是喜歡的漫畫《SOLANIN》和《晚安布布》的主角所居住的地方，可能應該也是作者淺野一二〇曾經住過的地方吧。趁著這次來東京表演就想來實地走訪，漫畫裡出現的隄防和平房以及遠方的快速行駛的電車和大橋還有多摩川，河邊等待春天的枯樹以及錯綜複雜的陰影，所有漫畫和電影裡實際出現在眼前，漫步在枯黃的草地上，曬著攝氏五六度的陽光，吸了一口當地的氣息，想著《SOLANIN》漫畫裡的劇情。

男主角成男的父親在成男過世之後來到芽衣子的家裡整理遺物，成男的父親對著芽衣子敘述當初成男要到東京一邊兼職一邊

搞音樂，因為意見不合而毆打了他一整夜，等到黎明時分互相都
冷靜的時候，成男的父親才對成男說「如果你決定要這樣做，就
絕對不可以中途放棄」。芽衣子則是在成男的父親要離開之際說
了對不起，因為芽衣子認為要是沒有她的存在，成男就不會發生
事故了吧？！後來成男的父親安慰她說：「本來成男打了電話回
來說要回家鄉福岡的，後來就在發生意外的前五天又打了電話來
說：忘了之前那番話吧！」成男說：「因為我在東京找到了很重
要的東西。」成男的父親覺得自己的兒子已經長大成人了一定是
因為芽衣子的關係，並再跟女主角說：「如果芽衣子妳感到有責
任的話，那麼請妳不要忘記成男，證明那傢伙曾經存在過，也許
就是妳的任務也不一定。」後來畫面停留在芽衣子抱起男主角的
電吉他，那是一種不知道該怎麼辦卻又必須往前的樣子。

　　我坐在隄防上想著好多年前第一次看到《SOLANIN》這部
漫畫的這個章節的時候眼淚差點流了出來，想像著劇中人物內心
莫大的悲傷而難過不已。人生有好多的聚散，有些還會遇見，
有些永遠不會再見了，You Only Live Once，活在當下吧我的朋友
們，縱使老天爺愛作弄人，縱使還是會有好多不知道未來該怎麼
辦的時刻，縱使想到了過往而感到後悔，縱使一切都留不住，縱
使車窗外的風景不斷變換後退，在這部屬於你的一鏡到底的電影
結束之前，還是要竭盡所能地用各種健康安全的方式，拚命地證
明自己以及內心所愛的人事物曾經存在於這個星球。

1月 首爾

● 怕冷的人

　　一下飛機出了關在等待巴士的同時在馬路邊莫名其妙地聞到烤肉的味道，放眼望去只看見拖著行李的人群和乾淨的落地窗玻璃的倒影和線條堅硬又挑高的水泥牆面，離九月還很遠根本就沒有那種中秋節烤肉的氣氛，那味道到底哪裡來的？這輩子第一次來到韓國我就把腦袋裡的一堆問號和一堆看不懂的文字遺落在機場旁黑色的柏油路面，我帶著興奮並參雜了一些得不到解答的心情和躺在地上的它們說：我要去和首爾見面了喔！掰。

　　我們住在弘大的L7 Lotte Hotel，房間的視野蠻好，落地窗往下望去就是燈火通明的鬧區，接待我們的活動企劃Mia非常熱心帶我們在各處晃蕩，喝了好喝的漆雞湯之後老闆娘端來了一盤平凡無奇又乾乾的炸雞塊，不吃還好一咬下去不得了，那應該是此生吃過最好吃的炸雞塊吧，難道國外的月亮比較圓？不不不！不是，這就有點像是我站在自己的角度來想像別人的工作比較輕鬆吧？他那碗麵聞起來好香看起來比較好吃喔？他養的貓好像比較聽話喔？就在我一直想到從小吃到大的頂呱呱的炸雞有沒有比較好吃的時候，我又不由自主地把剩下的兩塊吃完，不不不！心裡想著頂呱呱還是最棒的，眼睛望著剛剛一堆比較的畫面擠滿了天花板氣呼呼的，忽然好想吃幾根熱騰騰的地瓜薯條。

　　全身暖呼呼地走出店外遇見一男一女，他們自我介紹說是來韓國旅遊並且說他們上次看到四分衛是在劍湖山樂園，我當下心算了一下已經是六年半前的事情了，我說我們剛到首爾，明天晚上表演，他說他們已經玩了幾天，明天就要回台灣了，縱使擦肩而過但在異地遇見了家鄉的朋友真是開心，一起拍照留念說聲再見，我再幫他們倚靠在一起瀏覽手機照片的背影拍了照。去哪兒都好，去哪兒都不重要，我看著他們慢慢融入人群街道的背影，希望他們還有好多好多旅行都是這樣彼此陪伴。

　　弘大夜晚的鬧區好熱鬧，沿路的商家還有好多人在路邊抱把吉他彈唱著，還有幾位女生穿著制服在酒吧前跳舞，不一會兒又在某個十字路口遇見台灣的友人，哇在台灣都遇不到，怎麼在首爾隨便亂走就遇到了。他說最近在這兒工作並把我們帶到一間他熟識的Convent Pub看表演，台上的三個人是來自日本叫做Polaris的樂團，曲風慵慵懶懶地很舒服，台下的人隨著節奏擺盪，我羨慕他們的歌有鬆鬆的空間，就像畫圖一樣，有時候沒有畫完是最好的，知道什麼時候該停手，懂得留白忽然變成一件重要的事。四分衛的歌大部分都很滿，跟我的唱法和寫法脫不了關係，大概我就是這樣個性的人吧，馬的那麼老了還一直要把畫面填滿。台上的歌還沒唱完，台下的人才晃到一半，我走出店外往公園走去，公園乾枯的草地上有一隻黑白相間的貓正在從草叢裡往外眺望，順著他的目光望去看見一隻白色的汪星人，汪星人身上的毛白白蓬蓬地不用笑就看起來很開心，他的毛色在眾多人群的黑

色長外套當作背景之下非常顯眼，不費吹灰之力就成為夜晚的焦點，好多人在幫他拍照，我也是其中之一，他們是我在韓國遇見的第一隻貓與狗，我為他們拍照留念。

回飯店的路上在某巷道遇見一間看起來很像在士林夜市裡會出現的店舖，買了一條穿起來很舒服的牛仔褲，試穿的時候我為試衣間鏡子裡的自己拍照，毛帽加上圍巾然後綠色的運動外套外面又穿上一件黑色的外套，我感覺自己穿得好多喔，原來我已經從一個怕熱的小朋友變成了一個怕冷的人，想起了小時候只要一到冬天奶奶就會拿著外套追著我跑的畫面。

● 五哩嘎憨給依基安呢吪

這次的活動企劃Mia和當地協力的唱片公司老闆允善非常熱心，在到達首爾之前允善特別製作了〈當我們不在一起〉的韓文字幕版本幫四分衛的表演做宣傳，Mia則幫我把部分歌詞翻譯成韓文，然後用漢字和英文拼音訊息給我，表演的前一晚我就在飯店做小抄並死K這些字眼；〈當我們不在一起〉的韓文是「五哩嘎 憨給 依基 安呢 吪」（우리가 함께 있지 않을 때），〈起來〉是「以樓拿」（일어나），〈雨和眼淚〉是「批哇 努木兒」（비와 눈물），一旦陌生的語言寫成中文就會覺得好像不那麼難了，我邊睡邊練唱著感覺自己好像會唱韓文歌的樣子，當然是只有副歌啦。

晚上表演的地方就在離飯店不遠的KT&G想像空間，我們彩排結束之後在休息室隨坐隨站隨意晃蕩，忽然一個像是漫畫《JoJo冒險野郎》裡的人影闖進來，原來是Trash的吉他手頤原，他說他來首爾看Slash的表演，在附近逛街的時候遇見了我們的宣傳阿原還有廟公阿勇，於是就被抓進來互相打鬧一番。這趟旅程已經是第三次這樣遇見家鄉的朋友了，在首爾旅遊或工作的台灣人可能比想像的還多吧，世界有時候好大，有時候又好小，這個星球裡有想見的人也有不想見到的角色，無論是誰也希望在我知道或不知道的地方都平安健康，不知道之後還會遇見誰？希望每個人的不期而遇都是可以擊掌並且開心的。

　　一起表演的韓國樂團叫做Every Single Day，他們唱了很多齣韓劇的主題曲，休息室上的歌單List上顯示他們唱的七首歌，其中有六首是英文歌名，分別是〈Lucky Day〉、〈Kiss〉、〈Go Back〉、〈Echo〉、〈Get Me Now〉、〈Super Power Girl〉，白紙的下方是四分衛的歌單分別是〈跟他拚了吧〉、〈吸血鬼〉、〈床底下的怪物〉、〈當我們不在一起〉、〈愛可以讓我們在一起〉、〈一定要你來救我〉、〈我們都是被過去綑綁的人〉、〈起來〉、〈大風歌〉、〈破銅爛鐵〉、〈多麼美好的一天〉、〈雨和眼淚〉、〈項鍊〉、〈練習對抗的過程〉，兩相對照之下忽然發覺英文好像比較吃香誒，雖然我不知道他們的歌詞但是大略可以從英文歌名感覺，反過來韓國朋友一定看不懂那麼多的國字並排在一起吧？我好久前就想像要是外星人來攻打地球遇到英

文他們應該可以從容應付26個字母和阿拉伯數字，但是遇到筆畫多的繁體字還要加上注音符號應該就會放棄要佔領地球的計畫而改道去月球或火星度假，所以只要遇到老外中文說得不錯的，我真的發自內心覺得他們厲害。

　　唱〈當我們不在一起的時候〉我把副歌唱成「五哩嘎 憨給 依基 安呢 呦」，但我不確定當天前來的韓國朋友有沒有意會到。

　　演唱會後的慶功宴允善特別安排兩隊人馬一起吃烤肉，她講了一口流利的中文讓我嚇了一跳，後來我才知道她曾經在政大念過書；Every Single day的主唱文成南說我比他年長他要特別夾菜給我吃，鼓手金孝榮往玻璃杯裡倒了真露，再依比例分配往裡倒了些啤酒，然後用左手扶住一支鋼筷往杯裡一站，右手拿著另一支鋼筷往左手那支鋼筷像打鈸一樣敲了五下，清脆的聲響發出的同時，杯裡的泡沫同時冒了出來，此時全場歡呼然後他把酒杯豪邁地往桌上一放對著我喊了一聲「大哥」，我正想要說「我不當大哥很久了」但想說有一半的人聽不懂於是又把話吞了下去，我喝了半杯就把杯子交給虎神，臉紅通通的虎神似乎已經被尊稱大哥許多次了。

　　那聲大哥讓我不禁想到最近在這樣的聚會場合放眼望去年紀最大的就是我，小時候拚命想要把數字往上加，後來則是希望用減法，記得高中畢業之後在製片公司上班一直到當兵退伍之後到另外一家製片公司，當時的工作場合或是聚會年紀最小的都是

我，某天我和某位46歲的主管開會，他的桌上有一個牌子應該也就是他的座右銘寫著「沒問題」三個大字，牌子的旁邊則泡了壺菊花茶。我記得很清楚的是當他在喝茶的時候，當時22歲的我心裡想的是「噢原來老人都喝菊花茶啊」，一轉眼我已經超過了46歲這個數字好多了，我已經不記得開會的內容了也不清楚菊花茶的味道，但當時那樣的想法真的很深刻在腦海裡。

酒足飯飽臨別之際大家一起站在很大的真露酒瓶氣球前面拍照留念，鼓手金孝榮和我勾肩搭背自拍影片，我再唱了一次副歌並對鏡頭說這是Every Single day的鼓手金孝榮，他則用韓文再說了一遍然後看著鏡頭指著我說：「My love, this guy.」

虎神應該是被叫大哥的次數比我想像得還多已經無法正常走路了，回飯店的路上有好大一段路程是被我抬著回去的。

● 一個在旅程結束之後能夠等待他的人

首爾應該是這輩子我遇過最乾的城市，那幾天樹木都沒有葉子，天空霧茫茫地，昨晚吃飯時韓國朋友還說我們很幸運遇到這幾天均溫都在攝氏一度左右算是暖和了，我想像著他們所謂的暖和和嚴寒的分別。在回程當天起了個大早全副武裝戴著手套包緊緊到處亂跑，往斜坡跑了一陣子進入弘益大學遇見了一個籃框，球場綠得很漂亮，我左顧右盼想要尋找球的身影但都沒有，有框無球的心情就像想要抽菸但沒火一樣，為籃框拍了張照片上傳限

時動態並打卡，我帶著些許遺憾跑往其他方。

　　回程時我在Forever 21的對面一間Angel-in-us Coffee吃早餐，天使在我們之間幹嘛？天使在我們之間應該很浪漫吧？我花了八千多韓元點了一杯奶茶和一片切成兩個三角形沾有牛油的烤土司，看著窗外的人車慢慢變多，想著晚上就要飛回去了，喝了一口熱熱的奶茶，我忽然想起多年前某個朋友跟我說他跟女朋友說想要一個人去紐約旅行，朋友的女朋友說為什麼不一起去？朋友說他就是想一個人在陌生的城市裡走走看看，因為他不知道那樣的感覺，後來幾年之後那位朋友和女朋友分手了，他很傷心並再也提不起興趣一個人去陌生的城市旅行了，他說原來可以一個人任性地到處走走都是因為有一個可以回去的地方或是一個在旅程結束之後能夠等待他的人，我咬下一口吐司忽然有點理解當初那位朋友跟我說的話。

　　下午我們在Lobby集合，Mia帶領我們吃了午餐並帶隊坐公車前往梨花女子大學，在前往校園裡那段兩道高牆圍住的著名延伸向上的階梯之前看見一位長髮飄逸之女子穿著梨花女子大學的外套，黑色長長的外套背後有灰色的大學圓形logo，圈圈的上面寫著「梨花女大」四個字，在字的左右兩邊又各有1886和1945兩個年份，圈圈的中間是個古代城堡的線條，城牆的下方寫著「善美」兩個字，圈圈的下緣中間有個太極符號，左右兩邊則是EWHA以及W.U兩組英文縮寫，圈圈的外圍還有類似花瓣的線條，感覺要傳達的訊息很多讓我忍不住想要靠近觀察，在被當成

變態之前趕緊拿出手機幫她離去的背影拍照，好想也擁有一件梨花的外套喔！我查看照片的時候才發現外套下襬的地方出現了一句韓文，韓文底下寫著Where Change Begins，改變開始的地方應該就是他們那年的slogan吧！

　　飛往桃園的半空中，吃過飛機餐之後整個機艙變得昏暗，忽然有位空中小姐跟我說希望我走到最後面跟他們合照，我受寵若驚趕緊起身並召集團員前往一起合影留念，在這麼多的旅程也坐了好多趟飛機，對於機師以及我在飛機遇見的服務人員我總是心存敬意，長時間工作在狹窄的走道上真的非常辛苦，要和顏悅色還要穿著高跟鞋，為什麼航空公司不和運動廠商配合讓他們穿運動鞋，那樣不是比較舒服嗎？並且造型一下還可以是個活廣告。

2月 新加坡、吉隆坡、檳城、曼谷

● 沒電了還是要笑瞇瞇的啊

　　我們的飛機即將降落在樟宜機場之前飛越了新加坡海峽，從機艙的窗外往下望看見海平面上漂浮著好多個看起來像是樂高積木般的輪船，有些輪船的尾部正激起了水花，我心想著1999年2月的公司旅遊，2014年5月的Live Music Matter音樂節，2018年12月的SGIFF新加坡國際影展，連同這次2019年2月的練習未來巡演，這次是第四次來到新加坡了，沒有很多次但又很熟悉的感覺。

　　我站在Days Hotel的門口看見旁邊是擁有百年歷史的靈隱寺，晚上八九點寺廟內香客絡繹不絕，我聞著香的味道打開手機的Google Map，發現往北走是一條河，天色那麼暗了我跟著大夥的腳步前往光線充足以及可以填飽肚子的地方，喝了碗肉骨茶吃了幾盤菜再喝了杯啤酒，我脫隊逕自朝著月光的方向走去，月亮蠻大顆，但手機拍起來就是沒有實際上看到的感受。

　　我順著路往南走，不一會兒來到一個類似國宅的區域，這個住宅區位於Whampoa由前方幾棟比較窄的和左右兩棟比較寬的十幾層的大樓面對面組成，由於大樓很寬再加上每一層的每一戶都緊連在一起，所以我打算在每一層從左到右再走上樓梯再從右到左地觀察像是探險一樣，走廊那麼地長我卻遇不到一個人，每家

每戶在屬於他們的走廊上都放置了他們家裡風格的花盆、燈籠、曬衣架、拖鞋之類的物品，有些傢俱甚至滿到阻礙了通行走道的一部分，雖然可以側身前進，但我想鄰居之間一定會在每個月的住戶大會提出來檢討，社區的活躍分子應該也會對此議題強烈譴責，而冥頑不靈的住戶卻還是死性不改，我想對於每一個在住宅區居住的人，彼此之間都有氣味相投的朋友也一定會有那種不想遇見卻經常遇見的人，我想這也算是社區裡面一個又一個小小的並不感人但有些阿雜的故事。我在二樓的最右邊緊靠樓梯的住戶門前停了下來，那間住戶前的白色矮牆上放了三個小小的公仔，中間的招財貓正在瞇著眼睛微笑，它穿的紅色衣服上寫個「祿」字，右邊的黑白相間熊本熊站在紅色台子上張開手臂，左邊的黃色小雞站在寫有MINISO的綠色台子上，它們的台子上都有小小的灰色液晶顯示器，應該是沒電了所以沒有任何數字顯示，沒電了還是要站得直挺挺的啊，沒電了還是要笑咪咪的啊，它們的主人應該是住戶裡睡著的小朋友吧，我為它們拍照留念，當作它們熱烈歡迎我來到新加坡。

　　回到飯店房間，房間裡的電視正在播放時尚設計師卡爾拉格斐的畫面，不巧的是我們飛新加坡的那天剛好就是他離開的日了，我想起他曾說過的一句話「緬懷自己的過去，就是沒有未來的開始」，就是因為有了過去才會有未來吧？誰不是一邊踩著過去的疼痛一邊往前走去，偶而想一想還可以啦，偶而想一想就該忘了啦。

● 頂著大太陽一邊後悔一邊前進

　　隔天我照例起個大早往飯店後方的加冷河跑去，陽光強烈河面好安靜倒影不為所動，空氣清新我跑過了河面上的那條橋打開世界迷霧App繼續往前跑，一路上遇見三隻貓，他們的耳朵都有剪過的痕跡。回飯店發現虎神還在睡，我洗了個澡便再度出門，穿越了同一條橋往車站的方向走去，經過大巴窯一條美食街的時候，有一位老頭子大聲嚷嚷的說他迷路了找不到他的兒子，店家和路人都側眼看待，旁邊有位路過的女生問他要往哪個方向走，他說好渴想喝水，我看著那位好心的女生就近買了一瓶Sparkling礦泉水給他，那位老頭子拿著拐杖並非衣衫不整但言語有些任性，我覺得怪怪的就跟著他們一起走。他說他兒子就在附近的咖啡廳但他怎麼走都走不到，還說他住在美國此次是來新加坡旅遊，他越講越急越講越語無倫次，他行動不便所以我請他們先在轉角邊路口停一會兒，在手機地圖裡發現一家星巴克，我趕緊跑進去看見一位男子獨自一人不耐煩地坐在椅子上看著手錶，好像是勞力士的廠牌但我不方便仔細查看，他面前的桌子上擺了個背包和幾個購物袋，我直覺沒錯趕緊再帶著他拎著大包小包地去找他爸爸。父親和兒子見面之後免不了責怪了對方，但有外人在又必須克制些脾氣，感覺上是做了一件好事但回想他們針鋒相對的樣子又好像不是，找麻煩的大部分都是自家人，尤其又是在旅程當中，我大概了解那樣的心理狀態於是趕緊和生氣的父親以及不

斷抱歉和道謝的兒子說再見，蠻巧的是那位好心的女生也是要往大巴窯車站的方向，路上她跟我說她住在馬來西亞，因為新加坡的薪水較高於是準備在這兒居住與工作，目前正準備前往公司安排的體檢，我跟她說我是來新加坡表演的，但是她似乎提不起興趣，我也覺得好像不方便說得太多就祝福她一切順利。

我從烏節路站下車就這樣一路再走回Days Hotel，其實直線的距離沒有多遠，只是有些路跨不過去，很多的紅綠燈都必須走ㄈ字型增加很多等待的時間，再加上很多時候不想看地圖憑感覺的結果就是走過頭或繞了遠路，頂著大太陽一邊後悔一邊前進，一邊期待下場雨，一邊也遇到新鮮的地方然後一個不注意拐個彎就發現飯店就在眼前，好像有些事情有些歌就是這樣，夾雜著開心期待抱怨失落，不知不覺也就完成了。

下午上了廣播和接受採訪，DJ和記者問當初為什麼休團？這些問題在很多不同的地方和時間透過不同的嘴巴被問過，但我的回答除了簡單的那句「我跟虎神吵架啊」，其他的故事和細節或許會有些不一樣，大概是計劃趕不上變化，大概有時候想要點戲劇化再加上氣溫和經緯度和心情也不一樣所造成的結果。

● Live就是活著的感覺啊

表演場地10 Square位於烏節路上，我想說昨天就經過了但怎麼沒發現？當天表演結束之後有一位朋友帶著所有四分衛的作品

來給我們簽名，其中有一張單曲《R》上面已經有了我和虎神的簽名，在我的簽名下方的日期是「2005.10.2」，那天應該是第四張專輯《W》的發片場在公館的The Wall，當天還是龍王颱風過境啊，我對著年代久遠的日期和所有的作品有些感慨。這位朋友想要幫這張單曲補上奧迪和緯緯的簽名於是我和它相隔14年再度碰面，真的啊這些歌真的有陪伴一些人的回憶，還有啊就是我覺得簽名加上日期真的很重要啊，就算是那麼多年了字跡還是那樣凌亂難看。當天還有位朋友跟我們說第一次看四分衛是2014在河岸留言，非常喜歡〈雨和眼淚〉，我記得很清楚他說「Live就是活著的感覺啊」的時候眼睛瞪得大大的，我心裡有些感動也謝謝他提醒我，有時候就算是同樣的歌，台上台下看的視野和所感受得真的很不一樣。

　　隔天一大早天還沒亮就火速抵達樟宜機場，樟宜機場真的是數一數二的漂亮，店舖上方的動畫就像舞台劇一般，那是有劇情音樂由真人演出的畫面，內容大概是敘述1900年代男生女生相愛到結婚的過程，在起飛之前我目不轉睛地看了一場很棒的表演讓我精神醒了過來。

　　飛機即將起飛，我看著雜誌上「Travel 360」的廣告是「鐵人28」一個弓箭步揮著右拳站在神戶JR新長田的畫面，畫面裡藍色的天空有一句手寫的文案「March of the Robots」，我喜歡橫山光輝於1956年設計的所有鐵人28機器人系列那種呆呆笨重的樣子，就算後來經過那麼多年造型有所改變，但不變的是線條簡單

耐看，相比之下變形金剛的細節實在太多了。記得去看變形金剛第二集的時候只買得到前排的票，距離太近螢幕太大的結果就是激烈的戰鬥場面沒有辦法一眼看完，必須經常讓腦袋從左到右或是反方向擺動，真的為製作變形金剛的動畫師和電腦以及全世界前排的影迷感到辛苦。

Tetsujin Twenty Eight! Mechanic Switch On! Hammer Punch! 戰鬥吧鐵人 Iron Fighter! 改天啊一定要去看看鐵人28本人，未來的某一天我們在神戶的太陽底下見面的時候，我一定又比現在遇見更多的人然後也寫了更多的歌吧。

● 歌都唱完了話卻還沒有說完

到達了吉隆坡就從機場火速前往City Plus FM廣播電台，主持人反戴著棒球帽蓄著鬍子看起來好像之前廣告公司的同事，但當天他問了我們什麼我真的一點都不記得了，之後兩台計程車分別把我們載往Manhattan Business Hotel，行李放放簡單沖個澡就要出發前往現場。

我坐在二樓的休息室聽著此次一起在Live Fact共演的Tinnitux耳鳴樂團彩排所產生的巨大聲響，一邊望著接近黃昏時刻窗外的鳥兒飛來飛去，二三十隻就這樣來來回回，不知道這群鳥兒是因為受了音樂的影響還是在玩什麼遊戲，還是想要向希區考克的那部電影《鳥》致敬？迷幻的音樂和眼前的畫面搭在一起就像天然

的MV一樣十分好看，我趕緊用手機拍下來想要上傳IG打卡，便問了在現場的一個穿著黑色T恤上面印有MHXFT CREW白色字樣的朋友，我說請問你們這兒有WiFi嗎？他說：「我們都用隔壁酒店的！」哈哈哈我覺得這回答真是太帥了，一句話讓枯燥等待的時間變得開心，旁邊盯著螢幕的攝影師小綠正專心地看著手機裡播放的影片，他跟我說他正在看《屍戰朝鮮》，一看就停不下來一集一集往下看，那是我生平第一次對於追劇這兩個字稍微有些概念。舞台的地板上放了一塊紅色花紋上面有好多圖案密密麻麻的地毯，多了一塊地毯還真的蠻好看的，之前看過很多國外有名的樂團他們在錄音室裡工作的時候就是站在那樣一張張漂亮的地毯上面，只是我總覺得地毯要清洗十分麻煩，但是和磁磚比較起來地毯應該溫暖許多還兼具吸音效果。表演結束之後我看著小綠幫我們拍其中一張的照片，紅色的燈光遍佈了整張畫面讓我覺得剛剛應該要多唱一首〈風往哪兒吹〉才對。

宵夜就走到飯店旁的一家印度餐廳吃了炒麵和煎餅喝了拉茶，飯店往返餐廳的這趟七八分鐘包含等紅綠燈的路程就是我在吉隆坡走得最遠的一趟路了，巡迴表演的時候有些地方真的就像蜻蜓點水一樣，當天到達黃昏彩排晚上表演，歌都唱完了話卻還沒有說完，隔天一大早又要飛去另外一個城市，陪著我一起舟車勞頓的是在不同的經緯度所看見的白天的太陽與晚上的月亮，我覺得行程好趕好急迫也一路感恩。

飯店的房間號碼是206，我對數字蠻敏感的立刻就想到小時

候每個週末去外婆家都會從永和坐259公車到西門町國軍英雄館旁的憲兵隊大樓底下等外婆來接我，外婆就是從士林坐206來再跟我一起坐206到外婆家，記得某次也是在同樣的地方等外婆的時候，旁邊坐著一對年輕情侶也在等公車吧，他們緊緊依靠著，女生的肩膀靠在男生的胸膛，男生的右手就順勢放在女生的牛仔褲後方的口袋裡，當時的我差不多小學四五年級，我對那樣的畫面似懂非懂覺得原來那樣就是一種親密的方式吧？因為206這個數字我想到外婆想到小時候的自己也忽然想到素昧平生的他們，人生就是相聚分離以及做決定，不知道他們是否還在一起或是後來各自有著各自的故事？臨行前我跟房間說聲「謝謝」並為大門上的號碼和貓眼一起拍照留念。

● 發過唱片也拍過電視和電影的明星

Soundmaker Studio有一隻小精靈Gremlins公仔就坐在廢棄的盤帶機上面，小精靈在電影裡非常討喜，他既怕光也不能碰水，午夜之後嚴禁餵食，我有點想往他身上灑水讓他變成惡魔的樣子但又怕他搞壞我們的場子而作罷，當晚本來想穿在大阪買的那件PUMA迷彩外套上台想說和吉隆坡有些區別，但既然遇見了可愛的魔怪那就還是穿那件在原宿買的背後有小精靈的橫須賀外套上台好了。另一方面我也想到了之前的一件事：某次體熊專科的製作人杉特邀請我以及女孩與機器人的Rinn和江松霖三組人馬擔任

他們在Legacy專場的嘉賓，當天我唱了速度比較快的〈項鍊〉和Tizzy Bac的〈查理布朗〉，當時杉特正在教某位發過唱片也拍過電視和電影的明星彈吉他，當天他也有邀請他來看表演，表演結束之後沒幾天他又來上吉他課了，杉特問他當天的表演如何？那位發過唱片也拍過電視和電影的明星說：「表演很精彩很好聽很好看啊，但就是有一個男的喔穿件運動外套就上台了也太隨便了吧？」哈哈哈～我聽杉特這樣轉述覺得對那位明星又多了一份莫名的好感，不過那陣子我買了好多件不同顏色款式的運動外套，到底是哪一件啊？於是我趕緊去YT查看，當天我穿的是在涉谷買的有皇家馬德里logo的灰色運動外套，我有點擔心是不是有很多人和那位明星一樣有這樣的想法啊？說真的要思考上台表演穿得舒服和穿著體面對我來說還真是費功夫啊！

　　當晚一起表演的是來自檳城當地的Muffin Scars鬆餅痕樂團，後來四分衛也有邀請他們和東京的barbarfish來參加當年夏天舉辦的麻雀音樂祭。跟著四分衛整個巡迴到處跑幫忙規劃整個行程安排的企劃宣傳阿原是馬來西亞人，虎神趁著表演到一半的時候把他抓上來請他聊一聊為什麼離開家鄉到台灣來這一回事，難道是躲債嗎？阿原簡單的說明他來台灣念書的故事之後就開始敘述他自從擔任四分衛的企宣之後就把四分衛的專輯和單曲都買齊了，唯獨第二張《Deep Blue》買不到，虎神開玩笑說家裡有盜版的可以送你，台上台下笑成一片，阿原緊接著說和四分衛合作之後聽了他們的歌發覺四分衛的歌需要一些時間來思考，可能要聽個

100次吧之後就會有不一樣的感覺，他還問台下你們有用KKBOX嗎？KKBOX每一年的結尾都會顯示你聽過最多次的歌是哪一首，他說他在KKBOX聽過最多次的歌是〈當我們不在一起〉，而我的年度藝人是四分衛。台下哇哇哇聲一片，緯緯坐在大鼓後面吐槽他說是因為你喜歡林宥嘉吧？哈哈哈我心想宥嘉確實唱得很棒！三年多過去阿原也轉換跑道前往南部流行音樂工作，他在串流平台上的年度藝人不知道是誰了？

　　再把時間倒退到2001年8月，四分衛即將發行第二張《Deep Blue》，公司內部忙得人仰馬翻，當時的企劃找了一位原本設計手機的設計師來設計Deep Blue的唱片封套，我印象深刻的是他的提案裡有一張Macy Gray的CD圓標，那張圓標很漂亮是銀色質感的，由裡到外是一圈圈細細的銀線像湖面漣漪一樣非常漂亮，他說他會按照這樣的感覺來做設計，後來不知道哪個環節出了差錯，實際的成品到達手上的時候和想像的落差太大，我記得當時我有對企宣生氣吧？他們面對即將發行的日期以及上頭的壓力再加上我的氣急敗壞，於是企劃哭宣傳也哭，誰也不知道該怎麼辦，於是成品就這樣在九月中出去了……。現在回想起來倒是不那麼介意成品了，反而是內心對於當時他們的哭泣感到抱歉，很多時候應該要反應快一點盯緊一點主動一點去關心音樂以外延伸的事物與人，二十多年過去當時的同事的名字和樣子真的有些模糊了，不知道他們是否還是在這個產業裡奮鬥？亦或是在某個領域忙碌著？

就在阿原在台上分享內心的感覺的同時，我發覺有一位小女孩和我一樣穿著黑白條紋的T恤，我開玩笑跟她說：「妳看起來很會唱歌喔？」我的直覺沒錯，她走上台之後開始介紹他們樂團叫做 Kozyy Band（枸杞家庭樂團），雖然今天擔任Bass手的姊姊沒來，但還是想要為各位唱一首榴槤歌，不一會兒她的爸爸揹起虎神的吉他，哥哥走向鼓組就了定位，小女孩台風穩健眼睛盯著台下面帶微笑一點也不怕生地開始唱著「榴槤榴槤榴槤，我要吃榴蓮」，這首歌的副歌我一聽就記得，除了印象深刻的副歌以外，我內心對於這位爸爸充滿了尊敬。曲終人散我和他們在門口做簡短的道別，我看著爸爸牽著小女孩的手與哥哥緊跟在後的背影，輕鬆愉快的腳步讓我感覺他們家似乎就在隔壁那條街裡。

● 喊我名字的人

Victory Garden Hotel 417號房室內採光良好，房間的地毯上有兩把躺在Case裡的Fender Jazz Master電吉他，酒紅色的是虎神的，米白色的是我的，他們都被窗外早上六七點強烈陽光曬得發亮，我蹲下身準備把Case的蓋子闔上之際忽然發現我的吉他上面的螺絲和拾音器以及六條弦都呈現了深咖啡色生鏽感覺，維基百科顯示生鏽是指金屬和空氣中的氧，所產生氧化後的一種變化。我看著自己米白色的那把Jazz Master斑駁的樣子，再對比旁邊那把酒紅色的Jazz Master光鮮亮麗並且金屬質感煥然一新的樣子覺得有

些「阿雜」，每一次在台上流下的汗難免都會滴落在吉他的身上，任憑我每次在表演結束之後拚命擦拭還是會有沒有注意到的地方，沒有注意到的地方一多，經年累月就會變成難以挽回的樣子，說好聽點的話就是長年征戰所留下來的痕跡，說難聽點就是粗心大意沒耐性。

趁著離起飛前還有幾個小時我往海邊跑去，經過了舊關仔角鐘樓遇見一個大草原，草原旁的紅磚道整齊地停了一排腳踏車，車身的顏色是Tiffany藍再加上一些彩色的色塊，這是檳城的微笑單車叫做LinkBike，我不知道LinkBike的租借方式覺得有點可惜，草原上有一群皮膚黝黑打赤腳的人在打板球叫喊聲此起彼落，我看著看著還是搞不懂板球的規則覺得有點無聊就往海邊走去，海邊的沙灘空無一人，往馬來西亞本島望去的海上有船當作遠景，欄杆上站了一隻烏鴉，我看著牠發現我接近之後飛走的樣子覺得時間一直在消逝，於是趕緊往半空中掛滿燈籠的義興街跑去。

在觀音廟前雙手合十向檳城的神明請安，感恩一路上遇見的人並祈禱往後的路程一切平安，回頭一群鴿子從天而降，我直覺是坐在石階上的老人往灰色的石板地灑下了米或是飼料，看著他坐在那頭低低的一動也不動像是在睡覺，想說懂得低頭的人才是聰明人吧，他的背後有一位胖胖的婦人雙手合十對著廟宇一直說些我聽不懂的呢喃，為了怕打擾鴿子覓食所以我繞道而行往不知名的方向前進。

路過一條擺滿市集的街道，我打消了繼續往前跑的念頭打算

好好逛一逛，市集裡有人寫書法有人現場畫肖像畫，還有一群人拿著烏克麗麗唱著〈Can't Take My Eyes off You〉，我經過一個寫有「別讓貓狗繼續流浪」標語的牌子，牌子旁的攤位都是等待領養的貓咪與狗，我帶不走他們只能幫他們可愛的身影拍照留念。某次和盧建彰導演一家聚會，我想送一本童書給他們的五歲女兒，我在書店裡找到一本貼著三本以上75折貼紙由花貓當封面的童書，這本書叫做《沒有名字的貓》，故事不長畫面很漂亮，我翻到結尾兩頁看見主角貓咪到最後自言自語地說「啊原來我想要的不是一個名字，而是一個喊我名字的人」，當時我看到這兒眼淚差點流了出來，繪本裡的貓咪平平淡淡的文字讓我站在書架前有點撕心裂肺。我回想從小到大養過的寵物，想起他們每一隻的名字和自己當時正經歷的一些事，我又懷念又抱歉又後悔又謝謝他們出現過在我的生命裡，如果記憶能夠飄浮在空中讓變成天使的他們翻開來看，他們一定會發現我現在比他們記得的樣子老很多，我在流浪動物攤位前想起了當時在書店的心情，並祈禱貓貓狗狗他們當天都能遇見心愛的主人，然後幫他們取一個名字。抱著烏克麗麗的一群人後來唱著〈張三的歌〉，我聽著他們唱著我們要飛到那遙遠地方看一看，這世界並非那麼淒涼，逐漸遠離市集。

　　定居在檳城的立陶宛藝術家Ernest Zacharevic在街道的牆壁上畫了好多畫，我就和一般的觀光客一樣一一為這些藝術作品拍照打卡，檳城對我來說就像是台南、恆春、印度、英國的綜合體，

我去過台南也去過恆春，但沒去過印度和英國，為什麼第一直覺會把這兩個國家和檳城聯想在一起有點奇怪，就在感覺奇怪的時候在某巷道轉角遇到一隻不怕生的虎斑貓，四隻腳掌有三隻是白色的，我蹲下來摸摸被太陽曬得暖呼呼的「他」，往他的後方望去看見一女子用很誇張的姿勢在拍照，同行的朋友嘻嘻哈哈的，不一會兒虎斑貓「喵」了一聲往轉角跑去，我跟著他跑去才發現轉角那兒似乎是某戶人家的後門，後門前的空地上有十隻不同顏色的貓咪正在被主人餵食，虎斑貓一溜煙的跑過去加入他們的行列，陽光很強，他們都待在影子裡面，他們很好心都記得每一隻的名字，他們也很幸運都擁有一個喊他名字的人。

● 飛身撲救太強

　　由於抵達曼谷的時間已經蠻晚，我急忙和在民宿歡迎我們的是那隻掛著鈴鐺的黑貓打了個照面，就趕著坐電車往接近打烊的恰圖恰市集奔去，夜市裡除了攤販的燈還亮著其他店家的鐵門都已拉了下來，遇見了悠閒躺在一堆座墊上的另外一隻胸口是白色的黑貓，還有兩隻被主人牽著正在散步的哈士奇，流川楓、櫻木花道、瑪莉兄弟、美國隊長、柯南、綠巨人、小丸子、原子小金剛等一堆公仔坐在展示架上，我買了很會搶籃板的櫻木花道旁邊的頭會晃動的粉紅豹公仔當作紀念，想把他放在書桌上當在我腸枯思竭的時候助我一臂之力。散步的時候忽然發覺整個東南亞都

很難過馬路，曼谷的馬路又大又寬中間又有柵欄，如果忽然想要到馬路對面就得往前或往後走好久尋找有號誌的路口，所以後來只要我遇到斑馬線都會左顧右盼360度巡視一遍，雖然走路是我的強項，但畢竟人生地不熟還是想要有效率一點，在一個轉角過後遇到一個露天搭了棚子的運動Bar滿滿都是人，樂隊正在演奏我沒聽過的歌，電視牆上正在播放英超利物浦對曼聯的現場直播比賽，我把照片上傳IG，朋友留言回覆本日「0比0悶平」。足球的比分和籃球很不一樣，球飛過來飛過去，對於場上的球員和看球的人們，真的是每一分都得來不易非常艱難，有時候就像歌詞裡的某一句和某個字或是你想要對某人說的話，曾經令人聞風喪膽的義大利十字聯防以及守門員的飛身撲救太強，上下半場加上中場休息以及傷停補時的時間一分未得，於是寫不出來唱不出來講不出來，那樣一堆字藏在心裡面可是會內傷。

　　TD民宿附近的7-11，貼著一張優格廣告海報，海報上面一男子握拳堅定的神情，我猛然一看以為是張學友，細看之下才發現不是，回頭望見阿勇穿著拖鞋往我這方向走來問我吃了什麼，我看著他身旁的腳踏車和水果攤販還有背後還亮著燈的商家和柏油路面，忽然覺得有一種我在景美夜市附近巷弄的感覺。

● 與內心的怪物和平共存

　　我看著捷運旁幾位穿著橘色背心的摩托計程車大哥想說沒有

坐過來試試看好了，於是打開手機地圖比手畫腳加上菜英文說想去Chit Lom Station，忘了付了多少泰銖，只記得是一百多塊台幣。我坐在Honda Click 150揚長而去，人在異地坐在摩托車後座在馬路上穿梭，曼谷雖然作為有名的「堵城」在非尖峰時間車行速度還算順暢，但操控方向以及速度的不是自己，難免有些忐忑，忐忑這兩個字上的下面是心，下的下面也是心，覺得新鮮卻不踏實還是得冒險前進，難得的機會我拿起手機對著馬路拍照和錄製影片，鏡頭對到照後鏡的自己才發現我沒戴安全帽，舉目望去只要有摩托車在跑駕駛一定會帶著安全帽，我這個違規的外國人硬著頭皮厚著臉皮在摩托車後座又緊張又開心，在等紅綠燈的時候路口的電線桿上的電線盤根錯節密密麻麻的非常複雜就像偶而深夜時分思考人生的時刻毫無頭緒，一條一條的電線從這裡到那裡一直連接到我不知道的遠方。車行至車站附近我跟摩托車大哥說聲謝謝下車，他鐵定比我年輕但戴著口罩我只看得到他在笑的眼睛並拍照留念，我看著他催了油門離我遠去，橘色的背心後面寫著「7」這個數字，我不知道他的名字而他應該也不記得曾經載過一個在他背後一直拍影片的人。

　　曼谷的四面佛位於熱鬧的商圈十字路口轉角，就在某高級飯店的下方，抬頭可看見電車經過，人潮香火不斷，我雙手合十參拜了四面佛並獻上崇高的敬意，走上R Walk空橋往Siam Station走去，邊走邊看吃了盤附有三片小黃瓜的雞腿飯，忘了是什麼時候開始敢吃小黃瓜的？明明是綠色的皮為何又被叫做小黃瓜？我藉

機胡思亂想讓咀嚼的時間變長，吃著吃著忽然想到：啊～剛剛在心裡跟四面佛講話的時候神明聽得懂中文嗎？聽得懂啦，神明會保佑心地善良的人，雖然我有時候會有很多不好的情緒，但我決定用負面的力量來反擊負面的想法，負負得正再加上內心保持善良與內心的怪物和平共存，吃下最後一片小黃瓜，神明也會保護漫步在陌生城市裡的那個傻傻的人。

　　在邊看照片邊回想的當下，我google了一下查看當時走路的方向，赫然在一篇日期是2018年有關於曼谷的文章裡看到萬事達卡公布的全球旅遊城市報告曼谷排名第一，不管傳說中的堵城交通尖峰時刻動彈不得，或是代表城市的前置未規劃詳盡而出現的摩托計程車，在當時曼谷就是大家最想去旅遊的城市，相對比之下東京的地鐵線路四通八達，日本人應該是在早期就做好了城市規劃，緯度不同，氣候不一樣，會下雪的地方和不會下雪的地方，腦袋的想法也會不一樣。

　　我從Siam坐淺綠色線來到白天的恰圖恰市集，我站在高高的月台往市集望去，一排排矮矮緊鄰的平房綿延不斷，風吹日曬雨淋過多屋瓦顏色已不夠飽和，整片市集的後方是一堵高牆，我還能聯想到什麼呢？當然就是《進擊的巨人》。忘了是什麼時候開始很容易被電影或是漫畫、卡通、小說裡的一些話給煽動和鼓勵，就像《進擊的巨人》漫畫裡其中一位主角阿爾敏說：「什麼都無法放棄的人，絕對無力改變任何事物。」當時我看著卡通裡的角色拚命地和巨人搏鬥，心裡也想著人生裡好多大大小小的放

棄，畫面的列車快速通過卻寂靜無聲，遠遠地望去還是那堵市集後方的高牆，高牆上方沒有巨人只有灰色的天空和幾乎靜止不動的雲，時間的河繼續流動提醒我往前走，到了某個年紀或許繼續是地獄，放棄也是地獄，不管做什麼決定或許都會痛得要命，與其擔心必定會來到的後悔，還不如當下就好好地拚命。

　　我在恰圖恰市集旁的公園遇見了松鼠、九官鳥、一堆鴿子、一隻我想要靠近卻逃之夭夭往河裡鑽的大蜥蜴，還有一對坐在湖邊的年輕的情侶；他們肩並肩一起坐在野餐墊上，女生的白色球鞋旁有一堆鴿子在草地上走來走去，今天並非假日，他們是翹班嗎還是翹課還是在做生態研究？我為他們甜蜜的背影拍了照，然後在遊戲區坐上了盪鞦韆擺盪了一陣子並唱著歌。

　　走吧　去恰圖恰盪鞦韆　用力殺著時間　　走吧　去恰圖恰盪鞦韆　市集沒有營業　　好遠　好美　好遠
　　走吧　去恰圖恰盪鞦韆　蜥蜴躺在河邊　　走吧　去恰圖恰盪鞦韆　天空沒有飛碟　　好遠　好美　好遠
　　擺盪最美的弧度　　　勾住路過的彩虹
　　擺盪最美的弧度　蝴蝶停在手指頭　時間　過得好快

　　回民宿的路上在高架橋下方的狹縫中看見一位流浪漢與一隻雞，他對著雞的樣子就像在對待情人一樣，我看了好一陣子錯過了綠燈過斑馬線的時間。

　　晚上的表演在一家聽說要即將結束營業的Play Yard，似乎是一間廢棄的餐廳或是工廠改建，當作擺飾的廢棄電視機和電扇和當作桌子的汽油桶還有不修邊幅的鋼筋外露，整個場地的氣氛有夠Underground，某面牆上畫著Gorillaz的背影，旁邊白色的字註記他們的歌〈Feel Good Inc.〉，入口處有力的標語白底黑字寫著Work Hard Play Yard，當晚有五組人馬輪番上陣，除了四分衛以外還有Moving and Cut，THE OCTOPUSS，TAITOSMITH，APOLLO THIRTEEN。當晚在虎神solo的時候一位留著平頭的男生用力張開四分衛的毛巾高高舉在半空中，我趁著還沒唱歌的空檔把這一幕拍下當作「練習未來」巡迴的ending。在曼谷當地工作的台灣朋友也來到現場，他們說在不同的城市聽到曾經聽過的歌曲覺得感動，我很珍惜素昧平生的他們在不同的地方對我說的簡短的幾句話或是一些關於歌曲的故事，因為後來我真的發現原來我的感動來自於他們的感動。

2020　台北・屏東 高雄 台東・台中 台南

有人在乎你的世界，沒有人關心你的畫面，沒有人在乎你的失眠，
我就這樣和大家一起聽著歌再度揚帆航行於無邊無界。

5月 台北敦南誠品

● 阿北是搖滾明星喔

　　2020年四分衛的第一張專輯《起來》復刻成黑膠版本，當時誠品音樂館的武璋哥三不五時就找我和虎神去敦南誠品簽名，看到店內架上好多張《起來》排列在一起氣勢非凡，我有一種哇喔！我們真的發了一張「唱片」。我幻想打開唱片封套再小心翼翼地把薄薄的黑膠取出來，雙手只用手掌靠在黑膠的兩側慢慢地放在唱盤上面，按下start就可以看到黑膠唱片在唱盤上面旋轉，小時候我把玩具車倒在旋轉的黑膠上面想讓車子跑得更快，被媽媽臭罵了一頓。接著舉起唱臂將唱針移至音軌上方再放下唱臂讓唱針的摩擦來讀取黑膠上音溝兩側的凹凸來產生訊號，再藉由喇叭把音樂播放出來，和手機播放比較起來唱盤真是費時許多，但就是要有這樣的過程才能讓身心靜下來欣賞黑膠所散發出比較溫暖朦朧的音質。

　　要去敦南誠品報到前，我和虎神都會先約在小郭當時在敦北巷弄內的烏克麗麗教室喇賽，嘰哩呱啦了一陣想說封面上有小郭那就一起去簽吧，之後也把小曾找去，但無奈就是找不到阿玩，當時正值敦南誠品的倒數計時，我們去了十幾次音樂館，簽了好多張唱片，拍了好多張相片，遇見好多小時候聽四分衛長大的朋友，他們還帶小朋友來跟我們拍照，我都跟他們說阿北是搖滾明

星喔！一次又一次看著館內的唱片慢慢被清空，感傷也就慢慢堆積了起來，現在回想起來每次簽名時武璋哥也都在旁瘋狂叫賣真的十分感動，數位真的非常方便，但唯有實體才能讓我們放慢腳步，我真的很想念唱片行這些年輕時約會聚會討論音樂的地方，和朋友拿著封套或內頁請櫃檯播放其中的一首歌，然後細細研讀裡面的內文和歌詞，曾經這樣做過的方圓五百公尺內應該只有我和附近經常幫我針灸的中醫師吧。

寫著當下剛剛忽然WiFi變慢我就急躁了起來，搖滾明星誒XD，急個屁喔！真是不應該。

那陣子真的好常去音樂館，看著自己的唱片也看著好多更早之前的唱片，其中有一張我印象深刻，唱片的背面在歌序上面寫著齊豫唱李泰祥作品《你是我所有的回憶》，文字旁邊的畫面是李泰祥老師在沙灘只用左腿站立，弓起右腿彎下腰雙手捲起褲管的照片，老師留著鬍子，瀏海底下一點點抬頭紋，年輕的眼神望著鏡頭像是在說來到海邊應該穿短褲才對。

1999年6月27日角頭音樂在敦南誠品前廣場辦了一場名為放風聲的活動，陳建年、巴奈、四分衛、夾子電動大樂隊都有去表演，五月天還來踢館，當時李泰祥老師就和大家一起坐在階梯上面，現在回想起來那應該是我們和大師最近的距離。

● 復刻了1999的四分衛

　　我看著小郭揹著Gibson SG電吉他在烏克麗麗教室內調整效果器和pose，有將近17年沒有和四分衛一起表演，他應該有些緊張吧？雖然這麼多年期間在某些場次有擔任特別來賓，但畢竟不是一整場，所以應該有苦練了一小陣子吧，年輕的時候彈過的歌現在彈起來應該很不一樣吧。我們一行人揹著樂器走過熟悉的斑馬線來到廣場前的舞台彩排，下午三四點台前已經站了一堆人，邊唱邊看看台下有沒有我熟悉的面孔，馬路上不斷有人車經過，我想著上一次在這兒唱歌的情景，在唱〈睡美人〉的時候我遠遠望見階梯上有一個女生戴著口罩，我不是很確定但她看起來哭得唏哩嘩啦的，哭泣和打哈欠一樣好像是會傳染的，搞得我吹口琴的時候也有點泛淚，我想我應該是看錯了吧？

　　彩排結束再度回到地下二樓簽名並和音樂館做最後的道別。廣場上面越晚人潮越多，人多到安全島上也站滿了圍觀的群眾，所以主辦單位把我們安排到隔壁大樓地下一樓的演講廳休息，吃著便當我看著左邊座位上當天代打的鼓手喵仔正在閱讀一本書，哇喔年紀輕輕很懂把握時間真是不錯，我對書名《殺戮論》納悶了一下，我想我應該有問他這本書在講些什麼吧？喵仔應該也有回答我些什麼吧？但我現在實在想不起來，剛剛google了這本書在博客來的簡介，裡面寫著一次大戰期間，有多數士兵只朝天空開槍；二次大戰時的美軍步兵中，朝敵人射擊的比例僅15%；不

朝敵人射擊的士兵並沒有逃跑或躲藏，他們不是朝敵人頭上方開槍，就是協助同胞裝填彈藥，或是假裝開槍，在隔壁同袍開槍時假裝受到後座力的撞擊。為什麼數百年來士兵拒絕殺敵的情形不斷出現？為什麼明知拒絕殺敵會危及自己性命，卻依然不開槍？有沒有可能，人類其實有著強烈「抗拒殺戮同類」的本能？

我想人性應該本來就不擅於並且會害怕與抗拒對活著的生命按下板機吧？老天爺保佑我們這個星球不要再出現戰爭了，出現在電影和電動裡面就好。

五月底還沒正式來到夏天，人行道有一堆滿載而歸的市集，廣場裡外的人比下午多了好多，我在舞台上也是滿身大汗，虎神因為割了汗腺所以下半身應該像是浸泡在水池裡吧？忘了在唱哪一首歌的時候我走到最右側搭住貝斯手小曾的肩膀繼續唱歌，感覺二十幾年沒這樣做了，有朋友說我們那天復刻了1999年的四分衛，我心想好像就是這樣啊！

表演結束在市集閒晃的時刻，就在午夜十二點前天空忽然下起一陣大雨，突如其來猝不及防的雨勢迫使大家都手忙腳亂，這是因為剛剛有唱〈雨和眼淚〉嗎？還好雨來得快去得也快，空氣也降溫了不少，在主持人的帶領下大家一起倒數和敦南誠品說掰掰，我拍下了熄燈的影片上傳，標題寫著再見一定會再見的。

8月 屏東、高雄、台東

● 吃給海看

　　我喜歡坐在台北車站的大廳吃鐵路便當等待上車的時刻，看看路過的人群或走或坐散落在黑白兩色的地板上，聽說大廳的黑白地板有個都市傳說，大家席地而坐的時候大部分都會選擇黑色的格子，我是沒有特別注意，反正黑色白色坐起來還不都是一樣。我照例提前了半個鐘頭到，坐在地上看到附近一家人的小朋友躺在地上玩雪天使，於是我就把背包當作枕頭也躺了起來，忽然一陣子腳步聲接近，我才一轉頭就聽見警衛在旁糾正我說這裡不是睡覺的地方，我沒有睡著啦～但還是說了聲「抱歉」趕快匆忙地爬了起來，那位玩雪天使的小朋友還是繼續在玩並且用「嘿嘿被抓到了喔」的眼神望著我，忽然我發現他躺在黑色的格子裡而我則是坐在白色的色塊上，原來躺在黑色方格就不會被發現喔？中間幾塊白色的格子貼了很多笑臉，還有很多不同語言的單字，我只認得Smile和スマイル這兩個單字，微笑就是力量，那傻笑呢？傻笑類似苦笑吧，就是當你遇到痛苦或是不好意思的事，那種不知道該如何表達的時候所呈現的樣子，露出潔白的牙齒搭配皮笑肉不笑的臉孔，很適合剛剛被警衛糾正的時候，我邊走邊練習傻笑往高鐵入口集合的地點走去。

　　出了左營高鐵站，從彩虹市集附近坐了接駁巴士到達墾丁，

這次「唱給海聽」音樂節的舞台設立在接近1997年牛年春天吶喊當時舉辦的地方，因為離表演的時間還早，司機大哥載著我們繞了墾丁大街一圈，正值黃昏時刻天空的雲層雖然厚厚的但還有點亮，搭配民宿和餐廳的招牌神氣地亮著，暑假接近了尾聲人潮還是絡繹不絕。司機大哥說「之前連續假期很誇張人啊、車啊多到整條路變成單行道」，我坐在擋風玻璃的後方感受好的視野並享受順暢的行車速度，差不多一分鐘的距離居然要花上數十倍的時間，我不敢想像當時那種動彈不得的畫面。

　　音樂節的名字「唱給海聽」取得還真不錯，我和虎神蹲在沙灘上吃起了便當，我把這樣的場景稱為「吃給海看」，民以食為天，吃飯乃人生一大要務，吃飽了才有力氣做事，阿勇有說過表演之前不要吃白飯，這樣可以避免唱歌的時候唾液分泌太多，我有時候記得有時候卻又忘了，坐在沙灘上看著一望無際的大海，潮起潮落的當下當然很多事情不要記得那麼清楚比較好，要像煉獄杏壽郎那樣狠狠地吃完就是對店家致上崇高的敬意，再對著大海大喊一聲「うまい（真好吃）」！

　　1997的牛年春天吶喊，當時主辦單位就是安排我們住在這次「唱給海聽」舞台附近的一排平房裡，那是個還沒有滑手機和拍照還是用底片的年代，大家都好年輕，房子也好年輕，唱完了歌就和當時的朋友一起到走到漆黑一片的沙灘，坐在那兒看漁船的燈火和聽海浪的聲音，喝著啤酒聊著現在完全想不起來的開心或苦悶，起來這首歌就是從那個moment之後有了一點靈感開始寫

的，我坐在當時是民宿而現在是後台休息室的板凳上吃著很年輕的工作人員幫我們準備的便當，想著許久不見的朋友，想著當時怎麼寫都對的自己，想著當年那場表演看見和大家一起席地而坐的女孩後來寫了〈躺在你的衣櫃〉和〈旅行的意義〉，想著夾子小應在舞台上放了沖天炮，一道閃光往上竄去在半空中爆炸，我似乎聽見了當時吶喊的聲音，原來時光隧道就在自己的腦袋裡，不一會兒穿著全身染色的衣服的卜星慧走了過來，這位吉他彈得很好歌也唱得很好的女生和正在吃便當的我們打了招呼，雞腿還沒咬完的我瞬間從23年前回到現在，趕緊拿張面紙把油油的嘴巴擦乾。

　　想了一下子覺得「唱給海聽」和「吃給海看」可以串在一起，又有聽的又有吃的當然還有看的，海邊那麼精彩，怎麼還沒有人想到？

● 歌名都變得很長

　　當天特別準備了一雙在東京買的球鞋上台，那是在新宿逛街的時候在一家鞋店被Patrick JAPAN和Godzilla的聯名陳列吸引之後買的，這雙綠色球鞋的鞋舌上面有Q版的哥吉拉圖案，鞋身後方的雙斜線有別於adidas的三條線，為了這樣一個歷史悠久的品牌登陸日本時的形象，所以和當時1954年上映已65週年的哥吉拉電影一起做聯名發售。1892年，這個品牌源於法國西部，在一百

多年之後在新宿三丁目被我遇見，然後今天我把它帶到墾丁一起表演，但下午下了一場大雨，所以從後台往舞台的方向的路上都是爛泥巴，我很擔心球鞋麂皮的部分被弄髒難以清洗，於是小心翼翼地往舞台走去。那天唱了九首歌，〈破銅爛鐵〉、〈吸血鬼〉、〈當我們不在一起〉、〈起來〉、〈飛上天〉、〈雨和眼淚〉、〈項鍊〉、〈愛可以讓我們在一起〉、〈再見吧惡魔〉，很久以前寫的歌，每首歌的歌名都很短，這幾年變得囉唆，歌名都變得很長，不知道從什麼時候開始喜歡把一句話當作歌名？舞台的後方就是海邊，海的上面有一顆月亮，我的心情已經很不一樣了，但月亮和1997年的時候看起來都一樣，當然海邊也和之前一樣永遠都是我靈感的來源。

當晚巴士載我們到達高雄的漢來飯店，3328的房間寬敞，窗外的夜景漂亮，席夢思床墊躺起來超級舒服，出外表演住宿差不多七八次會遇到一次五星級的飯店，宵夜即是罪惡之後一夜好夢，萬分感謝。隔天一大早，虎神、小郭、三太、冠毅陸續返北，我則是坐上南迴鐵路前往台東擔任鐵花村焚風音樂節的評審。

東海岸真的很漂亮，很幸運地坐在火車的右側，窗外海景一覽無遺，亂七八糟地想如果就這樣從台東一直往東走的話可以到洛杉磯吧，到LA找表姊和姑姑，他們會帶我到聖塔摩尼卡，後來火車進入了長長的山洞，右邊車窗只看得見自己的倒影，想說睡一下吧！忽然坐在左方的老先生向我搭了話，他問我要去哪要

2月 台南玩野祭

● 成團30週年

　　高鐵南下往台南，我在時速兩百五十公里的車廂上看著三太從東京傳來武藤敬司引退試合（比賽）的戰報，在擂台上使出了致敬三澤光靖的「綠寶石飛瀑怒濤」與致敬橋本真也的「Jumping DDT」，也使出了自身的絕招「閃光魔術師」痛擊了對手同時也肩負著介錯人職責的內藤則也，雖然結局是以戰敗收場，武藤兩次爬上角度準備要使出被醫生嚴厲禁止的「月面宙返」。三太說他在現場眼淚都流出來了，但經年累月渾身是傷的六十歲老頭還可以跟年輕人對打將近30分鐘，真的很了不起，賽後致謝時說自己的能量還夠，於是喊話慫恿擔任解說員的蝶野正洋上來打一場，結局的彩蛋以蝶野的絕技「STF」收場，蝶野說我STF根本沒鎖緊，你投降個屁啊！？我去google了當時比賽的畫面，蝶野趴在武藤的背上像小孩子打鬧一樣眼睛緊閉又像笑又像哭，啊彼此征戰了將近四十年真的是辛苦了！

　　抵達台南坐在接駁車上往窗外看有些陽光，想說天氣變得暖和了，玩野祭的地點在安平觀夕平台旁的大草皮，場地遍佈了各式各樣的帳篷和露營車以及攤位，來來往往的人群很熱鬧，不妙的是外頭風大，越接近傍晚氣溫越來越涼，嗑了幾顆地瓜球，穿著外套彩排還是覺得冷也覺得餓，於是趁著六點開演前找了間攤

去做什麼？我說去台東要去當焚風音樂節比賽的評審，他說他也要在台東下車，並且說「哇～你們會音樂一定很有才華」，我說沒有沒有，工作還是需要朋友介紹幫忙，聊著聊著他就說之前旅居哥倫比亞做生意，後來回台灣住在高雄覺得不習慣，就搬去台東住了五六年，他說他吃素自己做了燒餅也拿了一片給我吃，燒餅上有白色的芝麻，內餡是甜度好高的紅豆泥，我謝謝他不一會兒就吃完了。不吃還好一吃肚子就餓了起來，距離台東還有一段時間但我不好意思說再來一片。剛剛他提到哥倫比亞的時候我瞬間想到1994年於美國舉辦的世界盃，哥國後衛上半場因為踢進一記烏龍球導致哥倫比亞一比二輸給美國，這位球員回國後在餐廳的停車場遭到槍殺，殺手在開槍的時候還喊了一聲Goal！後來有將近12萬人參加了這位球員的喪禮還在家鄉樹立了他的雕像，而這位殺手在隔日就被逮補並且被判刑43年，但由於服刑期間表現良好已於2005年獲釋，我對於哥倫比亞不熟但就是想起了這個不幸的事件，想問他知不知道這件事但沒有問。

抵達了台東，簡短地互道再見，他跟我說了聲山水有相逢就往出口走去，我幫他的背影和他的愛迪達背包拍照留念。

• 要是我知道的話就不用走這麼遠了啊

大太陽底下的鐵花村空無一人，環顧一週有在移動的只有我和我的影子，還有趴在餐桌底下躲避太陽的汪星人，他的背影似

乎在跟我說你太早到了啦到處去晃晃吧。因為飯店要三點才能入住，於是我騎著鐵花村的腳踏車到處去打發時間，台東真的很悠閒，想著今天晚上的評審工作結束之後明天就要回台北而覺得莫名其妙，既然來了就多待幾天吧。記得上次來台東也是因為停留的時間很短而這樣地自言自語，上回聽虎神說從外地到台東長時間居住的人有三失，三種不同的失去指的是失業、失戀、失去自我，我想起幾年前那位花了三個禮拜多的時間從台北一路走到台東的王老師，我在臉書看到他的動態於是就打電話給他，問他說：「老師啊～為何要走這麼遠啊？」他回：「要是我知道的話就不用走這麼遠了啊！」我似懂非懂又有點恍然大悟，當時他在前往台東的路上，而我在新店的家樂福，我記得當時我忍住眼淚躲避路過的人的目光和他講了好久的電話，人生有許多轉折避免不了，默默地承受在當下真的很不好受，有人選擇唱一首歌，有人選擇走一段路，後來才知道原來很多歌你必須一個人唱完，很多路你必須一個人走完，想起了一起並肩走路的誰，想起了衣櫃裡的外套，想起了書架上那本一直沒看完的書，想起了必須親自完成的幾件事，在時間流動的過程裡無論是演到哪裡只要回想起來就像默片一樣沒有任何音效，只是有很大的機率當時的開心現在回想起來可能會哭，你晃頭晃腦跌跌撞撞的，身上的血還在流就又出現了新的傷，你不敢明講，只能寫在你自己知道的地方。

　　就這樣一路從台北走到台東的王老師後來在都蘭的廢棄糖廠成立了一間愛人錄音室，我去過一次，第一眼看見外觀讓我覺得

像是宮崎駿的動畫裡會出現的建築物，錄音室裡有一隻叫做「默默」的汪星人，默默走得很慢，花了一年的時間才學會爬樓梯，我們也走得很慢，也是花了好長的一段時間才發覺原來那幾部自己主演的電影裡面演的到底是什麼。

● 喜歡唱歌的人

2020年第九屆焚風音樂比賽決賽在黃昏時分慢慢展開，座位區已坐滿了從四面八方來的人，有來為參賽者加油打氣的親朋好友，也有慕名而來的人。鐵花村的村長一番致詞之後自帶效果地從口袋裡掏出了紙花灑下天空，當天他在重要時刻灑了好多次，那真的好有趣，但我總是沒有抓準時機把那個瞬間拍下來。評審的座位前方擺著可以看歌詞的電腦，電腦旁邊有咖啡啤酒還有其他飲料，我看著桌上的計分表上參賽選手的名字想像他們的樣子，捷任老師、Lisa老師、查馬克老師、圖騰阿輝老師與包含我在內的五位評審就定位準備今天的評審工作，我們邊吃著主辦單位準備的便當邊欣賞表演，比賽到了中段忽然不知道是誰送來了好多盤滷味就擺在我們面前，捷任臉紅紅的對著我說「你一定沒吃飽再吃再吃」，剛剛已經嗑完一個便當了，但我接收到了命令還是不自覺地咬了一口海帶，海洋的氣味在嘴裡散開，前方舞台不斷地傳來台東製造的歌聲，桌上的那盤豆乾海帶滷蛋香菜辣椒擺在一起油油亮亮的，吃吃喝喝難免分心，但在台東真的很開

心，難怪在別的地方失去了什麼就會想來台東住上一陣子。

　　捷任是虎神的哥哥，他已經在台東住了好長一段時間，當時剛開始玩團或是一直到現在，關於音樂關於樂團的大小事都會請教他，不知道為什麼他漫不經心的樣子就是可以處理好很多音樂上的事情，其實玩音樂的過程有很大的一部分也就是在處理人的問題，有句話叫做「對事不對人」，其實事情對久了就是對人，所有的來龍去脈所有的源頭都是人，在台上盡情唱歌的練家子樂團，五個小朋友看起來可能才準備上國中的樣子，他們唱著有繞舌味道歌名叫做〈老大〉的歌曲，他們不知道我們在台下吃著滷味喝著啤酒看著他們唱歌的樣子有多開心，喜歡唱歌的人就是喜歡唱歌啊，幹嘛要去處理那麼多人的問題啊？

10月 台中 台南

● 鋼琴的和弦和咖啡的味道

　　走進台中的Coffee Stopover Black第一眼吸引我的是店內很大的一台老式製版印刷機，印刷機周邊放了好多裝咖啡豆的麻布袋和紙箱成為店內不修邊幅的擺設，這台機器有著蒸氣龐克的造型和工業革命的氣息，聽說店家的名片就是由這台機器印製的，趁著守夜人彩排的時候我在店內左顧右盼了一圈，然後往地下一樓的元氣音樂舖走去，才剛下樓就看見老闆陳謙在和一位老人在講話，老人有點面熟讓我一下子就想起了他是誰，這位西洋音樂教父已經不是我小時候在電視上看見他的樣子了。余光在80年代在警察廣播電台主持青春之歌，當時也是我剛開始接觸Billboard的年代，國中時期每天一下課的晚上就守在收音機前收聽他的廣播，還用空白錄音帶把節目內容給錄了下來，那是個幻想自己是Rick Springfield或是Sting在台上唱歌的日子，我用繩子綁著鋁製球棒的兩端，就這樣把它當作吉他在二樓的臥室裡胡亂唱著〈Every Breath You Take〉：「你呼吸的時候、你行動的時候、你掙脫的時候、你踏出的每一步，我無時無刻地都在注視著你啊，你的行動、你的背叛、你偽裝的、你想要的、我都知道的一清二楚啊！」這首百聽不厭的情歌，很多年之後再仔細觀察歌詞的字意才發覺或許這是一首由跟蹤狂角度出發所描寫的一首歌吧？

　　我很懷念那時候為數不多的聆聽選擇，不像現在的選擇那麼多，還沒好好消化就又出現新的選擇，後來聽來聽去最常聽的還是老歌，我也就不勉強自己非得要走在時代的尖端，看自己喜歡看的和聽自己喜歡聽的就好，當然唱歌也是唱自己喜歡唱的。在這個音樂實體即將消失的年代經營唱片行真的很了不起，每次來台中的元氣音樂舖都要帶走幾張CD和幾卷錄音帶，當天帶走了Kahimi Karie的同名專輯還有UA的〈Golden Green〉，當然照例也要坐在綠色的皮沙發拍照留念。陳謙拿了一張我與小球在Legacy十週年合照的相片，我為這張相片簽了名並標註了「2020.9.4」這個日期，然後把這張裱匡的相片放在Led Zepplin的黑膠唱片前用手機拍照留念。

　　2009年12月4號台北Legacy開幕，當天人滿為患就為了爭睹崔健的風采，崔健一連唱了幾首很有實驗味道的新歌，忽然〈花房姑娘〉的前奏一下，亂彈阿翔拿了一瓶酒給我醉醺醺地跟我說：「啊啊啊總算有melody了啊！」我心想真的是這樣啊，聽來聽去還是老歌能把時光帶回老地方，縱使當初一起聽歌的人已經和別人聽著另外一首歌了，大海的方向還是大海的方向就和原來的一樣。後來沒想的是再過了12年，阿翔與我一起擔任金曲獎的頒獎人，在台上胡言亂語居然是當晚收視率的第二名，而且在介紹入圍者之前還差點把信封拆了，托阿翔的福，總算有沾到一丁點喜劇演員的感覺，到了後台手機一直傳來訊息問我說阿翔是不是喝太多？我說沒有啊都聞不到酒味啊！或許阿翔就是那種滴酒未沾

卻看起來能夠在喝醉邊緣的人。

　　Coffee Stopover Black店內滿滿地都是人，很多人都是守夜人的歌迷吧？我站在印刷機的左側台階上聽著守夜人唱著〈我睡不著〉，開場旭章的鋼琴搭配稚翎的聲音讓我雞皮疙瘩掉滿地，「你醒得用力，以為黑夜會過去，我懂你渴望有人注意，你心臟祕密，等待某個人開啟，我睡不著也不留下你」，歌詞與歌聲在滿是咖啡味的店內流竄，此時我往左邊望去看見一位綁著丸子頭的女生正低著頭並讓雙手交握頂在眉心似乎在祈禱著什麼，她大概是一個人來的坐在長椅的最尾端並和右側的人保持了一段蠻大的距離，我看不到她的臉，她就保持著這樣的姿勢一動也不動，不知道她當時經歷了些什麼？這首歌在當下有療癒到她的心靈吧，並且在之後也會陪伴她度過了一段我所不知道的時光吧。

　　這次台中和台南之行是擔任守夜人樂團的特別來賓，我的想法是在主唱稚翎優雅地唱了幾首歌之後，我上台串場嘶吼個兩首和以往四分衛版本不同的歌曲來破壞一下他們悅耳氣質的平衡，當天的雨和眼淚在鋼琴的和弦和咖啡的味道裡拚命落下，我們的幾位台中好朋友之一亞邁樂器的技安特別搬來了音響器材讓我們可以放心地唱歌，在表演結束之後又幫忙撤場真是萬分感謝，我的吉他，虎神和國璽的好多把吉他，還有很多樂團朋友的樂器他都有幫忙修改和整理，每次來台中表演都有技安在旁真是安心不少，接下來還有銀巴士貝斯手Pitt安排的行程，坐了他的敞篷車去了趟Forro Coffee看了都市零件派對和胡凱兒樂團的不插電表

演，然後再去吃個宵夜即是罪惡的團圓鍋作為當天的句點：熱炒店有一道鐵板牛肉料理，老闆娘端了熱騰騰的鐵板上來，鐵板上面是一堆冒煙的牛肉塊，他灑下了米酒然後再用掌上型的瓦斯噴槍點火，瞬間一小團火焰往上竄出，想到這個畫面口水就流了出來。

● 夏子的酒

　　TCRC Live House 位於西門圓環旁的地下一樓，我按照著地址卻找不到正確的位置，門口有位女生看著我東看西看的樣子於是指了入口的方向，沿著樓梯走下去就聽見彩排的聲音，地板是我喜歡的黑白方塊系列，不知道是否大家都約好了，感覺這世界上很有味道歷史悠久的Live House的地板都是長這個樣子。彩排告一段落老闆沈髒三帶我們到了另外一間也叫做TCRC的Bar略作休息，門口站著一個預約已滿的牌子，我想入夜時分這兒應該滿滿地都是人吧，趁著太陽還沒下山我們沿著長長的走廊走到裡面，映入眼簾的是一整面由酒瓶堆積而成的牆面非常壯觀，入口處一尊穿著吊帶褲的ET公仔吸引了我的注意，ET熱烈地歡迎我們，在他旁邊的書架上擺著幾本漫畫，漫畫的名字叫做《夏子的酒》，我喜歡酒吧或是咖啡廳或是錄音室裡放著很多漫畫，頓時對TCRC又多了幾分好感，夏子的酒是90年代的作品，但我從來沒有看過，聽說它是一部文案寫得很好的漫畫，那句「要獲得誇

獎很容易，但要讓人感動很難。」是在哪個畫面裡？改天我一定要找來看一看。

　　時間有限實在無法在酒吧裡享受那麼美好的氣氛，從台東趕來的吉他手大偉正開心地喝著橘色的液體被迫中斷，我則是還來不及有什麼體會卻想起了幾次在上場前很想要多待一會兒卻又因為時間緊迫而無法多做停留的地方，那些很想再度造訪卻還沒有機會再去一次的地方好像到處都是，喝下了一口威士忌辛辣的口感蔓延開來，看著吧台上兩位年輕的調酒師為了晚上而熱身，我嘴巴辣辣的參雜依依不捨的腳步往唱歌的TCRC走去。

● 沒想到的事情

　　站在TCRC的樓梯上看守夜人表演，隨行幫忙處理行政的雅雅坐在階梯上錄影，我看著她穿著一黑一白有Quarterback字樣的襪子搭配VANS的鞋子想說：哇還有這種穿法，我怎麼沒想到？其實沒想到的事情實在太多了啦，多到可以餵飽海裡的一堆鯨魚，鯨魚的肚子裡都藏著大家都沒想到的事情就一直躲在海裡，讓大家都永遠都找不到，鯨魚偶而浮出水面換氣，蒸氣水柱在陽光的折射下產生彩虹，你才發現那些沒想到的事情就在眼前，當水氣飄散，彩色也隨之消失變成一望無際的海平面，海上是一群唱歌的守夜人，稚翎正唱著「倒數開始，沒有人在乎你的世界，沒有人關心你的畫面，沒有人在乎你的失眠」，我就這樣和大家一起聽著歌再度揚帆航行於無邊無界。

　　聽歌的人不一會兒變成唱歌的人，當晚唱了〈I Love You〉、〈雨和眼淚〉、〈一定要你來救我〉之後我說「我們來唱好朋友1976的歌吧」，我一把木吉他加上大偉的電吉他就這樣唱了〈方向感〉再加上〈態度〉的副歌，「我還有心愛的人，一個搖滾樂隊，口袋裡還有一點錢，世界末日就是明天」，這就是我的生活態度。後來心愛的人可能會分開，搖滾樂團免不了要吵架，仗著世界末日遙遙無期，老天爺就是一直出難題來讓我們跌個頭破血流，難以想像那些給你難堪的人曾經也給過你很多快樂，聰明才智能力有限再加上一些微不足道的經驗，才似乎領略

到能夠解決或無法解決的問題需要靠時間，時間一久答案或許呼之欲出也或許不是你當初預想的樣子了，變成大人的過程真TMD這麼刺激這麼驚險，要命的是那麼老了還不像個大人。

隔天一早依舊是個大晴天，台南早上的太陽很大，那一定也是要來曬一下的啦，台北的YouBike是黃色的，台南的T-Bike是綠色的，昨晚的宵夜還沒消化完全，於是我吃了一顆地瓜就騎著綠色的單車到處拍拍晃晃，巷弄裡都是我不曾見過的台南，陽光很強怎麼拍光影顏色都很好看，經過了好多家賣牛肉湯的店面，想說還沒有喝過於是就在路過的「西羅殿牛肉湯」停靠下來想要嘗嘗口味，老闆看我好奇的樣子問我是不是日本人？我說了聲「歐嗨呦」想要演下去但日文能力實在有限，於是緊接著說不是啊，我心想這家店裡應該常常有觀光客造訪吧，外國人一定很喜歡台南這個地方。

第一次早上在台南喝牛肉湯，沒想到這麼好喝，真的，沒想到的事情真的好多，鯨魚趕快再多多噴水吧。

2022　基隆

縱使有無數個睡不著的夜晚，但還是為了生存做出最大的努力。

7月 台北電影節

● 無論沉入多深的海底

　　2022的6月下旬我確診了，一個禮拜之內從鼻水不斷反覆發燒到喉嚨痛得要命，拚命喝水、拚命睡覺、拚命休息、拚命等待時光的流逝，第五天之後症狀慢慢減緩，第八天雖然恢復成一條線，但整個身心狀態還是覺得很不舒服，沒有辦法好好地發聲，喉嚨似乎暫時無法發揮作用，我盡量減少說話的機會，內心超級憂慮7月9日四分衛台北電影節的表演和十號在基隆我個人與訊號雨的活動。怎麼辦！？我好像唱不出平時應該唱出的聲音了，除了聲音沙啞咳嗽和痰還是很多，據說痰和鼻涕是免疫系統和細菌對抗的結果，從出生到現在，身上出現過無數次大大小小的戰爭，這次我真迫切地需要趕快攻城掠地收復失土。

　　後來編曲老師介紹我幾家專治歌手急診的診所，還說要快速恢復喉嚨要去醫生那邊打完類固醇之後，有時間去蝦皮買蜈蚣丸來補氣，聽說歌唱比賽鐵肺那掛的都有在用，虎神說他在泰國有買，味道鹹酸詭異很像鼻屎但止咳真的有效，我問他說：「你買蜈蚣丸幹嘛？」虎神說：「好奇啊被包裝圖片吸引」，還給了我一包，我看著包裝上兩隻紅色蜈蚣和中間應該是創始人的肖像，遲遲不敢打開。

　　晚上八點診所裡坐滿了掛號的人，我坐在診所裡的椅子上坐

立難安等待叫號，一段時間之後我進入了看診間，我主動告知醫師之前的狀況和就快要面臨的表演，他說：哎呀你怎麼不早點來？然後就要我張開嘴巴然後拉著我的舌頭往外拉，但我身體不由自主抗拒晃動，嘴裡發出「啊控控控控控」，護理師知道我在說「痛痛痛痛痛」安慰我不要緊張，醫師緊接著說我氣管過於狹窄那就用力咳吧讓氣管有機會擴張才會暢通，可能看到病例顯示我剛過五十歲的關係於是提醒我洗澡全身塗滿肥皂的時候，用雙手交互去按摩會陰穴道來降低攝護腺肥大的機率。我銘記在心，那幾天除了吃了診所開的藥以外在表演的前一天和前幾天也各打了一次抗腫消炎針，我當時沒有問所謂的抗腫消炎針是否就是類固醇？後來也沒有問。

　　7月8號下午在中山堂總彩之前，四分衛中午先在音樂島自行練了一次團，我唱了一下剛開始還是覺得喉嚨被砂紙蓋住的感覺，我心想：「趕快來陣風吧！把那幾張砂紙吹走吧，天啊！歐麥尬！難道我真的要在舞台上對嘴了嗎？」後來慢慢熱身之後下午在中山堂彩排也讓砂紙飛走了幾張，剩下那幾張頑固的我想就留著吧，有些沙啞的感覺也不錯。

　　我站在舞臺對著空蕩蕩的中山堂唱著由〈魯冰花〉、〈抉擇〉、〈盡在不言中〉、〈I Love You〉、〈酒矸倘賣無〉，五首歌串成的一首九分多鐘的組曲，心裡有些不安也有些興奮。想著小時候來中山堂看電影的情景，也想起九年前和睏熊霸來參加第15屆台北電影節的開場表演，當時在彩排的時候大家都想要趁

空檔坐在貼有桂綸鎂名牌的椅子上拍照。我想起了這些事情再度掃描第24屆台北電影節裡貼在每張椅子上熟悉或不熟悉的名字，也邊唱邊調整音場和自己的狀態，在導播的安排下我們唱了三四遍，我還是覺得怪怪的，那種不舒服的感覺揮之不去，我選擇把那樣的心情埋在心裡，讓它和很重很重的錨沉入深海之中，無論沉入多深的海底，身為隔天唯一的表演嘉賓我可得打起萬分的精神。當天的工作告一段落走出中山堂，我看著手機裡彩排的影片後方的LED出現了好多電影的畫面就覺得好感動，也看見自己在電影《誰先愛上他的》裡的臉。

　　趁著廣告時間我們依照工作人員指示就定位，我站在舞台上看著台下認識的和不認識的電影明星們來回走動，深深吸了一口氣想起了沉入海底的錨，那是我人生過程裡最新的一個錨，錨的上面還算光滑，不像其他的都附著了安安靜靜的貝殼和海藻，光滑的金屬表面標註了一些井號，我想像著井號後面寫著一些文字，有台北電影節、四分衛、盡在不言中、中山堂、確診、喉嚨沙啞……忽然燈光一暗我被拉出了海平面，嘴裡散發出些許牙膏的味道，我張開口開始唱歌。表演結束之後和大夥拍了一些照片，因隔天要去基隆表演所以我沒有去主辦單位安排的After Party，在回程的捷運上還是覺得有些可惜，真的很想要大吃大喝一下。

● 無數個睡不著的夜晚

　　七月的海洋廣場上陽光十分熾熱，我和訊號雨彩排結束之後也感受到夏日炎炎的威力，忽然欄杆上有人發出驚呼聲，原來有一位老人正奮力地游泳，大家看著他游著上氣不接下氣都很緊張，左側的海巡隊小心翼翼地靠近用救生圈緩緩地把他打撈起來，我們鬆了一口氣趕緊去找可以躲太陽的地方。路上旭章跟我說你看璞璞和潘廷都穿著很寬鬆，你褲子太緊了啦，年輕人不這樣穿了啦，我頂著太陽假裝聽不清楚心裡想著真他媽的好熱，下次要買寬鬆一點的像靈魂沙發那樣。

　　傍晚舞台前聚集了大大小小的朋友，當天唱了〈智齒〉、〈I Love You〉、〈月光假面〉、〈起來〉、〈雨和眼淚〉、〈當我們不在一起〉、〈吸血鬼〉，在改編的〈夢醒時分〉出現之前，我忽然一個心血來潮請大家跟著我清唱這首歌，我大概講述了「同一首歌小時候聽的是旋律而長大後聽的是歌詞」這樣的心路歷程，當時很不在意的幾句歌詞在後來卻變成深水炸彈在深海裡爆開，陣陣漣漪不斷地散開去了我不知道的地方。我慫恿一群戴著口罩的人們和我一起唱著「要知道傷心總是難免的，在每一個夢醒時分，有些事情你現在不必問，有些人你永遠不必等」。後來在和訊號雨的表演裡都會唱這首歌，我都會硬著頭皮要求大家和我一起唱，不知為何在聽見大家隔著口罩的歌聲的時候我都會想起早上的市場裡許多賣水果蔬菜肉類的攤販，他們有

些是很有年紀的一群人正在賣力吆喝著，我想在他們那樣的年紀應該都經過了許多聚散離合和身體上的病痛和心理在某些時刻的不安穩，縱使有無數個睡不著的夜晚，但還是為了生存做出最大的努力，總之〈夢醒時分〉這首歌李宗盛大哥寫得真好，何時何地無論是誰都會唱。

2023　台北・台南・台中

今年2023年是四分衛的30歲，所以今年的每一場表演都是30週年演唱會，請大家打起精神來！

1月 The Wall 海邊的卡夫卡

● **海水很客氣地只淹到我的胸口**

　　好久沒來到公館The Wall表演，這次不是以四分衛的身分而是以個人名義與訊號雨的團員們一起和靈魂沙發表演，我們的演唱會名稱是「來拍一部公路電影吧」，開演前特別來賓詠安和我們一起熱身〈靈感〉這首歌曲。這首歌是收錄在《我想拍一部電影》EP裡面，這首歌的編曲就是由詠安的樂團荷爾蒙少年編曲的，彩排的時候詠安安安靜靜的和正式上場完全判若兩人，穿的是同一件衣服但卻是不同的靈魂。我很喜歡這小子，他比我小了將近三十歲卻做到了很多我做不到的事，一晃眼時代真的不一樣了，海水很客氣地只淹到我的胸口，前仆後繼的海浪不斷地推著我往岸上走，又鹹又冷又狼狽，我邊走邊想起自己23歲的樣子，年輕應該就是有很多光吧，既溫柔又強烈又搶眼。

　　下半場靈魂沙發表演的時候翻唱〈雨和眼淚〉這首歌，我充當很不特別的特別來賓在半途一起演唱這首歌曲，靈魂沙發是很年輕的樂團所以團員也是很年輕，穿什麼都對，吉他手PooPoo也是訊號雨的團員之一，貝斯手亨利年紀最小講話很好笑，主唱本山的舅舅是我相識多年的老朋友小邱當天也有來現場。幾年前小邱跟我說他的姪子也有組樂團叫做靈魂沙發，誒沒想到幾年前的幾年後我們就一起在台上表演了，時間就是這麼不可思議。我

很喜歡本山的嗓音，聽他唱〈雨和眼淚〉的時候我雞皮疙瘩都出來和大家打招呼了，一群寒毛豎起指著我說：「你再吼啊你再叫啊！？」我不想爭論也懶得跟這群好久不見殘存下來的動物本能吵架，心裡想著年輕的時候太常聽槍與玫瑰所以也就習慣跟著那樣用力唱歌，那時候誰能唱高音誰就是英雄，真是腦袋不夠寬廣，當時應該多唱多聽不同類型的歌曲，本山和詠安則是說很希望唱腔有我這樣的共鳴，而我內心則希望現在自己的聲音能夠更厚實低音再多一些，現在想要的和多年以前真的很不一樣了。

表演結束之後往一樓走去，天空下起了傾盆大雨，天氣說變就變，週末十一點多的晚上都是雨水擊打路面的聲音，雨水淋濕了一眼望去所有的人事物，騎樓底下聚集了無奈的人們，路過的人說：「奇怪今天的天氣一直都很不錯啊！」我想起剛剛旭章在台上說：「今天的天氣這麼好，唱〈雨和眼淚〉這首歌一定不會下雨的啦！」

● 歌曲唱來唱去永遠年輕

2023年初一月份因為即將面臨市變更計畫的原因，公館海邊的卡夫卡於1月14、15日舉辦 24 小時的告別演唱會，這個「再見卡夫卡」的活動，共有25組音樂人參加，我和旭章兩人14號晚上在The Wall公路電影之後，隔天又雙槍匹馬地參加了15號的「惜別烏鴉場」，邊唱邊講這些年在卡夫卡遇到的一些故事也分享給

所有擠在Live House裡的每一個人；某次在卡夫卡表演是和棉花糖一起，當天老闆阿凱還買了生日蛋糕給我，已經是12年前的事了但想起全場幫我慶生還是很不好意思。

14號那天和靈魂沙發一起在The Wall表演，他們在演唱〈So Far〉這首新歌的時候有說這首歌是他們26歲的心情，但我覺得我沒辦法跟大家說我26歲的故事，因為時間久遠我已經想不起來了，但我想要跟大家說《起來》這首歌今年26歲，人的記憶變多就會變老，曾經到訪過的地方和場所會乘載著大家的腳步與情感，也許某天會消失不見，唯有歌曲唱來唱去永遠年輕。

那天演唱起來這首歌應該是第三種版本，旭章在主歌改了我一些和弦，剛開始我還真的很不習慣後來就慢慢適應了，我也猜想人的記憶變多或許習慣也會不知不覺根深蒂固，用自己不曾使用過的方式來搭配也是個辦法吧？不試過怎麼會知道？所以再多寫一些歌吧，反正這些歌都會代替自己定格在當時的樣貌，三不五時又可以換些和弦就變成另外一種樣子。

位匆忙買了西式的雞排餐盒，我看著老闆準備到一半就說「不好意思麻煩給我先扒個兩口」，就著樣趕到台前準備表演，如此匆忙實在不像我的風格，很多行程我都喜歡提前才會有安全感，有時候會被開玩笑說：「你是要提早到去排座椅喔？」我會說：「真的有座椅我也會去排喔！」當然舞台上是沒有座椅啦，我們面對著台下大家或坐或臥或站或走來走去接連唱了〈破銅爛鐵〉和〈吸血鬼〉，無論是誰台上台下大家還是被風吹得無精打采。我硬著頭皮走下台拿著麥克風跟大家說：「來到台南才發現風如此的大，原來台南比台北還冷啊，今年2023年是四分衛的30歲，所以今年的每一場表演都是30週年演唱會，請大家打起精神來！接下來這首歌叫做〈我們都是被過去綑綁的人〉。」

　　記得某首歌唱之前還是之後的空檔，遠遠地走過來一個帶著帽子的高個兒，帽簷很長幾乎遮住了他的眼睛，後來我發現他是全聯先生很開心地互相擁抱致意並沒多說什麼，他拇指比了個「讚」就往回走了，其實差不多四個月前我們在阿榮片場一起拍攝戲劇，他演警察我演酒吧老闆，我想起和他對台詞的口吻並發覺今天能在這裡遇到實在太意想不到了，緊接著〈當我們不在一起〉、〈雨和眼淚〉、〈項鍊〉、〈多麼美好的一天〉的時候我照例往下衝去人群擾亂一下，和大家擊掌摸摸小朋友的頭並合照，在能量釋放的期間場面也熱烈了起來，大朋友小朋友，認識的不認識的全部攪和在一起，我很開心也覺得這就是我的責任。忽然全聯先生又出現了，他抓著我的手往另一側人多的地方走

去，那兒都是他的朋友吧？我瞬間猜想他應該是帶著員工或是朋友家人一起來露營吧？在樂句的激盪下我帶領著大家繼續跳著繼續轉圈圈，最後一首歌是〈起來〉，舞台往下右望可以看見我們認識的小時候聽四分衛的朋友Leon，往左前方看到貳行程樂團的翔軍攜家帶眷的從屏東趕來還送了我們小米酒，之後在主持人和大家的鼓譟之下再唱了〈睡美人〉和〈大風歌〉兩首歌，準備走下台前美麗的主持人說「請四分衛稍等一下」，我回頭看著一個蛋糕出現，哇喔！蛋糕上面寫著「成團30週年」，請大家捕捉畫面並一起說四分衛生日快樂！感謝玩野祭，我帶著感恩的心切下了第一刀，心裡想著今年的每一天都是四分衛的生日啦！

　　因為三太去東京巨蛋參加武藤敬司的引退賽，所以臨時找了Levin來代班，Levin是之前廢五金的貝斯手，當時在台下看他們唱著歌沒想到事隔好多好多年居然在台上一起表演，我想起之前坐辦公室的日子某位主管說地球是圓的，總是會有相遇的一天，我想就算是平的，有緣的人就是會遇到的啦！

2月 台中浮現祭

● 我媽說她小時候都聽四分衛

　　下午兩點銀巴士的貝斯手Pitt開車帶我們來到清水的阿財米糕，店外排滿了人，有很多人帶著手環，我想都是從浮現祭來的吧，翻桌率蠻快的所以並沒有排很久，米糕一口吃下去真是名不虛傳再加顆滷蛋和貢丸湯真是過癮，嗑米糕期間遇到老王樂隊的主唱立長，他說他們的吉他手肚子不舒服跑去醫院了，我說「啊～他是不是因為肚子餓吃太快導致消化不良」，我想起之前幾次因為狼吞虎嚥而導致腸胃炎暗自膽顫心驚，我邊說邊放慢吃飯的速度也同時啟動細嚼慢嚥模式，還好立長有來打屁聊天不然萬一有腸胃不適影響表演就糟了！

　　離表演的時間還早，我牽著Dizzy在浮現祭場內閒晃，Dizzy是隻13歲的邊境牧羊犬很受大家歡迎，大家都想要摸摸牠也想幫牠拍照，牠應該會出現在很多IG限時動態裡，只是牠不知道自己那麼地風光。在光景舞台上好久沒合體的潑猴樂團正在表演，主唱小天正在醞釀Mosh Pit（衝撞）之前的氣氛，Mosh Pit是一種觀眾分成兩邊人馬，在音樂節奏進行當中互相碰撞的一種文化，源自80年代美國龐克樂團，後來衍伸到重金屬文化裡面。我隔著窗戶遠遠地望著覺得很有趣想要衝下去玩，但又想起某次打籃球在禁區卡位被頓位很大的對手撞到胸口很不舒服，去看了中醫，搞

了兩個多月才好，所以我負責拍照錄影就好。

　　剛從英國飛回來時差還沒調整完全的國璽本日擔任主辦人老諾的表演嘉賓演唱了〈我愛夏天〉，這首歌今天的主角是清水妹，唱著唱著就讓我想起了團團轉的那段日子。接下來的表演已接近傍晚天色逐漸變暗，我和訊號雨正在台上彩排，期間木吉他一直發不出來聲音，怎麼調整都沒辦法，於是臨時不知道是誰跟誰借了一把很好彈的木吉他，音響發出清脆的撥弦聲之後才讓表演順利進行。

　　在希望舞台上演唱〈雨和眼淚〉之前我跟大家說那天有位年輕漂亮的女生來找我合照，比yeah幾連拍之後，我看著她的背影往朋友的方向走去，邊走邊聽見她說：「我要把照片傳給我媽看，我媽說她小時候都聽四分衛！」底下的朋友們都笑得很開心，跟他們講這故事的我也很開心，後來我覺得那麼久的一段時間，有時候不小心就會被包裹在一兩句話裡面，講得人輕鬆寫意，聽得人瞬間清醒，我想這個簡單的故事真的會讓我在不同的場合再講個很多遍吧！

● 和數不清的人擦肩而過

「謝謝你借我吉他」，在休息室我透過翻譯並比手畫腳的對來自大阪的OKAN（おかん）樂團主唱DAI桑（Daisuke Katsumata）表達感謝之意，DAI桑說他今天是擔任老諾的特別來賓是只要唱歌而不用彈吉他的，但準備出發離開飯店之前不知為何又把木吉他帶上了，一個突如其來的第六感解救了我，我們聊得很投機，我還打開手機的Dropbox裡的自己寫的日文歌唱給他聽；那是一首我用僅會的日文加上Google翻譯寫的一首歌，我唱一句他唱一句，DAI桑說我すごい（好厲害），我開心得離開地球表面，整個人輕飄飄的。我把在2022年發行的我個人的EP《我想拍一部電影》送給了他，DAI桑把OKAN樂團在OSAKA-JO HALL的LIVE實況作品送給了我，這張CD的名稱叫做《JUNCTURE》，上面小小的文案寫著「ONE ASIA ONE FAMILY」，黑底加上燙紫金色字體的印刷加上花紋相當漂亮。我們互相擁抱並期待很快能夠再見面，他後來又給了我一張名片，名片上面有聯繫方式以及這次浮現祭表演的訊息以及YT的條碼，我忽然也想應該要為自己印一張名片吧？自己設計的就好，畢竟之前在廣告公司我可是每天在操作Illustrator和Photoshop，也想起之前在每一家公司所印製的每一盒名片，我記得都有留下來，但不知道被我塞到這個世界的哪個角落了。

回到台北之後我藉由名片上的條碼來看DAI桑的影片，哇

喔！DAI桑才是真的厲害好嗎？那是2015的秋天搖滾台中的現場，DAI桑穿著吊嘎揹著三味線唱著他們的歌曲〈人として〉（作為一個人），他用不標準的中文一個字一個字唱著「和數不清的人擦肩而過，每天都在發生這樣的事，能夠作為人，人海中遇見你，多麼疼痛而又快樂的幸福」。一直以來我總覺得中文歌很吃歌詞，看演唱會的時候我總希望有字幕，這些文字就是讓我的心情產生很多變化，當下看著影片的我也在電腦前面泛淚，如果那天我在現場的話眼淚也會和大家一樣從下巴滑落滴到圓滿劇場的水泥地上吧！

　　歌曲的後半更是用了很多疑問句來堆疊？如果沒有離別的話？如果沒有對你告白的話？如果沒有下定決心？如果不是晴天？⋯⋯那麼根本就不會認識你啊！回想起那麼多的相聚分離都是有可能改變人生際遇的瞬間就覺得這世界每一個人走過的路都非常了不起啊！太宰治說「生而為人我很抱歉」，我想活著除了抱歉啊狗屁倒灶啊阿雜啊以外還是有很多開心快樂吧，奇蹟不一定會出現，當下解決不了的就交給時間吧！

後記

　　嗨～2001年11月17日那天在小河岸的朋友們大家好，22年過去了，你們一切都還好嗎？我剛滑了一下行事曆，沒錯那天是星期六，那時候剛出了第二張專輯《Deep Blue》，所以當天晚上應該是唱了第一張和第二張專輯的歌吧，我不記得當天說了些什麼，只記得當時的表演好像都快要10點才會開始，然後唱到快12點，有時候甚至會超過，現在想起來真是不可思議，現在我有些話想要對相片裡台上那個樂團的主唱說。

　　後來你會被抓去拍電影，也拍了劇，也客串了很多角色，當時你發覺原來拍電影的過程就是一部電影。為了紀錄片《一首搖滾上月球》寫了五首歌，主題曲〈I Love You〉還得到第五十屆金馬獎最佳原創歌曲。小時候和奶奶坐在電視前看頒獎典禮的時候絕對想不到吧！隨著時間的流動，環境的變化，遇見了很多人，後來你才發覺有些人這輩子也就相遇那麼一次而已，在那些不知道還有沒有機會去的城市，你受到他們的幫助，卻再也難以相見，所以你在某個契機靈機一動把這些經歷給寫了下來。

　　我還想跟你說，你在2002結婚兒子出生，2003揹了房貸，2003女兒出生，白天上班，晚上有時候練團完再去加班，2009你和虎神吵架，四分衛因此停了三年，2012因為紀錄片而又重新聚在一起。你在2013離婚，之後四分衛開始有機會到離家鄉很遠的

城市表演，有時候和脫拉庫有時候只有你們自己。

　　2020年疫情出現，哪兒都去不了，還好小時候聽四分衛長大的朋友擔任編輯，你很幸運地在九月出了第一本書叫做《回得去的地方與回不去的時光》。

　　你們在2021年出了第九張專輯《轉轉轉大人》。

　　你在2022年因為疫苗副作用和確診後遺症而頻繁進出醫院也住了院，出院之後可能因為體力還沒恢復，可能因為天氣炎熱，你因為恐慌而換氣過度在路邊打電話叫救護車，第四次進入急診室。剛好當時你準備出一張個人EP《我想拍一部電影》，那時候的心情就在表演、通告、拍戲、身心狀況之間游移，你有些擔心也很不確定，那段時間你變得很愛跟土地公公說話，但別擔心你都完成了當時的工作。

　　你在2022年出了一張EP《我想拍一部電影》。

　　2022年11月你會和一位女孩子結婚，她陪著你做復健，陪著你做瑜伽，陪著你看電影、逛街，陪著你表演、拍戲……也幫你聯繫了很多工作上的事情，你們一起對水晶入迷，開始對每一種礦石有了一些了解，後來你唱歌的時候會戴著海藍寶，後來你發覺原來她就是你的透石膏。

　　12月初忽然恐慌無預警發作，在世貿展場前請朋友幫忙叫救護車，那是2022年第五度來到急診室，老婆當時正在淡水辦活動，你不敢跟她說怕她擔心，打籃球的朋友幫忙聯絡找到女兒來看你，你吊著點滴等待換氣過度的症狀散去覺得狼狽想要哭但

還是忍住，傍晚一起吃完了飯，送她坐公車，車子快要到站的時候，她忽然轉過來抱住你說：「爸爸你要保重好身體，我都很OK，你不要擔心我。」你看著她走上公車隔著車窗揮手說再見，公車隨著車流越來越遠，你往回家的路上經過了公園，坐在大樹的底下看著一群大媽在公園裡跳舞，覺得她變得懂事了，然後你的眼淚就一直流一直流，讓時間變得好慢，你很開心也很難過。

雖然房子在十年前已經不是你的了，但你仍然在2023年3月把20年的貸款繳完，你還不錯啊。

時間一久遇見的，分道揚鑣的就變多，你學會很多事情的焦距不用對得太清楚，那些想要遇見和不想遇見的，你都祈禱各自在各自的生活中平安順心度過。

你當時想要的和我現在想要的已經很不一樣了。

謝謝你看到這裡，再一次謝謝遇見的每一個人，謝謝遇見的每一隻貓咪，每一隻狗狗與每一隻曾共度許多時光的寵物。

陳如山

荒路夜歌 demo（Good Night Edit）

詞曲：阿山

錄製地點：菜太涼工作室

兵荒馬亂的路程　聽幾首夜深人靜的歌

盤根錯節的　被回憶綑綁的人　後來笑笑的就哭了

晚安　我的世界　晚安　我的愛

Good Night Everybody, Good Luck Everyone

當初喜劇開場　現在渾身都是刮傷

難怪夢醒時分　難怪離別的歌　一直有人在唱

後來我才會明白　瞬間當下即是永恆

眷戀著過去　倒不如趕緊想想　接下來想要唱的歌

晚安　我的世界　晚安　我的愛

Good Night Everybody, Good Luck Everyone

走散的人們啊　別在夜裡獨自感傷

別讓夢醒時分　別讓離別的歌　一直有人在唱

我想變成那首歌　那首你最愛唱的歌

陪你面對好多不被理解的時刻

我想變成那首歌　那首能拯救你的歌

陪你哭著哭著就笑了

乾杯　再見　我們一定要活到碰面那一天

乾杯　再見　再見一定會再見　再見一定會再見

收聽連結：https://youtu.be/eK3jK47Q6qk

謝謝侑良與潤潤在瑜珈氣氛十足的菜太涼工作室陪我自彈自唱錄下這首歌。

VQ00058

荒路夜歌：
在兵荒馬亂的路程聽幾首夜深人靜的歌

作　　　者—陳如山
主　　　編—林潔欣
企劃主任—王綾翊
美術設計—陳如山、江儀玲
排　　　版—游淑萍
封面攝影—光華

總 編 輯—梁芳春
董 事 長—趙政岷
出 版 者—時報文化出版企業股份有限公司
　　　　　108019 臺北市和平西路 3 段 240 號 3 樓
　　　　　發行專線—（02）2306-6842
　　　　　讀者服務專線—0800-231-705・（02）2304-7103
　　　　　讀者服務傳真—（02）2306-6842
　　　　　郵撥—19344724　時報文化出版公司
　　　　　信箱—10899 臺北華江橋郵局第 99 信箱
時報悅讀網—http://www.readingtimes.com.tw
法律顧問—理律法律事務所　陳長文律師、李念祖律師
印　　　刷—勁達印刷股份有限公司
一版一刷—2023 年 12 月 1 日
定　　　價—新臺幣 420 元
（缺頁或破損的書，請寄回更換）

時報文化出版公司成立於一九七五年，
並於一九九九年股票上櫃公開發行，於二〇〇八年脫離中時集團非屬旺中，
以「尊重智慧與創意的文化事業」為信念。

荒路夜歌：在兵荒馬亂的路程聽幾首夜深人靜的歌／陳如山
　（Spark Chen）圖.文 . -- 一版. -- 臺北市：時報文化出版企業
　股份有限公司, 2023.12
　336面；21*14.8公分
　ISBN　978-626-374-553-7（平裝）

863.55　　　　　　　　　　　　　　　　　112018134

ISBN　978-626-374-553-7
Printed in Taiwan